KB186838

동물농장

동물농장

초판 1쇄 발행 | 2020년 4월 16일
3쇄 발행 | 2024년 1월 20일

지은이 | 조지 오웰
옮긴이 | 최광열
펴낸이 | 김형호
펴낸곳 | 아름다운날
편집주간 | 조종순
본문디자인 | 표현디자인
표지디자인 | Design이즈

출판등록 | 1999년 11월 22일
주소 | (05220) 서울시 강동구 아리수로 72길 66-19
전화 | 02) 3142-8420
팩스 | 02) 3143-4154
이메일 | arumbooks@gmail.com

ISBN | 979-11-86809-87-7 03840

동물농장

조지 오웰 지음 | 최광열 옮김

아름다운날

차례

동물농장
Animal Farm

첫째 마당

밤이 다가오자 매너 농장의 존스 씨는 닭장 문을 잠갔지만 술에 곤드레가 된 탓에 깜빡하고 쪽문 닫는 것은 잊고 말았다. 흔들흔들 춤추는 손호롱의 둥근 불빛을 따라 비틀거리며 뜰을 가로지른 그는 뒷문 곁에 장화를 냅다 벗어 던진 뒤 부엌 쪽방의 술통에서 마지막으로 맥주를 한 잔 더 부어 마시고는 잠자리에 기어올랐다. 거기에는 존스 부인이 벌써부터 코 골며 자고 있었다.

침실 불이 꺼지자마자 농장 건물이 온통 들썩들썩 술렁대고 웅성거렸다. 낮 동안에 떠돌던 이야기로는 미들 화이트 수퇘지 품종대회 상에 빛나는 메이저 영감이 간밤에 이상한 꿈을 꾸었는데 다른 동물들과 그 이야기를 나누고 싶다는 것이었고, 동물들은 존스 씨가 별 탈 없이 곯아떨어지면 곧바로 커다란 광에 모두 모이자고 입을 모았다. 메이저 영감은 (품종대회에 나갈 때는 윌링던 뷰티라는 이름을 썼어도 늘 이 이름으로 불렸는데) 농장에서 대단히 존경받던 터였으므로, 누구든지 한 시간쯤 덜 자더라도 그가 무슨 말을 하는지 들을 마음가짐들이 되어 있었다.

커다란 광 한쪽 끝에는 연단 같은 것이 있었고 메이저 영감은 이미 그곳 짚자리에 편히 앉아 있었다. 위쪽 대들보에는 등불이 하나 매달려 있었다. 영감은 나이 열둘에 접어든 요즈음 살이 조금 찌기는 했어도 변함없이 위엄스런 돼지였으며 한 번도 송곳니를 자른 적이 없었음에도 슬기롭고 어진 얼굴을 하고 있었다. 이윽고 다른 동물들도 도착해서 제 나름으로 편히 자리를 잡기 시작했다. 먼저 블루벨과 제시와 핀처라는 개 세 마리와 뒤따라 들어온 돼지들이 오자마자 연단 앞 짚더미에 자리를 잡았다. 암탉들은 창문턱에 자리했고 비둘기들은 서까래 위로 날아올라 푸드덕거렸으며 양들과 암소들은 돼지들 뒤에 엎드려 되새김질을 시작했다. 짐마차 말인 복서와 클로버는 같이 들어와서는 짚단 속에 혹 작은 동물이 있을지 모른다는 듯 아주 조심스레 걸음을 옮기더니 복슬복슬 털 난 넓적 말굽을 굽혀 자리에 앉았다. 클로버는 중년이 다 된 통통하고 자애로운 암말이었는데, 넷째 새끼를 난 뒤로 옛 모습을 되찾지 못하고 있었다. 복서는 키가 거의 열여덟 뼘이나 되는 엄청 큰 짐승으로, 여느 말 두 마리를 보탠 만큼이나 힘이 셌다. 콧등에 난 흰 줄무늬가 그를 좀 어수룩해 보이게 만들었고 정말 그는 똑똑한 축에 들지도 못했지만, 착실한 성품에 엄청난 작업능력을 지녔기에 누구에게나 존경받고 있었다. 말들 뒤로 흰 염소 뮤리엘과 당나귀 벤저민이 왔다. 벤저민은 농장에서 성질이 가장 고약한 최고령 동물이었다. 그는 말수가 적었지만 말만 하면 빈정대기 일쑤였다. 이를테면 그는 신이 파리를 쫓으라고 자기에게 꼬리를 주었지만 꼬리든 파리든 빨리 사라졌으면 좋겠다고 말하는 식이었다. 농장에서 유일하게 웃지 않는 동물이었다. 왜냐고 물으면, 그는 웃을 일이 없어서라고 답하곤 했다. 그러면서도 그는 겉으로 드러내지 않고 복서에게만은 속을 주고 있었다. 이들 둘은 틈만 나면 과수원 너머 작은 목장에서 말없이 풀을 뜯으며 일요일을 함께 보내곤 하는 것이었다.

어미 잃은 새끼오리 떼가 몰려들어 가느닿게 삐악거리며 자기들이 밟히지 않을 자리를 찾아 왔다 갔다 한 것은 두 마리 말이 자리에 앉은 바로 그때였다. 클로버가 큼직한 앞다리로 녀석들 둘레를 담장처럼 둘러주자 새끼오리들은 그 안쪽을 둥지 삼아 금세 잠이 들었다. 끝 무렵에, 존스 씨의 이륜마차를 끄는, 멍청하지만 예쁜 흰색 암말 몰리가 각설탕조각 하나를 깨 먹으며 종종걸음으로 우아하게 들어왔다. 그녀는 앞쪽 가까이에 자리를 잡고는 붉게 땋은 리본을 봐 달라는 듯 자신의 갈기를 흔들기 시작했다. 맨 마지막에 고양이가 들어와, 가장 따뜻한 곳을 찾아 평소처럼 두리번거리더니 마침내 복서와 클로버 사이에 끼어 앉았다. 그녀는 메이저의 말을 하나도 듣지 않으면서도 그의 연설에 만족한다는 듯 내내 가르랑거렸다.

이제 뒷문 밖 횃대 위에 잠자는 길들여진 들까마귀 모제스를 빼고는 모든 동물이 다 모였다. 메이저는 모두가 나름 편안한 자세로 귀 기울여 기다리는 모습을 보고는 목을 가다듬어 연설을 시작했다.

"동지들, 여러분은 어젯밤 내가 꾼 이상한 꿈에 관해 이미 들었을 줄 압니다. 하지만 꿈 이야기는 나중에 하기로 하고 다른 말부터 하지요. 여러분, 나는 여러분과 몇 달이나 더 같이 있게 될지 모르겠어요. 그래서 내 삶이 다하기 전에 내가 얻은 지혜를 여러분에게 전해 주는 것이 내 의무라는 느낌이 듭니다. 나는 오래 살았고 내 마구간에 홀로 누워 생각도 많이 했습니다. 나는 현재 살아가는 동물들에 대해서뿐 아니라 이 지상에서의 삶의 본질에 대해 내가 이해하고 있다고 생각합니다. 이것이 내가 여러분에게 말하려는 것입니다.

자, 동지들, 우리가 살고 있는 이 삶의 본질은 무엇일까요? 그것을 직시해 봅시다. 우리의 삶은 비참하고 고되며 짧습니다. 우리는 세상에 태어나 우리 목숨을 겨우 이어갈 만큼만 먹이를 얻어먹는데, 그렇게라도 얻어먹을 수 있으려면 마지막 힘까지 다 짜내서 일을 해야 합니다. 우리가 쓸모없게 되는 바로 그때 우리는 끔찍하고 잔인하게 도살을 당합니다. 한 살 넘는 영국 동물 가운데 행복이니 여가니 하는 말뜻을 아는 자는 하나도 없습니다. 영국의 어떠한 동물에게도 자유는 없습니다. 동물의 삶은 비참하며 노예의 삶 바로 그것입니다. 이는 한 치의 거짓도 없는 진실입니다.

하지만 이것이 정말 자연의 질서일까요? 우리의 땅이 그 거주자들에게 여유로운 삶을 제공할 수 없을 만큼 척박하기 때문일까요? 아닙니다, 동지들. 천만에요! 영국의 땅은 기름지고 날씨는 온화하기 때문에 지금 있는 수보다 훨씬 많은 동물에게 풍족히 음식을 제공할 수 있습니다. 우리의 이 작은 농장조차 열두 마리의 말과 스무 마리의 암소 그리고 수백 마리의 양을 먹여 살릴 수 있는데, 그것도 모두가 우리의 상상을 훨씬 뛰어넘을 만큼 편안하고 품위 있게 살 수 있을 정도입니다. 그렇다면 왜 우리는 이토록 비참한 상황에 계속 빠져 있을까요? 우리 노동의 산물 거의 모두를 인간들이 훔쳐 가기 때문입니다.

동지들, 여기에 모든 우리 문제의 답이 있습니다. 한마디로, 인간이 문제입니다. 오직 인간만이 우리의 참 적입니다. 인간을 눈앞에서 몰아냅시다. 그러면 배고픔과 혹사의 근본 뿌리가 영원히 사라집니다.

인간은 생산은 하지 않고 소비만 하는 유일한 생물입니다. 그는 우유를 만들지도 못하고 알을 낳지도 못하며, 너무도 약해 쟁기도 못 끌고 토끼를 잡을 만큼 날래게 달리지도 못합니다. 그런데도 그는 여전히 모든 동물의 주인 노릇을 합니다. 그는 동물들을 일로 내몰면서도 동물들에게는 굶어 죽지 않을 만큼 최소한만 돌려줄 뿐, 나머지는 자신을 위해 쌓아 둡니다. 우리의 노동이 땅을 갈고 우리의 똥이 땅을 기름지게 하건만, 우리 가운데 헐벗은 가죽 말고 더 가질 수 있는 동물은 아무도 없습니다. 내 앞에 있는 암소 여러분, 여러분이 올 한 해 짜낸 우유는 몇 천 갤런이 되지요? 송아지들을 튼실하게 키웠어야 할 그 우유는 모두 어디로 갔나요? 한 방울 남김없이 모두 우리 적들의 목구멍을 적셔 주었지 않았습니까? 그리고 암탉 여러분, 여러분이 올 한 해 낳은 달걀은 얼마나 되며 그 가운데 병아리로 깨어난 녀석은 얼마나 되지요? 나머지는 모두 존스와 그의 일꾼들 돈벌이를 위해 시장에 팔려 나갔습니다. 그리고 클로버, 당신이 낳은 네 마리 망아지는 어디 있습니까? 녀석들은 늘그막의 당신을 돌보며 당신의 기쁨이 되어야 하지 않았나요? 녀석들 모두 첫돌이 되자마자 팔려 나갔고 당신은 다시는 녀석들을 볼 수 없었을 겁니다. 네 차례나 해산을 하고 들판에서 열심히 일을 했건만, 그 대가로 받은 것이 하잘것없는 여물과 허름한 마구간 말고 무엇이 더 있나요?

우리는 끔찍한 삶을 살지만, 그나마 제 수명도 다 채우지 못합니다. 나는 그래도 운이 좋은 놈이라 불만은 없어요. 열두 해나 살았고 새끼도 4백 마리가 넘으니 말입니다. 돼지의 삶이란 게 본디 그렇지요. 하지만 어떤 동물도 마지막에는 잔인한 칼날을 피할 수 없습니다. 내 앞에 앉은 어린 식용 돼지들아, 너희는 모두 한 해도 넘기지 못하고 도살장에서 비명을 지르며 목숨을 잃을지 모르겠구나. 우리 모두 그러한 공포에서 벗어날 수 없단다. 암소와 돼지, 암탉과 양들 할 것 없이. 말이나 개들이라고 해서 운명이 나을 것도 없어요. 복서, 당신의 다부졌던 근육들이 힘을 잃는 날, 존스는 당신을 도살자에게 팔아넘길 것이고 도살자는 당신 목을 따서 여우 사냥개에게 먹일 국으로 끓여 낼 것입니다. 개들도 늙어 이가 빠지면, 존스는 개들 목에 벽돌을 매달아 가까운 연못에 빠뜨릴 것이고 말이지요."

"그렇다면 여러분, 우리 삶에 해로운 이 모든 죄악이 인간의 횡포에서 비롯된다는 것은 말할 나위조차 없지 않습니까? 인간을 몰아냅시다. 그저 그러기만 해도 우리 노동의 산물은 우리의 것이 될 것입니다. 하룻밤만 지나도 우리는 풍요로움과 자유로움을 누릴 수 있습니다. 이제 우리는 무엇을 해야 할까요? 인간을 몰아내기 위해 밤낮 없이, 몸과 마음을 다해 일하는 것이 어떻겠습니까! 이것이 내가 동지 여러분께 드리는 메시지입니다. 봉기합시다! 봉기가 언제 일어날지 나는 모릅니다. 일주일 안이 될 수도 있고 백 년이 걸릴 수도 있습니다. 하지만 머지않아 정의가 실현될 것을 나는 불 보듯 뻔히 알 수 있습니다. 동지들, 짧지만 그래도 살아 있는 동안만큼은 내내 이런 사실에서 눈을 떼지 마십시오! 무엇보다도, 나의 이 메시지를 당신들 뒤에 오는 후손들에게 전해 주십시오. 미래 세대들이 승리를 이룰 때까지 투쟁을 계속하도록 말입니다.

동지들, 당신들이 결의하는 데에 머뭇거림이 있어서는 결코 안 된다는 점 또한 잊지 마십시오. 토론하느라 갈 길을 잃어서도 안 됩니다. 저들이 당신들에게 인간과 동물들의 이해관계가 똑같다거나 한쪽의 번영이 다른 쪽의 번영과 마찬가지라고 말할지라도, 이에 귀 기울이지 마십시오. 그것들은 다 거짓입니다. 인간은 자신들 말고는 다른 어떤 생명체의 이익에도 도움을 주지 않습니다. 그러니 우리 동물들은 굳세게 뭉치고 빈틈없는 동지애로 투쟁에 나섭시다. 인간은 모두 적이고, 동물은 너나없이 동지입니다."

바로 이때, 시끌벅적 소동이 일었다. 메이저가 연설하는 사이에 커다란 쥐 네 마리가 구멍에서 나와 엉거주춤 앉은 채 그의 말을 듣고 있었던 것이다. 개들이 어느새 놈들을 발견했지만, 녀석들은 단박에 구멍으로 도망쳐 목숨을 건졌다. 메이저가 조용히 하라고 앞다리를 들었다.

"동지들," 하고 그가 말했다. "확실히 해 둘 것이 하나 있네요. 쥐나 토끼 같은 들짐승들은 우리의 친구입니까, 아니면 적입니까? 투표로 정합시다. 나는 이 문제를 회의에 부치자고 제안합니다. 쥐들은 친구입니까?"

곧바로 투표가 행해졌고, 압도적 다수로 쥐가 동지라는 합의가 이루어졌다. 반대는 넷밖에 되지 않았는데, 개 세 마리와 나중에 양쪽 모두에 투표한 것으로 알려지게 되는 고양이가 그들이었다. 메이저는 연설을 이어나갔다.

"더 할 말은 없습니다. 다만 거듭 말하자면, 인간과 인간의 모든 방식들을 향해 늘 적개심을 품어야 하는 당신들의 의무를 잊지 말라는 것입니다. 두 다리로 걷는 것은 무엇이든 적입니다. 네 다리로 걷거나 날개를 가진 것은 무엇이든 친구입니다. 인간과 싸우면서 그들을 따라 해서도 안 된다는 것 또한 잊지 마십시오. 인간을 제압했을 때조차도 그의 못된 짓거리들을 받아들이지 마십시오. 어떤 동물도 집 안에서 살거나 침대에서 자거나 옷을 입어서는 안 되고 술을 마시거나 담배를 피워서도 안 되며 돈을 만지거나 장사를 해서도 안 됩니다. 인간의 모든 관습은 해악입니다. 그리고 무엇보다도, 같은 종족에게 횡포를 부리는 동물이 있어서는 안 됩니다. 힘이 약하든 세든, 슬기롭든 단순하든, 우리는 모두 형제입니다. 어떠한 동물도 다른 동물을 죽여서는 안 됩니다. 모든 동물은 평등합니다.

동지들, 이제 나는 간밤의 내 꿈 이야기를 하려 합니다. 여러분에게 그 꿈을 자세히 말해 줄 수는 없습니다. 그것은 인간이 사라진 뒤의 지구가 어떤 모습일지를 보여주는 꿈이었습니다. 게다가 그것은 내가 오래 잊고 있던 무엇인가를 떠올리게 해 주었습니다. 몇 해 전, 내가 꼬마 돼지였을 때, 내 어머니와 다른 암돼지들은 옛날 노래를 하나 부르곤 했지요. 그들은 노래의 곡조와 첫 세 음절만 알고 있었답니다. 나는 그 노래를 어릴 때는 알았었는데, 그것이 내 마음에서 떠나간 지도 오래되었습니다. 그런데 간밤의 꿈속에서 그것이 내게 돌아왔습니다. 더구나 가사도 기억에 되살아났지요. 오래전에 동물들에게 불렸었지만 여러 세대에 걸쳐 분명히 기억에서 사라졌던 바로 그 가사가 말입니다. 나는 이제 그 노래를 동지 여러분께 들려 드리도록 하겠습니다. 나는 늙어서 목소리가 쉬기는 했지만, 내가 여러분에게 노래를 가르쳐 주면 여러분 스스로는 더 잘 부를 수 있을 것입니다. '영국의 동물들'이라는 노래입니다."

메이저 영감은 목을 가다듬더니 노래를 부르기 시작했다. 그의 말처럼 목소리는 쉬었지만, 그는 노래를 썩 잘 불렀다. 노래는 감동적이었으며, '클레멘타인'이나 '라 쿠카라차'와 비슷했다. 가사는 이러했다.

영국의 동물들이여, 아일랜드의 동물들이여,
온 누리, 온 땅의 동물들이여,
내 즐거운 소식을 들으라,
황금빛 미래 소식을.
머지않아 그날은 오리니,
포악한 인간은 추방되고,
풍요로운 영국의 들판에는
오로지 동물들의 발길만 닿으리라.
우리들 코에서는 코뚜레가 사라지고,
우리들 등에서는 멍에가 벗겨지며,
재갈과 박차는 영원히 녹이 슬고,
잔인한 채찍은 더는 철썩철썩 소리를 내지 못하리라.
상상을 뛰어넘는 재화가

밀과 보리와 귀리와 마른 풀이
토끼풀과 콩과 사탕무가
그날 이후 우리의 것이 되리라.
찬연히 빛나리라, 영국의 들판은
더욱 맑으리라, 영국의 강물은
더욱 감미롭게 불리라, 영국의 미풍은
우리가 자유로워지는 바로 그날에는.
그날을 위해 우리 모두 힘써 일하여야 하리니.
그날이 오기 전에 우리 비록 죽을지라도
암소와 말들과 거위와 칠면조들은
모두 자유를 위하여 애써 일하여야 하리니.
영국의 동물들이여, 아일랜드의 동물들이여,
온 누리, 온 땅의 동물들이여,
내 소식을 잘 듣고 널리 퍼트리라.
황금빛 미래 소식을.

이 노래를 부르자 동물들은 미친 듯이 흥분에 휩싸였다. 메이저가 노래를 거의 마칠 즈음, 동물들은 스스로 노래를 부르기 시작했다. 가장 아둔한 동물조차 벌써 곡조와 몇 소절 가사를 익혔고 돼지나 개처럼 똑똑한 치들은 몇 분 되지 않아 노래 전체를 외워 버렸다. 그러고는 처음 몇 차례 연습한 뒤 농장이 온통 한 목소리로 '영국의 동물들'을 불러 젖혔다. 암소들은 음매, 개들은 멍멍, 양들은 매에, 말들은 히힝, 거위들은 꽥꽥 노래를 불렀다. 노래가 즐거웠던 동물들은 다섯 차례나 잇달아 불렀으며, 방해만 없었다면 동물들은 밤새도록 노래를 불렀을 것이다.

불행히도 소란은 존스 씨를 깨웠고 그는 뜰에 분명 여우가 들어왔다 생각하고는 침대에서 벌떡 일어났다. 그는 침실 한구석에 늘 세워 두었던 총을 들어 어둠을 향해 6연발로 총알을 내쏘았다. 총알이 광의 벽에 박히자 동물들은 허겁지겁 모임을 끝내고는 모두 잠자리로 도망쳤다. 새들은 횃대로 뛰어올랐고, 동물들은 짚풀 속으로 기어들었다. 농장이 금세 온통 잠에 빠져들었다.

둘째 마당

사흘이 지난 밤, 메이저 영감은 잠을 자다 고요히 숨을 거두었다. 그는 과수원 기슭에 묻혔다.

그것은 이른 3월의 일이었다. 그 뒤 석 달 동안 아주 비밀스런 움직임이 펼쳐졌다. 메이저의 연설은 농장의 꽤나 똑똑한 동물들에게 삶을 바라보는 완전히 새로운 관점을 불어넣어 주었다. 동물들은 메이저가 예언한 봉기가 언제 일어날지도 몰랐고 자신들 살아생전에 봉기가 일어나리라고 생각할 까닭도 없었지만, 그들은 이를 준비하는 일이 자신들의 의무라는 것은 뚜렷이 알고 있었다. 다른 동물을 가르치고 조직하는 일은 저절로 돼지들에게 맡겨졌는데 그들은 동물들 가운데 가장 꾀가 많다고 널리 알려진 축들이었다. 돼지들 가운데 특히 뛰어난 놈들은 스노우볼과 나폴레옹으로 불리는 두 마리 젊은 수퇘지였는데, 그들은 존스 씨가 팔려고 기르던 자들이었다. 나폴레옹은 커다란 덩치에 조금 사납게 보이며 농장에는 하나밖에 없는 버크셔종 수퇘지로, 말수는 적지만 뚝심이 있다는 평을 얻고 있었다. 스노우볼은 나폴레옹보다는 활달하고 말도 빠르며 더 창의적이지만, 마음 씀씀이가 나폴레옹만큼 깊지는 않았다. 농장의 다른 수퇘지는 모두 식용 돼지였다. 그 가운데 가장 잘 알려진 놈은 스퀼러라 불리는 작고 통통한 돼지로, 아주 동그란 볼과 반짝이는 눈을 갖고 있으며 몸짓은 날렵하고 새된 목소리를 냈다. 그는 말솜씨가 좋은 데다 좀 어려운 이야기를 할 때면 요리조리 폴짝폴짝 뛰며 꼬리를 흔들곤 해서 은근히 설득력이 있었다. 다른 동물들은 스퀼러가 검은 것도 흰 것으로 바꿀 수 있을 거라고 말하기도 했다.

이들 셋은 메이저 영감의 가르침을 하나의 완벽한 사상체계로 만드는 데 공을 들인 뒤 이에 '동물주의'라는 이름을 붙였다. 이들은 매주 여러 차례씩 존스 씨가 잠든 뒤에 광에서 비밀 모임을 갖고 동물주의 원칙을 다른 동물들에게 해설해 주었다. 이들이 처음 모일 때에는 어리석음과 무관심이라는 장벽에 부딪혔다. 존스 씨를 "주인님"이라 부르며 그에게 충성을 바칠 의무가 있다고 주장하는 동물이 있는가 하면, "존스 씨는 우리를 먹여 살립니다. 그가 없어지면 우리는 굶어 죽을 것입니다."라는 식으로 어린애처럼 말하는 동물도 있었다. 어떤 동물은 "우리가 죽은 뒤의 일을 왜 우리가 걱정해야 합니까?"라거나 "어차피 이 봉기가 일어날 거라면, 우리가 봉기를 위해 일을 하든 말든 달라질 게 뭐 있습니까?"라고 물었고, 돼지들은 그런 일이 동물주의 정신에 어긋난다고 이해시키려 무척 애를 먹었다. 어리석기가 으뜸가는 물음을 던진 것은 흰색 암말 몰리였다. 그녀가 스노우볼에게 던진 첫 물음은 "봉기가 일어난 뒤에도 각설탕은 나오는 거죠?"라는 것이었다.

"아닙니다."라고 스노우볼이 자르듯 말했다. "이 농장에서는 각설탕을 만들 수가 없습니다. 게다가 당신은 각설탕이 없어도 됩니다. 당신 맘껏 귀리와 꼴풀을 모두 먹게 될 터이니 말입니다."

"그래도 내 갈기에 리본 다는 것은 예전처럼 괜찮겠지요?" 하고 몰리가 물었다.

"동지," 하고 스노우볼이 말했다. "당신이 그렇게 푹 빠져 있는 그 리본들은 노예를 상징합니다. 자유가 리본보다 더 값지다는 것을 당신은 이해 못하겠습니까?"

몰리는 알겠다고 했지만, 그리 확신하는 목소리는 아니었다.

돼지들은 모제스가 퍼뜨리는 거짓말을 잠재우는 데에 더 많은 애를 써야 했다. 존스 씨가 유난히 아꼈던 애완동물인 길들여진 들까마귀 모제스는 염탐꾼이며 고자질쟁이였지만, 말 하나는 야무지게 잘하는 녀석이었다. 녀석은 '슈가캔디산'이라는 신비한 나라가 있음을 안다면서, 모든 동물은 죽으면 그곳으로 간다고 떠들어댔다. 그것은 구름 너머 가까운 하늘 높이 어딘가에 자리 잡고 있다고 모제스는 말하는 것이었다. '슈가캔디산' 나라에서는 일주일 내내 일요일이고 사시사철 토끼풀이 자라며 산[생生]울타리에는 각설탕과 아마 씨 깻묵이 자라난다는 것이었다. 동물들은 모제스가 주둥이만 놀리고 일은 하지 않는다고 미워했지만 슈가캔디산 나라를 믿는 동물들이 없지 않았기에 돼지들은 세상에 그런 곳은 없다고 동물들을 깨우치느라 애를 먹어야 했다.

돼지들에게 가장 충실한 추종자는 두 마리 짐마차말인 복서와 클로버였다. 이들 둘은 저 혼자 무언가를 생각해 내기가 몹시 버거웠지만, 한 번 돼지들을 스승으로 받아들인 뒤로는 자신들이 들은 이야기를 모두 빨아들여서는 간단한 주장 형태로 이를 다른 동물들에게 전해 주곤 했다. 이들은 광에서의 비밀 모임에 반드시 참석하였으며 '영국의 동물들'을 선창했다. 모임은 언제나 이 노래로 끝맺음했다.

이제 봉기는 다들 예상했던 것보다 훨씬 빠르고 쉽게 달성

될 것으로 보였다. 지난 몇 해 동안 존스 씨는 비록 못된 주인이지만 유능한 농장주였는데 요즘 들어 불행한 나날을 보내고 있었다. 그는 한 소송 사건에 휘말려 돈을 잃은 뒤로는 낙심천만이었고, 제 주량 넘게 과음을 하곤 했다. 그는 며칠씩 계속 부엌의 윈저의자에 앉아 신문을 읽거나 술을 마시곤 했고, 때로는 빵 껍질을 맥주에 적셔 모제스에게 먹이기도 했다. 그의 일꾼들은 몰래몰래 슬금슬금 게으름을 피운 까닭에, 뜨락에는 잡초가 우거졌고 건물 지붕은 다 해졌으며 산울타리는 인간 손길이 닿지 않은 채였고 동물들은 배를 곯기 일쑤였다.

유월이 오고 꼴풀 벨 무렵이 됐다. 6월 24일 세례 요한 축제일 전날은 토요일이었다. 존스 씨는 윌링던으로 갔는데 '붉은 사자' 술집에서 술을 너무 많이 마신 탓에 일요일 정오 때까지 돌아오지 못했다. 일꾼들은 이른 아침부터 암소 젖을 짠 뒤에 토끼 사냥을 나갔지만 동물들에게 먹이 주는 것은 깜빡했다. 존스 씨도 집에 돌아오자마자 〈세계의 뉴스〉지로 얼굴을 가린 채 거실 소파에서 잠든 까닭에 저녁이 되어서도 동물들은 그대로 굶은 채였다. 마침내 동물들은 배고픔을 더는 참을 수 없게 되었다. 암소 한 마리가 자신의 뿔로 곳간 문을 부수고 들어갔고 다른 모든 동물들도 상자의 곡물을 훔쳐 먹기 시작했다. 바로 이때 존스 씨가 깨어났고 곧이어 그와 일꾼 네 사람이 곳간으로 들어와 손에 든 채찍을 마구 휘둘러댔다. 굶주린 동물들에게 이는 견디기 어려운 일이었다. 미리 짰던 것은 결코 아니었지만, 동물들은 한꺼번에 그들 박해자에게 대들었고 존스와 일꾼들은 갑자기 여기저기서 뿔에 받히고 발길에 채이게 되었다. 사태는 어찌할 수 없는 지경에 이르렀다. 그들은 동물들이 이렇듯 고약하게 구는 것을 전에는 본 적이 없었으며 제멋대로 두들겨 패고 함부로 다루고는 했던 짐승들의 이러한 갑작스런 반란에 흠칫 놀라 거의 제정신을 잃고 말았다. 그들은 금세 방어를 포기하고 줄행랑을 쳤다. 잠깐 사이에 그들 다섯은 모두 기세등등하게 추격하는 동물들에게 쫓겨 한길로 이르는 마찻길까지 달아났다.

존스 부인은 침실 창문으로 밖을 내다보다가 무슨 일이 벌어졌는지 알아채고는, 여행 가방에 몇 가지 소지품을 허겁지겁 챙긴 뒤 다른 길로 농장을 빠져나왔다. 모제스는 횃대에서 펄쩍 뛰어올라 그녀를 따라 날며 크게 깍깍거렸다. 그새 동물들은 존스와 일꾼들을 한길까지 내쫓고 널빤지 다섯 개로 된 문을 꽝 닫았다. 이래서, 무슨 일이 일어났는지 동물들 스스로가 채 알기도 전에 봉기는 성공적으로 수행되었다. 존스는 쫓겨났고, 매너 농장은 동물들의 것이 되었다.

처음 몇 분 동안, 동물들은 자기네 행운을 믿을 수 없었다.

그들이 한 처음 행동은 마치 농장 어디에도 인간이 숨어 있지 않다는 것을 확인하려는 듯 모두 한 몸이 되어 농장 가장자리까지 구석구석 빙빙 뛰어 돌아다니는 일이었다. 그런 뒤 그들은 농장 건물로 달려 돌아와 존스의 가증스런 지배의 흔적을 모조리 지워 버렸다. 광의 끝에 있는 말 연장 창고를 부수고 열었다. 재갈과 코뚜레와 개목걸이 그리고 존스 씨가 돼지와 양들을 거세하는 데에 썼던 끔찍한 칼들, 이것들을 모두 우물에 내팽개쳤다. 또 고삐와 굴레와 눈가리개 그리고 수치심을 자아냈던 꼴 주머니는 마당에 지핀 쓰레기 불에 내던졌다. 채찍도 마찬가지였다. 채찍이 불꽃으로 타오르는 것을 본 동물들은 모두 기뻐서 껑충껑충 날뛰었다. 스노우볼은, 장날에 툭하면 말들의 갈기와 꼬리에 모양을 내는 데에 쓰던 리본들도 불속으로 집어 던졌다.

"리본은," 하고 그가 말했다. "옷으로 여겨야 하며, 인간을 나타내는 표식입니다. 동물이라면 모두 옷을 입지 말아야 합니다."

이 말을 들은 복서도 귓가에 몰려드는 파리들을 막으려고 여름내 썼던 작은 밀짚모자를 가져와 나머지 것들과 함께 불속으로 내던졌다.

눈 깜짝할 사이에, 동물들은 존스 씨를 떠올리게 만드는 모든 것을 부수어 버렸다. 그런 뒤 나폴레옹은 동물들을 이끌고 곳간으로 되돌아가 모두에게 두 배 정량의 곡물을 나누어 주었고 개들에게도 비스킷을 두 개씩 나누어 주었다. 그 뒤 동물들은 '영국의 동물들'을 처음부터 끝까지 잇달아서 일곱 차례나 불러 젖혔으며, 이어 밤이 오자 자리들을 잡고 누워 이제껏 맛보지 못했던 단잠에 빠져들었다.

그들은 그러나 여느 때처럼 새벽녘에 잠에서 깨어났다. 불현듯 어제 벌어졌던 영광스런 일을 떠올린 동물들은 다함께 목장으로 달려 나갔다. 목장 아래 조금 떨어진 곳에는 농장이 한눈에 보이는 둔덕이 하나 있었다. 동물들은 둔덕 꼭대기로 몰려가 밝은 아침 햇살 아래의 농장을 둘러보았다. 그랬다. 농장은 그들 것이었다. 눈길 닿는 모든 것이 그들 것이었다. 이런 생각에 마음이 달뜬 그들은 이리저리 폴짝폴짝 뛰고 또 뛰었으며 흥에 겨워 하늘 높이 풀쩍 뛰어오르기도 했다. 그들은 또 이슬 젖은 수풀 속을 뒹굴며 달콤한 여름 잔디를 한입 가득 베어 물기도 하고, 검은빛의 흙덩이를 발로 차거나 그 향긋한 냄새를 킁킁 맡기도 했다. 그러고는 온 농장을 꼼꼼히 구경하는 한편 감탄에 겨워 말없이 경작지와 꼴풀 밭과 과수원과 웅덩이와 덤불을 살펴보기도 했다. 그들은 마치 그런 것들을 여태껏 결코 본 적이 없는 듯했으며, 그것이 몽땅 자신들 소유라는 것이 아직도 도무지 믿기지 않았다.

그런 다음 동물들은 농장 건물로 줄줄이 되돌아와 농장 집 문 밖에 고요히 멈추었다. 농장 집도 그들의 것이었건만, 그들은 안으로 들어가기가 겁이 났다. 하지만 잠시 후 스노우볼과 나폴레옹이 어깨로 들이받아 문을 열어젖히자, 동물들은 아무것도 건들지 않도록 조바심 내어 걸으며 줄지어 안으로 들어갔다. 그들은 까치발로 방마다 돌아다니면서도 큰소리가 날까 두려워 소곤소곤 속삭였으며, 믿을 수 없을 만큼 사치스러운 장식품들을 경외의 눈초리로 뚫어지게 바라보았다. 그곳에는 깃털 매트리스가 딸린 침대와 거울과 말총으로 만들어진 소파와 브뤼셀 카펫과 거실 벽난로 위에 걸린 빅토리아 여왕의 석판화 따위가 있었던 것이다. 모두들 들떠서 계단을 내려왔을 때, 그들은 몰리가 사라졌음을 알게 되었다. 왔던 곳으로 되돌아간 동물들은 가장 잘 꾸며진 침실에 머물러 있는 몰리를 발견했다. 몰리는 존스 부인의 화장대에서 파란 리본을 하나 꺼내 어깨에 걸치고는 거울 속의 자기 모습을 바보처럼 넋 놓고 바라보고 있었다. 동물들은 몰리를 호되게 꾸짖은 뒤 밖으로 나왔다. 부엌에 걸렸던 햄 조각들은 밖으로 가지고 나와 땅에 묻어 버렸고 부엌 쪽방의 맥주 통은 복서가 말굽으로 차 박살을 냈지만 집 안의 다른 것들은 전혀 건드리지 않았다. 농장 집을 박물관으로 보존하자고 그 자리에서 만장일치로 정해졌다. 어떠한 동물도 농장 집에서 살아서는 안 된다는 데에도 모두의 뜻이 모아졌다.

동물들이 아침 식사를 마치자 스노우볼과 나폴레옹이 그들을 다시 불러 모았다.

"동지들," 하고 스노우볼이 말했다. "지금은 여섯 시 반이니까 오늘 하루도 많이 남았습니다. 오늘 우리는 꼴풀 거두어들이는 일을 시작합니다. 하지만 먼저 처리해야 할 일이 있습니다."

돼지들이 이제야 밝힌 바로는, 지난 삼 개월 동안 그들은 존스 씨의 아이들이 쓰다가 쓰레기통에 버린 낡은 철자법 교재를 가지고 읽기와 쓰기를 스스로 깨쳤다는 것이었다. 나폴레옹은 검은색과 흰색 페인트 통을 가져오도록 보내고는 한길로 나가는 다섯널빤지 문으로 모두를 데려갔다. 그런 뒤 (돼지들 가운데 스노우볼이 글씨를 가장 잘 썼던 까닭에) 스노우볼이 앞다리 사이에 붓을 끼우고는 맨 위 널빤지에 적힌 '매너 농장'이라는 글씨를 페인트로 지우고 그 자리에 '동물농장'이라고 썼다. 농장은 이제 이 이름으로 불릴 것이었다. 그런 뒤 동물들은 농장 건물로 되돌아갔으며, 스노우볼과 나폴레옹은 커다란 광 안쪽 벽에 세워 두라고 했던 사다리를 가져오라 시켰다. 그들이 설명한 바로는, 지난 삼 개월 동안 열심히 공부한 돼지들은 '동물주의'의 신념들을 '일곱 계명'으로 간추리는 데에 성공했다는 것이었다. 이 '일곱 계명'은 이제 벽 위에 써 놓을 것이며, 동물농장의 모든 동물이 앞으로 영원히 삶의 길잡이로 삼아야 할 영원불변한 계율unalterable law이었다. (돼지가 사다리에서 균형 잡기란 쉬운 일이 아니었던 탓에) 좀 애는 먹었지만 스노우볼은 사다리에 기어올라 일하기 시작했고, 스퀼러가 몇 계단 아래에서 페인트 통을 들고 있었다. 30야드 밖에서도 읽을 수 있도록 타르를 칠한 벽 위에 커다란 흰 글씨로 일곱 계명을 썼다. 그것은 이러했다.

'일곱 계명'

– 누구든 두 다리로 걷는 자는 적이다.
– 누구든 네 다리로 걷거나, 날개를 가진 자는 우리의 친구이다.
– 어떠한 동물도 옷을 입어서는 안 된다.
– 어떠한 동물도 침대에서 자서는 안 된다.
– 어떠한 동물도 술을 마셔서는 안 된다.
– 어떠한 동물도 다른 동물을 죽여서는 안 된다.
– 모든 동물은 평등하다.

그것은 꽤 멋진 솜씨로 쓰였으며, 'friend친구'를 'freind'로 썼다거나 's'자 하나의 둥근 모양이 잘못된 것 말고는 철자법도 모두 맞았다. 스노우볼은 다른 동물들을 위해 그것을 큰소리로 읽어 주었다. 동물들은 모두 완전 동의한다고 고개를 주억거렸고, 똑똑한 치들은 그 자리에서 벌써 '계명'을 외우기 시작했다.

"자, 동지들," 하고 스노우볼이 붓을 밑으로 던지며 외쳤다. "꼴풀 밭으로! 존스와 그 일꾼들보다 더 빠르게 거두어들일 수 있음을 명예로 삼도록 합시다."

그런데 바로 이때, 진작부터 불편해 보였던 암소 세 마리가 크게 음매 울었다. 그들은 24시간 동안이나 젖을 짜지 않았던 터여서 젖통이 거의 터질 듯했던 것이다. 돼지들은 잠깐 생각에 빠졌지만 이내 양동이를 가져오라고 해서 암소 젖을 매우 훌륭하게 짜 주었다. 이 일을 하는 데에 그들의 네 다리는 아주 제격이었다. 곧바로 양동이 다섯 개에 보글보글 거품이 이는 크림색 우유가 그득해졌고 동물들은 거의 모두가 무척 흥미롭다는 듯이 이를 지켜보았다.

"저 우유는 모두 어떻게 하려나?" 하고 누군가가 말했다.

"가끔 존스는 우리 먹이에 우유를 좀 타 주곤 했답니다." 하고 암탉 하나가 말했다.

"우유는 신경 쓸 것 없소, 동지들!" 하고 나폴레옹이 양동이 앞으로 나서며 외쳤다. "알아서 잘 처리해 나갈 것이오. 지금은 꼴풀 거두어들이는 일이 더 중요하오. 스노우볼 동지가 앞장설 것이오. 나는 금세 뒤따라갈 것이오. 앞으로 가시오, 동지들! 꼴풀이 기다리고 있소."

이리하여 동물들은 꼴풀을 거둬들이기 위해 무리 지어 꼴풀 밭으로 몰려갔다. 해질녘이 되어 돌아온 동물들은 우유가 사라진 것을 알게 되었다.

셋째 마당

꼴풀을 거둬들이기 위해 동물들이 얼마나 애를 쓰고 땀 흘렸던지! 그래도 애쓴 보람은 있었다. 거둬들인 양이 바랐던 것보다 훨씬 많았던 것이다.

이따금 일이 힘든 때도 있었다. 농기구는 동물 아닌 인간에 맞춰 설계되었고 뒷다리에 걸쳐서 쓰는 것들을 포함하여 어떤 도구든 이를 사용할 수 있는 동물이 하나도 없다는 것은 커다란 걸림돌이었다. 허나 돼지들은 꽤 꾀가 많았기에 모든 어려움을 풀어 나갈 길을 생각해 낼 수 있었다. 말들만 해도, 그들은 밭이라면 속속들이 알고 있었고 풀베기나 갈퀴질 같은 것은 정말 존스나 일꾼들보다 훨씬 잘 이해하고 있었다. 돼지들은 실제 일하지는 않고 다른 동물들을 감독하고 감시하기만 했다. 지식이 높았던 까닭에 그들이 리더십을 갖는 것은 자연스러운 일이었다. (더 말할 나위도 없이, 이즈음엔 재갈이나 고삐가 필요 없었지만.) 복서와 클로버는 스스로 제초기나 써레를 제 몸에 달고는 밭을 꾸준히 돌고 또 돌곤 했다. 이들 뒤로는 돼지 한 마리가 따라 걸으면서 필요에 따라 "이랴, 빨리빨리, 동지!"라거나 "워워, 기다려, 동지!"라고 외치곤 했다. 그리고 하잘것없는 동물들까지 너나없이 꼴풀을 모으거나 모아진 꼴풀을 말리려고 위아래로 뒤집는 일들을 했다. 오리와 암탉들조차 부리로 한 움큼씩 꼴풀 더미를 물어 나르느라 종일토록 땡볕 아래서 이리저리 다니면서 애를 썼다. 마침내 동물들은 여느 때 존스와 일꾼들이 걸렸던 것보다 이틀이나 빨리 수확을 마쳤다. 게다가 여태껏 농장에서 볼 수 없었던 많은 수확량이었다. 조금의 낭비도 없이 암탉과 오리들은 예리한 눈길로 풀줄기 하나 남김없이 모두 거두어들였다. 농장의 동물치고 한 모금의 먹이라도 훔치는 녀석은 아무도 없었다.

그해 여름 내내, 농장 일은 시계 태엽처럼 빈틈없이 돌아갔다. 동물들은 상상도 할 수 없을 만큼 행복했다. 한입 가득 먹는 음식마다 의심할 나위 없이 벅찬 기쁨이었으니, 그것은 진정 자신들만의 음식이었고 제 힘으로 자신을 위해 만들어 낸 것이었으며 인색한 주인이 찔끔찔끔 던져 주는 먹이가 아니기 때문이었다. 쓸모없는 기생충 같은 인간이 사라지자, 각자가 먹을 몫이 커졌다. 동물들이 써먹지는 않았지만 여가도 늘어났다. 그들은 숱한 어려움에 맞닥뜨렸다. 이를테면 그해가 다 저물어 곡물을 거둬들였지만 그들은 옛날처럼 발로 밟아 낟알을 털거나 입김으로 왕겨를 후 불어 날려야 했다. 농장에는 탈곡기가 없었던 까닭이다. 하지만 꾀가 많은 돼지들과 어마어마한 근육의 복서는 언제나 어려움들을 잘 헤쳐 나갔다. 복서는 누구에게나 경탄의 대상이었다. 복서는 존스 시절에도 훌륭한 일꾼이었지만, 이제 그는 한 마리라기보다 오히려 세 마리처럼 보였으며 농장의 모든 일이 그의 힘센 어깨에 달려 있는 것처럼 보였다. 그는 아침부터 밤까지 밀고 당기며 일했으며, 가장 힘든 일이 있는 곳에는 언제나 그가 있었다. 그는 젊은 수탉 한 마리에게 아침에 다른 누구보다 30분 일찍 깨워 달라고 약정해 놓기도 했으며, 하루의 정규 일과가 시작되기 전이라도 무슨 일이든 꼭 필요하다면 스스로 앞장서 일을 하곤 했다. 문제가 생기거나 난관에 부딪힐 때마다 그가 하는 말은 "내가 좀 더 일을 하자!"라는 것이었다. 그는 이것을 자기 혼자만의 좌우명으로 삼았다.

그 밖에는 다들 자기 능력에 따라 일을 했다. 이를테면 암탉과 오리들은 곡물을 거둬들이면서 빠뜨렸던 낟알들을 모아서

다섯 부셸180리터을 더 거두었다. 훔치거나 자기 몫을 놓고 투덜거리거나 하는 동물은 하나도 없었으며, 옛날의 일상에서 흔히 볼 수 있었던 말다툼이나 물어뜯기나 시샘 등은 거의 사라졌다. 게으름을 피우는 자도 없었다. 아니 거의 없었다. 사실 몰리는 아침 일찍 일어나지도 못했고 말굽에 돌멩이가 끼었다는 핑계로 일찌감치 일손을 놓는 버릇이 있었다. 고양이의 행동은 좀 별났다. 일찍부터 알려진 것이지만, 할 일이 생겼을 때마다 고양이는 늘 찾아볼 수 없었다. 그녀는 몇 시간이나 줄곧 사라졌다가 밥 때 아니면 일이 끝난 저녁에 마치 아무 일도 없었다는 듯이 다시 나타나곤 했다. 하지만 그녀는 늘 그럴싸하게 핑계도 잘 댔고 아양 떨며 가르랑댔기 때문에, 다들 그녀에게 나쁜 뜻은 없었다고 믿어야만 했다. 늙은 당나귀 벤저민은 봉기가 있고 나서도 전혀 바뀌지 않아 보였다. 그는 존스 시절에 했던 것과 똑같이 느릿느릿하고 완고한 자세로 자신의 일들을 해 나갔다. 꾀를 부리지도 않았지만 스스로 나서서 과외의 일을 하는 적도 결코 없었다. 봉기나 그 결과에 관하여 그는 아무런 의견도 내려고 하지 않았다. 존스가 없어져서 더 불행하지 않느냐 하고 누군가가 물어 볼라치면, 벤저민은 그저 "당나귀는 오래 산다고. 자네들 가운데 죽은 당나귀를 본 자는 아무도 없을걸." 하고 말하곤 했는데, 다른 동물들은 이 아리

송한 대답에 만족해야 했다.

일요일에는 일이 없었다. 아침밥은 다른 때보다 한 시간 늦었고 끼니를 때운 뒤에는 매주 거르지 않고 어떤 의식이 치러졌다. 첫째 의식은 깃발을 달아매는 일이었다. 스노우볼이 말 연장 창고에서 존스 부인이 쓰던 낡은 녹색 식탁보를 찾아내서 여기에 흰색 페인트로 발굽과 뿔을 그려 넣은 것으로, 깃발은 매주 일요일 아침마다 농장 집 마당의 깃대에 내걸리곤 했다. 스노우볼이 설명하기로는, 깃발의 녹색은 영국의 푸르른 들판을 나타내는 한편 발굽과 뿔은 인간 종족을 마침내 모두 물리쳤을 때 세워질 앞날의 '동물공화국'을 뜻한다는 것이었다. 깃발을 달아맨 뒤, 동물들은 모두 '큰모임'이라고 알려진 총회를 하기 위해 커다란 광을 향해 행진해 나갔다. 이곳에서 다음 주에 할 일을 계획하며 갖가지 방안을 내어놓고 토의하였다. 여러 방안을 내놓는 것은 늘 돼지들이었다. 다른 동물들은 어떻게 투표하는지 이해는 했지만 결코 자기 나름의 방안을 내놓지는 못했다. 스노우볼과 나폴레옹은 가장 열띠게 논쟁을 벌이는 축이었다. 하지만 이들 둘은 의견이 모아진 적이 한 번도 없었다. 한쪽이 어떠한 방안을 내놓으면, 다른 쪽은 언제나 이에 반대한다고 보면 틀림없었다. 일할 나이가 지난 동물들을 위해 과수원 뒤 작은 목장에 쉼터를 짓자는 방안이 마련되었을 때조차, (그것은 누가 봐도 반대할 수 없는 것이었지만) 어떤 종의 동물이 어느 나이에 물러나야 할지에 관해서 몹시 격한 논쟁이 벌어졌다. 큰모임은 언제나 '영국의 동물들'을 함께 부르는 것으로 끝났고, 오후는 오락시간이었다.

돼지들은 말 연장 창고를 자신들의 본부로 삼으려 남겨 두었다. 그들은 이곳에서 저녁이 되면 농장 집에서 가져온 책을 보면서 대장 일과 목공 일과 그 외에 필요한 기술들을 배워 익혔다. 스노우볼은 또 다른 동물들을 조직하느라 바삐 뛰어다니곤 했는데, 그는 여기에 스스로 '동물위원회'라고 이름을 붙였다. 그는 이 일을 하면서 지칠 줄 몰랐다. 암탉들을 '달걀 생산 위원회'로 조직했고 암소들의 '꼬리 청결 연맹', (쥐와 토끼를 길들일 목적의) '야생 동지 재교육 위원회', 양들의 '더 하얀 털 운동'을 비롯한 온갖 조직들을 만들었으며, 아울러 읽기교실과 쓰기교실도 열었다. 이 기획은 대체로 실패했다. 이를테면 야생 생물을 길들이려는 시도는 거의 곧바로 실패했다. 그들은 전과 똑같은 행동을 이어가곤 했으며 누군가가 후하게 대해 주면 이를 이용하기만 할 뿐이었다. 고양이도 '재교육 위원회'에 들어가 며칠 매우 적극적으로 활동했다. 하루는 그녀가 지붕에 앉아 손길 닿지 않는 곳에 있는 참새 몇 마리와 이야기를 나누는 모습이 보였다. 그녀는 참새들에게 이제 모든 동물은 동지가 되었으니 어떤 참새든 제가 원하기만 하면 자기 발등에 날아와 앉아도 된다고 말했다. 하지만 참새들은 거리를 좁히지 않았다.

그렇지만 읽기교실과 쓰기교실은 대단한 성공이었다. 가을이 오자, 농장의 거의 모든 동물이 어느 정도는 읽고 쓸 수 있게 되었다.

돼지들을 보면, 그들은 벌써부터 읽고 쓸 줄 아는 게 틀림없었다. 개들은 엄청 잘 읽을 만큼 배웠지만, '일곱 계명' 말고는 그 어떤 것도 읽을 만큼 흥미를 갖지 못했다. 염소 뮤리엘은 개들보다 더 잘 읽을 수 있었으며 가끔 저녁에 쓰레기 더미에서 찾은 신문 조각을 다른 동물들에게 읽어 주곤 했다. 벤저민도 다른 돼지들 못지않게 읽을 수 있었지만 제 능력을 드러낸 적은 결코 없었다. 그는 자신이 알고 있는 바로는 읽을 값어치가 있는 것은 하나도 없다고 말했다. 클로버는 철자들을 다 배웠지만 이를 단어로 이어 맞출 정도는 아니었다. 복서는 D자 뒤로는 깨우치지 못했다. 그는 커다란 말굽으로 흙에 A— B—C—D자를 쓴 뒤, 귀를 뒤로 쫑긋 세우거나 때로 앞갈기를 흔들기도 하면서 글자들을 뚫어지게 바라보곤 했는데, 다음 글자가 뭐였는지 기억하려 낑낑댔지만 한 번도 성공하지 못했다. 정말 몇 번 그는 E—F—G—H자까지 배우기도 했지만, 그것들을 알 만한 때가 되면 늘 A—B—C—D자는 벌써 까먹었음이 드러났다. 마침내 그는 처음 네 글자에 만족하기로 마음먹고는 기억을 되살리고자 그것들을 날마다 한두 차례씩 쓰곤 했다. 몰리는 제 이름을 뜻하는 여섯 글자 말고는 더는 배우려 하지 않았다. 그녀는 나뭇가지로 이들 글자를 깔끔히 맞추어 적고 한두 송이 꽃으로 예쁘게 꾸민 뒤 그것에 감탄하면서 그 주위를 빙빙 돌곤 했다.

농장의 그 밖의 다른 동물들 가운데서는 A자를 넘어서 배울 수 있는 녀석이 거의 없었다. 게다가 양과 암탉과 오리들 같이 더 아둔한 동물들은 끝내 '일곱 계명'을 외울 수조차 없음이 드러났다. 깊은 생각 끝에 스노우볼은 '일곱 계명'이 사실은 하나의 격언 곧 "네 다리는 좋고, 두 다리는 나쁘다."라는 것으로 짧게 줄일 수 있다고 선언하였다. 그에 따르면, 여기에는 '동물주의'의 핵심 원칙이 담겨 있으며, 이를 잘 이해한 자라면 누구든 인간의 영향을 받을 걱정이 없을 것이었다. 새들은 자신들이 두 다리를 갖고 있다고 여겨지는 만큼, 처음에는 이를 받아들이지 않으려 했다. 하지만 스노우볼은 그들에게 그게 그렇지 않다고 설명해 주었다.

"새의 날개는 말입니다, 동지들," 하고 그가 말했다. "손처럼 일하는 기관이 아니라 앞으로 나아가는 데에 쓰이는 기관입니다. 그런 만큼 그것은 다리로 보아야 합니다. 인간을 특징짓는 표시는 '손'이며 그것은 그가 행하는 모든 나쁜 짓의 도구입니다."

새들은 스노우볼의 긴 말을 이해하지는 못했지만 그의 설명은 받아들였으며, 더 보잘것없는 다른 동물들도 새로운 격언을 외우기 시작했다. '네 다리는 좋고, 두 다리는 나쁘다.'라는 글귀는 광의 안쪽 벽, '일곱 계명' 위에 더 큰 글씨로 새겨졌다. 양들은 새로운 격언을 한 번 외우고 나자 이를 더없이 좋아하게 되었으며 틈틈이 들판에 누워 모두가 매에 하며 "네 다리는 좋고, 두 다리는 나쁘다! 네 다리는 좋고, 두 다리는 나쁘다!"고 울어 젖히기 시작했다. 그들은 몇 시간이고 계속했으며 좀체 지칠 줄을 몰랐다.

나폴레옹은 스노우볼의 위원회에 별다른 관심이 없었다. 그는 젊은이들의 교육이 이미 다 큰 녀석들에게 해 줄 수 있는 그 어떤 것보다 더 중요하다고 말했다. 꼴풀 거둬들이기가 끝난 바로 뒤에 제시와 블루벨은 같이 새끼를 낳아 그들 사이에는 튼실한 강아지가 아홉 마리나 생겼다. 녀석들이 젖을 떼자, 나폴레옹은 교육을 자신이 맡겠다면서 녀석들을 어미들로부터 떼어서 데려갔다. 그는 녀석들을 광에서도 사다리를 타야만 닿을 수 있는 다락에 데려다가는 꼭꼭 숨겨 놓는 바람에 농장의 나머지 동물들은 녀석들이 있는지 없는지조차 까먹고 말았다.

우유가 어디로 사라졌는지 하는 수수께끼는 곧 풀렸다. 그것은 날마다 돼지 죽에 섞였던 것이다. 풋사과들도 이제는 익어 갔고 과수원 풀밭에는 바람에 떨어진 사과들이 널려 있었다. 동물들은 이것들을 골고루 나누어 갖는 것이 마땅하다고 미루어 짐작했다. 그런데 어느 날, 떨어진 사과들을 모두 거두어 돼지들이 쓸 수 있도록 광으로 가져오라는 명령이 내려왔다. 이에 다른 몇몇 동물이 투덜댔지만 소용이 없었다. 돼지들은 이 문제만큼은 모두가 한마음이었고 스노우볼과 나폴레옹조차 그러했다. 다만 다른 동물들에게 설명해야 했고, 이를 위해 스퀼러가 왔다.

"동지들," 하고 그가 외쳤다. "우리 돼지들이 이기심과 특권의식으로 이러는 것이라고 생각지는 않겠지요? 우리는 대개가 우유나 사과를 좋아하지 않아요. 내 스스로도 그렇고요. 이것들을 모으는 우리의 단 하나 목적은 우리의 건강을 지키자는 데에 있어요. (동지들, 과학으로 증명된 바이지만,) 우유와 사과에는 돼지의 건강에 없어서는 안 되는 물질이 담겨 있답니다. 우리 돼지들은 머리를 쓰는 노동자예요. 이 농장을 통째로 운영하고 조직하는 일은 우리에게 달려 있지요. 우리는 밤낮으로 여러분의 복지를 보살피기도 하고요. 우리가 우유를 마시고 사과를 먹는 것은 '바로 여러분'을 위한 일입니다. 우리 돼지들이 우리 의무를 다하지 못한다면 무슨 일이 벌어질지 아시지요? 존스가 돌아올 겁니다! 그래요, 존스가 돌아온단 말입니다! 틀림없어요, 동지들." 하고 스퀼러는 이리저리 폴짝폴짝 뛰고 꼬리를 흔들면서 거의 하소연하듯 외쳐댔다. "여러분 가운데 존스가 돌아오는 꼴이 보고 싶은 자는 분명 아무도 없겠지요?"

이제 동물들이 완전 굳건하게 믿는 게 하나 있다면, 그것은 자신들이 존스가 돌아오는 것을 원치 않는다는 것이었다. 그런 눈으로 보자는 설명을 들으니, 동물들은 할 말이 없었다. 돼지들의 건강을 지키는 것이 중요하다는 점 또한 분명했다. 그리하여 우유와 땅에 떨어진 사과들이 (그리고 다 익어 거두어들이는 사과 대부분까지도) 오로지 돼지들만을 위해 남겨야 한다는 것에 대해 더 말다툼 없이 모두 동의하였다.

넷째 마당

늦여름 무렵, 동물농장에서 벌어진 일에 관한 소식은 그 고을의 절반 가까이까지 퍼져 나갔다. 스노우볼과 나폴레옹은 하루도 빠짐없이 비둘기들을 날려 보냈다. 그들이 받은 지시사항은 이웃 농장들의 동물들과 어울리면서 그들에게 봉기 이야기도 전하고 '영국의 동물들' 노래의 곡조도 가르쳐 주라는 것이었다.

이러는 새에 존스 씨는 윌링던의 술집 '붉은 사자' 바에 앉아 대부분의 시간을 보냈다. 그는 자기 이야기를 들어주는 인간이면 누구한테나 자신이 끔찍하게 부당한 일을 당했다고 하소연했는데, 쓰잘머리 없는 동물 떼거지들에 의해 자기땅에서 쫓겨났다는 이야기였다. 다른 농장주들은 대개 공감을 하면서도 처음에는 그에게 큰 도움을 주지는 않았다. 그들은 서로서로 마음속으로 존스의 불운을 어떻게 하면 자신에게 이익이 되도록 바꾸어 놓을 수 없을까 슬쩍슬쩍 속셈해 보았다. 다행인 일은 동물농장 가까이 붙은 농장 두 곳 주인들 사이가 늘 나빴다는 것이었다. 그 가운데 하나는 폭스우드라는, 넓지만 제대로 돌보지 않은 구식 농장으로, 숲에는 잡초가 무성했고 목장은 온통 황폐했으며 산울타리는 얼기설기했다. 주인 필킹턴 씨는 낚시나 사냥으로 시간을 보내는 속편하고 점잖은 농장주였다. 핀치필드로 불리는 또 다른 농장은 보다 작았지만 관리가 잘된 곳이었다. 주인은 프레더릭 가문 사람으로, 사납고 빈틈이 없으며, 끊임없이 소송을 걸고 흥정을 잘하는 사람이었다. 이들 두 사람은 서로 너무나 싫어했기에, 그들이 어떤 합의를 이룬다는 것은 무척 어려운 일이었다. 두 사람 모두에게 이익이 되는 것을 지킬 때조차도 그랬다.

그렇기는 해도, 둘 다 동물농장에서 벌어진 봉기 소식에 화들짝 놀랐으며 어떻게 하면 자기네 농장의 동물들이 봉기를 따라 배우지 않게 할까 걱정이 이만저만이 아니었다. 처음에 그들은 동물들 스스로가 농장을 운영한다는 생각을 업신여기고 비웃는 시늉을 하며 보름만 지나면 모든 것이 끝나 있을 거라고 말했다. 그들은 ('동물농장'이라는 이름을 견딜 수 없어서

매너 농장이라고 부르기를 고집했는데,) 그 매너 농장의 동물들이 서로 싸우기를 그치지 않으며 잠깐 새에 굶어 죽어 가고 있다는 헛소문을 퍼뜨렸다. 시간이 흘렀어도 동물들이 굶어 죽지 않은 것이 분명해지자, 프레더릭과 필킹턴은 말을 바꾸어 동물농장에서 섬뜩한 악행이 한창 벌어지고 있다고 떠벌여 대기 시작했다. 그곳 동물들은 서로서로 고기도 뜯어먹고 붉게 달군 말편자로 고문도 하며 암컷들을 공유한다고도 했다. 이는 자연법칙을 어기는 데서 오는 일들이라는 것이 프레더릭과 필킹턴의 말이었다.

하지만 그 이야기들을 그대로 믿는 자는 아무도 없었다. 인간들이 쫓겨나고 동물들이 제 일들을 제 스스로 관리하는 이 멋진 농장에 관한 소문들은 알쏭달쏭하게 비비 꼬인 채로 퍼뜨려졌다. 그런 가운데 그해 내내 봉기의 물결이 그 고을 곳곳으로 퍼져 나갔다. 고분고분하기만 했던 황소들이 갑자기 사나워졌고 양들은 산울타리를 무너뜨리고 나아가 토끼풀을 게걸스레 먹어 댔으며 암소들은 여물통을 차서 뒤엎어 버렸고 사냥꾼의 말들은 울타리를 거부하기도 하고 등에 탄 인간을 멀리 날려 보내기도 했다. 무엇보다, '영국의 동물들' 곡조뿐 아니라 가사까지도 모두에게 알려졌다. 노래가 퍼지는 속도는 놀라운 것이었다. 인간들은 그 노래를 듣고는 웃긴다고 생각하는 척하기는 했지만 분노를 억누르지는 못했다. 아무리 동물들이라고 해도 그렇지 어떻게 그런 경멸스런 쓰레기를 노래로 부를 수 있는지 모르겠다고 말했다. 노래를 부르다 잡힌 동물은 어떤 놈이든 재깍 매질을 당했다. 하지만 그 노래를 못 부르게 하는 것은 불가능했다. 찌르레기들은 산울타리에서 찌르르, 찌르르 노래 불렀고 비둘기들은 느릅나무에서 구구구 노래 불렀다. 노래는 대장간의 땅땅 망치 소리와 뎅그렁 교회 종소리 속으로 스며들어 갔다. 이제 인간들은 노래를 들으면 남몰래 몸이 달달 떨렸고 노래 속에서 제 앞날의 파멸을 예언하는 목소리가 들려왔다.

이른 시월, 곡물을 베어 낟가리로 쌓아 올리고 일부는 이미 타작까지 마쳤을 즈음, 비둘기 한 떼가 공중을 빙빙 돌며 날아와서는 더없이 흥분한 모습으로 동물농장 마당에 내려앉았다. 존스와 그의 일꾼들이 폭스우드와 핀치필드에서 온 대여섯 명의 다른 사람들과 함께 다섯널빤지 문을 열고 들어와 농장으로 이르는 마찻길로 올라오고 있다는 것이었다. 그들은 존스 빼고 모두 몽둥이를 들고 있었으며 존스는 손에 총을 들고 앞장서 걷고 있었다. 농장을 도로 빼앗으려고 오는 것임이 분명했다.

이는 오래전부터 예상됐고 그래서 만반의 준비가 된 일이었다. 농장 집에서 찾아낸 낡은 책에서 율리우스 카이사르의 군사 행동을 익힌 스노우볼이 방어전 책임을 맡았다. 그의 명령은 신속했고 모든 동물은 이삼 분도 되지 않아 제자리에 가서 지키고 있었다.

사람들이 농장 건물로 다가오자 스노우볼은 첫 공격을 개시했다. 서른다섯 마리의 비둘기들이 모두 사람들 머리 위를 어지러이 날면서 공중에서 그들에게 똥을 싸질러 댔고, 그들이 똥을 어떻게든 해 보려고 수선을 떠는 사이에 산울타리 뒤에 숨었던 거위들이 뛰쳐나와 그들의 종아리를 야무지게 쪼아 댔다. 하지만 이는 그들을 흐트러뜨리려는 가벼운 전초전일 뿐이어서 사람들은 몽둥이로 거위들을 가볍게 물리칠 수 있었다. 스노우볼은 이제 두 번째 공격을 시작했다. 스노우볼이 앞장선 가운데 뮤리엘과 벤저민 그리고 양들이 모두 앞으로 몰려나와 여기저기서 사람들을 찌르고 머리로 받곤 했으며 그새 벤저민은 뒤로 빙글 돌아 그들을 자기 작은 말굽으로 후려쳤다. 하지만 몽둥이를 들고 징 박힌 장화를 신은 사람들은 또다시 동물들에게는 강적이었던 까닭에, 스노우볼이 퇴각을 알리려고 꽥꽥 고함소리를 내자 동물들은 모두 갑자기 뒤돌아서서 문을 지나 뜰로 도망을 쳤다.

사람들은 승리의 함성을 질렀다. 그들은 예상대로 적들이 도망치는 모습을 보더니 전열도 갖추지 않고 적들을 뒤쫓았다. 스노우볼의 노림수가 바로 이것이었다. 사람들이 안뜰로 깊숙이 들어오자마자 외양간에 숨어 있던 말 세 마리와 암소 세 마리 그리고 나머지 돼지들이 갑자기 그들 뒤에서 나타나서 사람들이 도망갈 길을 차단했다. 이때 스노우볼이 공격 신호를 보냈고 그 자신은 존스에게 바로 진격해 갔다. 그가 다가오는 것을 본 존스는 총을 발사했다. 총알은 스노우볼의 등에 핏빛 줄무늬를 그렸고, 양 한 마리가 죽음을 맞았다. 스노우볼은 돌멩이 열다섯 개를 쉴 새 없이 존스의 다리로 내던졌다. 존스는 똥 무더기 위로 철퍼덕 나자빠지면서 총을 놓쳤다. 하지만 무엇보다도 기막힌 장면은 복서가 연출했다. 그는 종마처럼 뒷다리로 서서 커다란 편자를 박은 말굽을 마구 휘둘렀다. 그의 첫 타격에 폭스우드에서 온 마구간지기 하나가 머리통을 얻어맞고는 진흙탕에 죽은 듯 뻗어 버렸다. 이런 광경을 본 몇 사람은 몽둥이를 내던지고 도망치려 했다. 그들은 공포에 사로잡혔고, 다음 순간 모든 동물이 다함께 마당을 돌고 또 돌며 그들을 뒤쫓아 공격했다. 동물들은 그들을 뿔로 들이받고 발로 차고 이빨로 깨물고 발굽으로 짓밟았다. 농장 동물치고 맘대로 그들에게 앙갚음하지 않은 녀석은 하나도 없었다. 고양이까지도 갑자기 지붕에서 어느 소몰이꾼 어깨로 뛰어내려 발톱으로 그의 목을 할퀴었고, 이에 소몰이꾼은 고래고래 비명을 질렀다. 갑자기 앞길이 트였다. 사람들은 천만다행이라는 듯이 급히 뜰 밖으로 달려 나가 한길을 향해 한걸음에 내달았다. 이리하여 사람들은 쳐들어온 지 5분도 채 되지 않아 왔던 길로 다시 치욕스런 후퇴를 해야 했다. 한 무리 거위들이 쉭쉭 소리를 내며 그들을 뒤쫓아 와 종아리를 쪼아 댔다.

한 사람 빼고는 모두가 달아났다. 뜰로 돌아온 복서가 진흙탕에 얼굴을 묻은 채 엎드린 소몰이꾼 하나를 뒤집어 보려고 발굽으로 건들고 있었다. 소몰이 소년은 꿈쩍하지 않았다.

"죽었나 봐," 하고 복서가 울부짖었다. "이럴 맘은 없었는데…. 내가 쇠 구두를 신었던 걸 잊고 있었어. 내가 일부러 그러지 않았다고 누가 믿겠어?"

"감상에 젖지 맙시다, 동지!" 하고 스노우볼이 외쳤다. 그의 상처에서 피가 아직 뚝뚝 떨어지고 있었다. "전쟁은 전쟁이오. 죽은 자 말고는 착한 인간이란 없어요."

"난 아무 목숨도 뺏고 싶지 않았네. 인간이라도 말이야." 하고 복서는 되풀이했다. 그의 눈에는 눈물이 가득했다.

"몰리는 어디 있지?" 하고 누군가가 소리쳤다.

정말 몰리가 사라졌다. 잠깐 동안 불안이 휘돌았다. 인간들이 어떤 식으로든 그녀를 해치지나 않았는지 아니면 그녀를 데려가지나 않았는지 걱정이었다. 하지만 마구간의 제 우리에서 여물통의 꼴풀 속에 머리를 처박고 숨어 있던 그녀가 마침내 발견되었다. 그녀는 총이 발사되자마자 부리나케 도망쳤던 것이다. 그녀를 찾은 뒤에 되돌아온 동물들은 이번에는 소몰이꾼이 의식을 되찾아 달아났음을 알게 되었다. 그는 실은 기절했을 뿐이었던 것이다.

동물들은 이제 더없이 흥분한 상태로 다시 모였고 그들은 서로서로 전투에서의 제 무공을 목청껏 떠들어 댔다. 곧바로 즉흥적인 승리의 잔치도 열렸다. 깃발을 내걸고 '영국의 동물들'을 부르고 또 부르는 한편 목숨을 잃은 양을 위해 엄숙하게 장례를 치렀다. 그녀의 무덤 위에는 산사나무 다발을 심었다. 스노우볼은 무덤 옆에서 동물농장에 필요하다면 모든 동물이 기꺼이 목숨을 바쳐야 한다고 강조하며 짧게 연설했다.

동물들은 '1급 동물영웅'이라는 무공훈장을 제정하기로 모두 한뜻으로 결정했고 훈장은 바로 그 자리에서 스노우볼과 복서에게 주어졌다. 그것은 (말 연장 창고에서 발견한 진짜 놋쇠 장식으로 만든) 낡은 놋쇠 메달로, 일요일과 휴일에 달기로 했다. '2급 동물영웅' 훈장도 제정되었는데, 이것은 목숨 잃은 양에게 추서되었다.

이 전투를 무엇이라고 부를지를 놓고 열띤 토론이 벌어졌다.

마침내 그것은 '외양간 전투'라고 이름 붙였다. 복병이 숨어 있다 뛰쳐나온 곳이었기 때문이다. 존스 씨의 총이 진흙탕에 묻혀 있다가 발견되었고 농장 집에는 탄약통도 하나 남아 있다는 것이 알려졌다. 총은 대포를 놓듯 깃대 밑동에 걸어 놓고, 일 년에 두 차례 쏘기로 하였다. 외양간 전투를 기념하는 10월 12일에 한 차례, 또 봉기를 기념하는 날인 세례 요한 축제일에 한 차례.

다섯째 마당

겨울이 다 지나가는데, 몰리는 갈수록 더 골칫거리가 되어 갔다. 그녀는 아침마다 일터에 늦었고, 늦잠 잤다고 핑계를 대기 일쑤였고, 엄청 먹어대면서도 괜스레 여기저기 아프다고 투덜댔다. 그녀는 온갖 핑계를 대며 일터에서 빠져나가 웅덩이로 가곤 했다. 그곳에서 그녀는 물에 비친 제 모습을 우두커니 바라보며 서 있는 것이었다. 하지만 더 심각한 소문들이 떠돌기도 했다. 하루는 몰리가 한 줄기 꼴풀을 씹으면서 제 기다란 꼬리를 퍼덕퍼덕 까불고 뜰로 가뿐가뿐 걸어 들어오자 클로버가 그녀를 한쪽으로 데려갔다.

"몰리," 하고 클로버가 말했다. "아주 진지하게 할 말이 하나 있어요. 오늘 아침 당신이 동물농장과 폭스우드 농장을 가르는 산울타리를 넘겨보는 것이 눈에 띄더군요. 산울타리 건너편에는 필킹턴 씨의 일꾼이 하나 서 있었고요. 내가 멀리 떨어져 있기는 했어도 똑똑히 본 게 틀림없다고 생각되는데, 그가 당신에게 말을 걸고 있었고 당신은 그가 당신 코를 쓰다듬도록 내버려 두더군요. 그것이 뭘 말하는 것일까요, 몰리?"

"그런 일 없어요! 나는 그러지 않았다고요! 사실이 아니에요!" 하고 몰리는 이리저리 껑충껑충 뛰고 땅을 박박 긁으며 외쳐댔다.

"몰리! 나를 똑바로 쳐다봐요. 그 인간이 당신 코를 쓰다듬지 않았다는 말, 맹세할 수 있어요?"

"사실이 아니라니까요!" 하고 몰리는 다시 소리쳤지만 클로버를 똑바로 쳐다볼 수는 없었다. 다음 순간 그녀는 들판을 향해 전속력으로 달아났다.

클로버에게 떠오르는 생각이 있었다. 그녀는 아무에게도 말하지 않은 채 몰리의 마구간 방으로 가서는 말굽으로 짚더미를 뒤적였다. 짚더미 아래에는 자그마한 각설탕 하나와 여러 색깔의 리본들이 몇 다발 숨겨져 있었다.

사흘 뒤, 몰리가 사라졌다. 몇 주 지나도록 몰리가 어디 있는지 알 길이 없었다. 그런데 그때 비둘기들이 윌링던 반대쪽에서 그녀를 보았다고 알려왔다. 그녀가 있는 곳은 붉고 검은

색으로 칠해진 멋진 이륜마차의 끌채들 사이였다. 수레는 어느 선술집 밖에 서 있었고 술집 주인으로 보이는 붉은 얼굴의 뚱뚱한 사내가 바둑판 무늬 반바지를 입고 각반을 찬 채로 그녀의 코를 쓰다듬으며 각설탕을 먹이고 있었다. 그녀는 털도 새로 깎았고 앞갈기에는 짙붉은 리본도 둘렀다. 그녀는 이를 즐기는 듯 보였다는 게 비둘기들의 말이었다. 어떤 동물도 다시는 몰리를 입에 올리지 않았다.

1월이 되자, 날씨가 살을 에듯 추워졌다. 땅은 쇳덩이마냥 단단해졌고, 들판에서 할 수 있는 일은 아무것도 없었다. 커다란 광에서는 숱하게 모임이 열렸으며, 돼지들은 다가오는 봄철에 할 일을 계획하느라 몹시 바빴다. 돼지들이 다른 동물들보다 똑똑하다고 드러난 만큼, 다수결로 승인을 받기만 한다면 돼지들이 농장 정책의 모든 문제들을 정하도록 한다는 데에 이견은 없었다. 스노우볼과 나폴레옹 사이에 논쟁이 없었다면 이런 합의는 잘 지켜졌을 것이었다. 이들 둘은 의견 다툼이 있을 만한 곳이면 언제나 충돌을 일으켰다. 한쪽이 더 넓은 보리밭을 경작하자고 제안하면 다른 쪽은 귀리를 경작하자고 요구했으며, 한쪽이 이곳 또는 저곳 들판이 양배추 재배에 좋겠다고 이야기하면 다른 쪽은 뿌리채소 재배 말고는 쓸모없다고 주장하곤 하는 것이었다. 둘 다 그들만 따르는 추종자들이 있었고, 때때로 거친 말다툼도 벌어졌다. '큰모임'에서는 스노우볼이 자주 뛰어난 말솜씨로 다수의 지지를 얻었던 반면, 나폴레옹은 짬짬이 제 지지를 넓히는 솜씨가 좋았다. 그는 특히 양들에게 잘 먹혀들었다. 요즘에는 양들이 지나새나 "네 다리는 좋고, 두 다리는 나쁘다."며 매에 울어 젖히는 버릇이 생겼는데, 이로써 '큰모임'을 방해하는 일도 자주 있었다. 무엇보다도 그들은 스노우볼이 연설하는 결정적 순간에 걸핏하면 "네 다리는 좋고, 두 다리는 나쁘다."는 구호로 방해하는 것으로 유명했다. 스노우볼은 제가 농장 집에서 찾아낸 잡지 《농민과 목축업자》 지난 호 몇 권을 꼼꼼히 익혔으며, 혁신과 개선을 위한 계획 세우기에 몰두했다. 그는 물대는 토관과 사일리지발효된 사료와 염기성 슬래그비료로 쓰이는 광석 재련 찌꺼기 등에 대해 박식하게 이야기하곤 했으며, 짐마차의 쓰임을 줄이기 위하여 모든 동물이 날마다 들판의 다른 장소에 직접 똥을 누도록 하는 복잡한 방식을 고안하기도 했다. 나폴레옹은 제 나름으로 고안한 것은 없으면서도 스노우볼이 고안한 것들이 쓸모없다고 말을 흘리거나 호시탐탐 기회를 노리는 것처럼 보였다. 하지만 이들 사이의 말다툼 가운데도 풍차를 둘러싸고 벌어진 논란만큼 격렬한 것은 없었다.

농장 건물에서 멀지 않은, 길게 뻗은 목장에는 농장에서 가장 높은 자그마한 둔덕이 있었다. 그곳 땅을 살펴본 스노우볼은 그곳이 풍차 세우기에 안성맞춤이라고 단언했다. 풍차는 발전기를 돌릴 수 있고 농장에 전력을 공급할 수 있을 것이었다. 풍차는 마구간에 불을 켜고 겨울에는 그곳에 난방을 공급해 줄 것이며 또 둥근톱과 작두와 사탕무 썰개와 젖짜기 기계 따위의 전동기도 작동시킬 수 있다는 거였다. (농장이 구식이었고 가장 초보적 기계밖에 없었던 까닭에,) 동물들은 전에는 이런 것들을 들어본 적이 전혀 없었다. 자신들이 들판에서 맘 놓고 풀을 뜯거나 책읽기와 대화를 통해 교양을 닦을 동안 자신들 대신 일해 줄 이들 기막히게 멋진 기계들의 모습을 그려내는 스노우볼의 이야기를 동물들은 놀라움을 감추지 못한 채 듣고 있었다.

몇 주 지나지 않아, 스노우볼의 풍차 세우기 계획이 완성되었다. 기계에 관한 상세한 지식의 거의 대부분은 세 권의 존스 씨 책에서 얻었다. 『집짓기의 모든 것』과 『누구나 할 수 있는 벽돌 쌓기』와 『초보자를 위한 전기 입문』이었다. 스노우볼은 한때 부화실로 사용되었고 매끈하게 마루가 깔려 있어 설계도 그리기에 딱 맞춤인 헛간 하나를 연구실로 사용했다. 그는 한 번 그곳에 들어가면 몇 시간이고 틀어박혀 있었다. 그는 돌로 눌러 책장을 펼쳐 놓고 두 발목 관절 사이에 분필을 하나 끼고는 가끔씩 신명이 나서 작게 킁킁거리며 빠르게 이리저리 움직여 줄을 긋고 또 그었다. 설계도는 갈수록, 크랭크와 톱니바퀴들이 얽히고설킨 복합구조가 되어 갔으며 마루 절반 넘게 덮을 만큼이 됐다. 다른 동물들은 이를 보아도 뭐가 뭔지 도무지 몰랐지만 마음 깊이 새겨지기는 하는 것이었다. 그들은 모두 적어도 하루 한 번씩 스노우볼의 설계도를 보러 왔다. 암탉과 거위들까지도 왔으며, 이들은 분필로 그어 놓은 줄을 밟지 않으려고 여간 애쓰는 것이 아니었다. 오로지 나폴레옹만이 모르는 체했다. 그는 처음부터 풍차에 반대한다고 선언했던 것이다. 하지만 그도 어느 날 불쑥 그 계획을 검토해 보겠다며 찾아왔다. 그는 헛간 주위를 저벅저벅 걸으며 설계도의 세밀한 부분까지 모두 유심히 살펴보았다. 그는 설계도를 한두 차례 킁킁 냄새를 맡고 곁눈질하며 잠깐 생각에 잠겨 서 있었다. 그리더니 갑자기 다리를 들어 설계도에 오줌을 깔기고는 말없이 나가 버렸다.

풍차 문제는 온 농장을 둘로 쫙 갈라놓았다. 스노우볼도 풍차 세우는 것이 어려운 일이 되리라는 것을 부정하지 않았다. 돌멩이들을 가져와서 벽을 올려야 하고 풍차 날개를 만들어야 하며 그러고 나서는 발전기와 전선들이 필요할 것이었다. (이것들을 어떻게 얻을지에 대해, 스노우볼은 말이 없었다.) 그래도 그는 이 모든 일이 일 년 안에 마무리될 수 있다고 우겼다. 그가 잘라 말하기를, 그렇게만 된다면 엄청 많은 노동이 절약되어 동물들은 일주일에 사흘만 일하면 된다는 것이었다. 반면, 나폴레옹은 당장 절실히 필요한 것은 식량 생산을 늘리는 일이며, 풍차 때문에 시간을 헛되이 쓴다면 동물들은 모두 굶어죽을 것이라고 주장했다. 동물들은 "스노우볼에게 투표하여 사흘만 일하자!"라는 구호와 "나폴레옹에게 투표하여 풍족한 여물통을!"이라는 구호 아래 두 개의 분파로 나뉘었다. 벤저민만이 어느 분파에도 들지 않은 유일한 동물이었다. 그는 곡식이 더 풍족해지리라는 말도, 풍차가 일을 줄여 주리라는 말도 믿지 않았다. 그의 말은 풍차가 있든 없든 삶은 늘 그랬듯이 똑같이, 그러니까 나쁘게 흘러간다는 것이었다.

풍차를 둘러싼 논쟁 말고도 농장을 지켜야 한다는 또 다른 문제가 있었다. 인간들이 아무리 '외양간 전투'에서 패해 달아났다 해도, 그들이 농장을 도로 빼앗아 존스 씨를 복귀시키려고 또다시 그것도 더 단호하게 도전하리라는 것은 불 보듯 뻔한 일이었다. 인간들이 그리할 더 큰 이유가 있었으니, 그것은 인간들이 패했다는 소식이 온 고을로 퍼졌고 이웃 농장들의 동물들이 전에 없이 더 들썩거리기 때문이었다. 여느 때처럼, 스노우볼과 나폴레옹은 의견이 맞지 않았다. 나폴레옹에 따르면, 동물들이 할 일은 화약무기들을 장만하여 그것을 잘 다루도록 스스로를 훈련하는 일이었다. 반면, 스노우볼은 더 많은 비둘기들을 날려 보내 다른 농장들의 동물들이 봉기를 일으키도록 부추겨야 한다는 주장이었다. 동물들이 제 스스로를 지킬 수 없다면 정복당하기 마련이라고 한쪽이 주장하면, 다른 쪽은 봉기가 곳곳에서 일어난다면 동물들은 스스로를 지킬 필요조차 없다고 주장하는 것이었다. 동물들은 먼저 나폴레옹 말을 듣고 다음에는 스노우볼 말을 듣기는 했지만, 어느 쪽이 옳은지 판정할 수는 없었다. 그들이 보기에도 자기네 스스로는 정말 늘 그때그때 말하는 자에게 동의하곤 했다.

마침내 스노우볼의 설계가 마무리되었다. 다음 일요일 '큰모임'에서 풍차 세우기 작업을 시작할지 말지를 놓고 투표하기로 했다. 동물들이 커다란 광에 모이자, 스노우볼이 일어섰다. 이따금 양들이 매에 하고 울어 방해는 됐지만, 그는 풍차 세우기를 지지하는 이유들을 설명했다. 이에 맞서기 위해 뒤이어 나폴레옹이 일어났다. 그는 아주 차분하게 풍차란 허튼짓거리라고 말하고는 아무도 이에 표를 던지지 말라고 권한 뒤 곧바로 자리에 다시 앉았다. 그가 말한 것은 30초도 될까 말까 했으며, 자신의 말이 가져올 결과에 무관심한 듯 보였다. 이에 스노우볼이 벌떡 일어났다. 그는 다시 매에 울기 시작한 양들에게 소리쳐 조용히 시키고는 풍차를 지지해 달라고 열렬히 호소했다. 그때까지 동물들은 거의 비슷하게 반씩 갈려서 지지했지만, 한순간에 스노우볼의 달변이 그들을 휩쓸어 버렸다. 그는 정열에 벅차오르는 말투로, 동물들의 등에서 답답한 노동이 제거된 뒤의 동물농장을 묘사했다. 그의 상상은 이제 작두니 순무썰개니 하는 것들을 뛰어넘는 것이었다. 그는 말하기를, 전기는 마구간 칸칸마다 전등불과 냉온수와 전기난방을 공급해 주기도 하고 탈곡기, 쟁기, 써레, 굴림대, 수확기, 바인더 따위를 작동시킬 수 있다는 것이었다. 그가 연설을 마칠 즈음이 되자, 투표가 어느 쪽으로 기울어질지는 불을 보듯 뻔했다. 하지만 바로 이때 나폴레옹이 일어났다. 그는 특유의 곁눈질로 스노우볼을 쏘아본 뒤 날카롭게 째지는 목소리로 꽥꽥거렸다. 지금까지는 아무도 그에게서 들어본 적이 없는 그런 목소리였다.

이를 신호 삼아 밖에서 무시무시하게 으르렁대는 소리가 나더니, 놋쇠 단추 목줄을 한 커다란 개 아홉 마리가 커다란 광으로 뛰어 들어왔다. 놈들은 곧바로 스노우볼에게 달려들었다. 스노우볼은 자리에서 뛰어 일어나, 덥석 물려는 놈들의 아가리를 겨우 피했다. 순간 그는 문밖으로 달아났고 놈들은 그를 뒤쫓았다. 동물들은 모두 놀랍고 겁에 질려 어안이 벙벙한 채 문으로 몰려들어 추격전을 지켜보았다. 스노우볼은 한길로 이어지는 길게 뻗은 목장을 가로질러 달렸다. 그는 돼지가 할 수 있는 최대한으로 달아났지만 개들은 그의 뒤꿈치가 닿을 만큼 따라왔다. 갑자기 그가 미끄러졌다. 이제 그는 꼼짝없이 놈들에게 잡힐 판이었다. 하지만 그때 그는 다시 일어나 더 빠르게 달아났고, 개들도 그를 다시 쫓았다. 놈들 가운데 한 놈이 스노우볼의 꼬리를 거의 물었지만, 스노우볼은 제때 꼬리를 획 빼내 위기에서 벗어났다. 이제 그는 있는 힘껏 달려 추격자들과 몇 인치 떨어지지 않았을 때 산울타리 구멍으로 미끄러져 들어간 뒤로는 다시는 나타나지 않았다.

공포에 질려 말을 잃었던 동물들도 살금살금 광으로 되돌아왔다. 곧이어 개들도 뛰어 들어왔다. 처음에는 이 짐승들이 어디에서 왔는지 상상할 수 있는 동물은 아무도 없었지만, 금세 의문이 풀렸다. 놈들은 나폴레옹이 그 어미들로부터 떼어내 사사로이 기르던 강아지들이었던 것이다. 다 자라지 않았는데도 놈들 덩치는 엄청 컸고 늑대처럼 사나워 보였다. 놈들은 나폴레옹 가까이에서 곁을 지키고 있었다. 다른 개들이 존스 씨에게 했던 것과 똑같이 놈들도 나폴레옹에게 꼬리를 살랑살랑 흔들던 것이 눈에 띄었다.

개들이 뒤따르는 가운데 이제 나폴레옹은 지난날 메이저가 연설을 하기 위해 올라섰던 높이 쌓인 부분으로 올랐다. 그는 이제부터 일요일 아침 '큰모임'은 없다고 선포했다. 그의 말은 큰모임이 불필요할 뿐 아니라 시간 낭비라는 것이었다. 앞으로 농장 일과 관련한 모든 문제는 그가 주재하는 돼지들의 특별 위원회에서 정해질 것이고, 위원회는 비공개로 열릴 것이며, 그런 뒤에 그 결정사항은 다른 동물들에게 전할 것이라고 했다. 또 동물들은 여전히 일요일 아침에 모여 깃발에 경례를 하고 '영국의 동물들'을 부르게 될 것이며 그 주에 할 일을 명령으로 받겠지만 더 이상 토론은 없을 것이었다.

동물들은 스노우볼이 쫓겨난 데 대한 충격도 컸지만 이 선포에는 소스라치게 놀랐다. 몇몇 동물은 자신들이 올바른 주장을 찾아낼 수만 있었다면 이에 항의하려 했다. 복서조차 헷갈리고 머리가 어수선했다. 그는 귀를 쫑긋 세우고 갈기를 흔들며 제 생각을 가다듬으려 안간힘을 썼지만 끝내 할 말을 생각해 내지 못했다. 하지만 몇몇 돼지들은 표현이 또렷했다. 앞줄에 앉았던 네 마리 식용 돼지가 새된 목소리로 꽥꽥거리며 반대를 주장했으며, 그들 모두 발딱 일어서서 한꺼번에 떠들기 시작했던 것이다. 하지만 나폴레옹 주위에 앉았던 개들이 낮게 깔리는 소리로 그르렁대며 으름장 놓았고, 돼지들은 말이 쏙 들어간 채 자리에 앉을 수밖에 없었다. 이번에는 양들이 갑자기 "네 다리는 좋고, 두 다리는 나쁘다."며 거의 15분이나 계속 매에 하는 소름 끼치는 소리를 냈고, 이로써 토론의 기회는 사라지고 말았다.

이 새로운 합의 사항을 다른 동물들에게 설명하도록 나중에 스퀼러가 농장 곳곳에 파견되었다.

"동지들," 하고 그가 말했다. "나는 '나폴레옹 동지'가 스스로 과외의 노동을 더 떠맡는 희생을 하는 것에 대해 이곳 동물들 모두가 감사히 여기리라 믿습니다. 지도자의 길이 즐거우리라고 상상하지 맙시다, 동지들! 그것은 오히려 깊고도 무거운 책임입니다. 모든 동물이 평등하다는 것을 나폴레옹 동지보다 더 굳게 믿는 동물은 아무도 없습니다. 그는 여러분이 스스로 결정하도록 만드는 것으로 더없이 행복해 할 것입니다. 하지만 여러분은 때때로 잘못된 결정을 내릴지도 모릅니다, 동지들. 그러면 그때 우리는 어찌 될까요? 여러분이 풍차에 관한 허튼소리를 떠드는 스노우볼을 따르기로 결정했다고 해 봅시다. 이제는 우리가 알듯이 스노우볼은 범죄자보다 나을 게 뭐 있습니까?"

"그는 '외양간 전투'에서 용감하게 싸웠습니다." 하고 누군가가 말했다.

"용감한 게 다는 아니지요." 하고 스퀼러가 말했다. "충성과 복종이 더 중요합니다. 외양간 전투를 보더라도, 나는 그때 스노우볼이 했던 것이 지나치게 부풀려졌음을 우리가 알 때가 오리라 믿습니다. 규율, 강철 규율입니다, 동지들! 이것이 오늘의 구호입니다. 발을 한 번 잘못 디디면 적들이 우리를 짓누를 것입니다. 분명코 존스가 돌아오기를 바라지는 않겠지요, 동지들?"

이 주장도 반박은 있을 수 없었다. 존스가 돌아오는 것을 동물들이 원치 않음은 확실했다. 일요일 아침의 토의가 존스를 다시 데려올 가능성을 보이는 것이라면 그런 토의는 중단되어야 했다. 이제 온갖 사태를 생각해 볼 시간을 가질 수 있었던 복서가 전체의 생각을 대변하는 목소리를 냈다. "나폴레옹 동지가 말했다면, 그건 틀림없이 맞습니다." 그런 뒤 계속 그는 "내가 좀 더 일을 하자!"는 제 개인의 좌우명에 덧붙여 "나폴레옹은 언제나 옳다."는 구호를 받아들였다.

이즈음 날씨가 풀려 봄철 밭갈이가 시작됐다. 스노우볼이 풍차 설계도를 그렸던 헛간은 폐쇄되었고 설계도는 바닥에서 지워졌으리라 여기게 되었다. 일요일 아침마다 열 시가 되면 동물들은 그 주에 할 일을 명령으로 받기 위하여 커다란 광에 모였다. 이제는 살점 하나 남지 않은 메이저 영감의 유골은 과수원에서 파내어져 깃대 밑동의 총 옆에 안치되었다. 깃발을 내건 뒤에 동물들은 광에 들어가기 전에 경건한 몸가짐을 하고 유골 옆을 줄지어 지나가야 했다. 이제 그들은 옛날처럼 모두 함께 자리에 앉지 않았다. 나폴레옹은 스퀼러와 미니무스라는 이름의 다른 돼지와 함께 높이 쌓인 연단 앞줄에 앉았다. 미니무스는 노래와 시 짓기에 두드러지게 뛰어난 재주를 지닌 자였다. 젊은 개 아홉 마리가 그들을 둘러싸고 반원을 그린 채 뒤에 앉았으며, 그 뒤로 다른 돼지들이 앉았다. 나머지 동물들은 이들을 마주보며 광의 한가운데에 앉았다. 나폴레옹이 군인처럼 걸걸한 목소리로 주에 할 일에 관한 명령을 읽으면 동물들은 모두 '영국의 동물들'을 한 번 부른 뒤 흩어지곤 했다.

스노우볼이 쫓겨나고 세 번째 맞는 일요일, 동물들은 어찌됐든 풍차는 건설돼야 한다는 나폴레옹의 발표를 듣고 조금은 놀랐다. 그는 제 마음이 바뀐 까닭이 뭔지 밝히지 않았으며, 그저 이 과외의 일이 몹시 힘든 작업이 될지 모르고 어쩌면 식량 배급을 줄일 필요가 있을지도 모른다고 통고했을 뿐이었다. 아무튼 그 계획은 가장 상세한 부분까지 모두 준비되었다. 돼지들의 특별위원회가 지난 3주 동안 작업해 왔다고 했다. 풍차 세우기는 다른 갖가지 개선점들과 함께 2년이 걸릴 것으로 예상됐다.

그날 저녁 스퀼러는 나폴레옹이 사실은 풍차를 반대한 적이 결코 없었다고 살짝 다른 동물들에게 설명했다. 오히려 그것을 처음부터 지지한 것은 나폴레옹이며 스노우볼이 부화실 바닥에 그린 설계도는 사실 나폴레옹의 서류 가운데서 훔친 것이라는 말이었다. 풍차는 원래 나폴레옹 혼자의 창안이었다. 그렇다면, 하고 누군가가 물었다. 나폴레옹은 왜 그렇게 강하게 풍차를 반대했던 거지요? 이때 스퀼러는 아주 교활해 보였다. 그는 말했다. 그것은 나폴레옹 동지의 속임수였다고. 그는 '일부러' 풍차를 반대하는 것처럼 '보였는데', 위험한 자로서 나쁜 영향을 미쳤던 스노우볼을 내쫓기 위한 묘책일 뿐이었다. 이제는 스노우볼이 사라져 없으니 만큼, 계획은 그의 간섭 없이 진행될 수 있을 것이었다. 이것이 전술이라 불리는 바로 그것이라는 게 스퀼러의 말이었다. 그는 명랑한 웃음을 띤 채 요리조리 폴짝폴짝 뛰고 꼬리를 흔들며 숱하게 거듭했다. "전술이란 말이에요, 전술, 동지들!" 동물들은 그 말이 뜻하는 바를 확신할 수 없었지만, 스퀼러가 그토록 설득력 있게 말했고 어쩌다 그와 같이 있게 된 개 세 마리가 너무도 을러대듯 그르렁거렸기 때문에 아무런 질문도 더 하지 못하고 그의 설명을 받아들였다.

여섯째 마당

그해 내내 동물들은 노예처럼 일했다. 그래도 그들은 일하면서 행복했다. 그들은 어떤 노력이나 희생도 서운하게 생각지 않았다. 자신들이 행하는 모든 것들이 자신들 스스로와 자신들 뒤에 태어날 녀석들의 이익을 위한 것이지 게으르고 도적질하는 한 무리 인간을 위한 것이 아님을 알고 있기 때문이었다.

봄과 여름에 그들은 일주일에 60시간씩 일을 했다. 8월이 되자 나폴레옹은 일요일 오후에도 일이 있을 것이라고 발표했다. 이 일은 순전히 자발적인 것이지만, 누군가가 여기에서 빠진다면 그 동물의 식량은 반으로 줄게 될 것이었다. 그렇기는 해도 어떤 과업들은 손을 대지 않고 남겨 둘 필요가 있었다. 수확은 지난해보다 아주 조금 덜 성공적이었으며, 이른 여름에 뿌리식

물 씨를 뿌렸어야 할 두 군데 들판에 씨를 뿌리지 못했다. 제때에 맞춰 쟁기질이 되지 않은 때문이었다. 다가오는 겨울이 힘들어지리라는 것은 쉽게 내다볼 수 있는 일이었다.

풍차는 뜻밖의 어려움에 부딪혔다. 농장에는 좋은 석회암 채석장이 하나 있었고 여러 별채 가운데 하나에서 모래와 시멘트가 잔뜩 발견되어 풍차를 세우는 데에 필요한 재료들은 얻기 쉬웠지만 동물들이 처음부터 풀지 못한 문제는 돌을 어떻게 딱 맞는 크기로 자르느냐 하는 것이었다. 곡괭이와 지렛대 없이는 이 일을 할 길이 없어 보였는데, 그것들을 쓸 수 있는 동물이 하나도 없었다. 어떤 동물도 뒷다리로 서지 못하기 때문이었다. 몇 주 헛수고를 한 뒤에야 누군가가 중력의 힘을 이용하는 좋은 방안을 떠올렸다. 그대로 사용하기에는 너무 큰 바윗덩이들이 채석장 바닥을 뒤덮고 있었다. 동물들은 이것들을 밧줄로 단단히 묶고는, 암소와 말과 양들을 비롯해 밧줄을 잡을 수 있는 동물이면 누구나, 그리고 때로 중요한 순간에는 돼지들조차 끼어서 모두 함께 밧줄들을 아주아주 천천히 채석장 꼭대기의 비탈까지 끌어올렸다. 그곳에서 바위들을 절벽 끝으로 던지면 그것들은 떨어져 깨지면서 산산조각이 났다. 쪼개진 바윗덩이는 그나마 옮기기 쉬웠다. 말들은 그것들을 짐차에 실어 날랐고 양들은 조각들을 하나하나 끌어 날랐으며, 뮤리엘과 벤저민까지도 낡은 이륜마차의 멍에를 스스로 메고 제 몫 일을 했다. 늦여름까지는 충분한 만큼의 돌들이 모아졌고, 돼지들의 감독 아래 건축이 시작되었다.

하지만 그것은 더디고 힘든 과정이었다. 바윗덩이 하나를 채석장 꼭대기까지 끌어올리는 데 온 힘이 다하도록 애써도 하루 내내 걸리는 경우가 수두룩했고, 그것을 절벽 끝으로 밀어도 깨지지 않는 경우 또한 자주 있었다. 복서가 없었더라면 아무것도 하지 못했을 것이다. 그의 힘은 나머지 동물 모두의 힘을 합친 것 못지않아 보였다. 바윗덩이가 아래로 미끄러지기 시작하고 이에 따라 자신들도 언덕 아래로 미끄러지는 것을 보며 동물들이 절망적으로 아우성칠 때, 밧줄을 부여잡고 바윗덩이를 멈추게 하는 자는 언제나 복서였다. 복서가 그 거대한 옆구리가 땀으로 범벅이 된 채 발굽 끝으로 땅바닥을 벅벅 긁으며 비탈을 한 걸음 한 걸음 힘겹게 오르는 모습을 보며 동물들은 모두가 경탄해 마지않았다. 클로버가 가끔씩 그에게 과로하지 않도록 조심하라고 주의를 주고는 했지만 복서는 그녀의 말을 전혀 들으려 하지 않았다. 그에게는 "내가 좀 더 일을 하자."와 "나폴레옹은 언제나 옳다."는 두 가지 구호가 모든 문제에 충분한 답이 되는 것처럼 보였다. 그는 아침에 30분 먼저가 아니라 45분 먼저 깨워 달라고 젊은 수탉에게 이미 부탁해 놓은 상태였다. 그리고 요즘엔 그리 많지는 않지만 그래도 남는 시간이 있으면 그는 혼자 채석장에 가서 깨진 돌들을 듬뿍 모아서는 아무 도움 없이 풍차 쪽에 끌어다 내려놓곤 했다.

그해 여름, 동물들은 일이 고되기는 했어도 생활이 그렇게 나빠지지는 않았다. 그들이 받는 식량은 존스 때보다 더 많지는 않았어도 어쨌든 적지도 않았다. 식량을 자신들만을 위해 장만할 뿐 낭비벽이 있는 인간 다섯 명까지 먹여 살릴 필요가 없었는데, 이 이로움이 어찌나 컸던지 숱한 실패를 보상하고도 남음이 있었다. 게다가 어떤 일은 동물들 방식이 여러 모로 더 능률적이었고 노동을 절약해 주었다. 이를테면 잡풀 뽑기와 같은 일들은 인간에게는 불가능할 만큼 완벽하게 해낼 수 있었다. 또한 이제는 어떠한 동물도 훔치지 않았기 때문에 울타리를 쳐서 목장을 농경지로부터 분리시킬 필요가 없었다. 이는 산울타리나 문들을 유지하는 데에 들던 많은 노동력을 줄여 주었다. 그렇기는 했지만, 여름이 지나면서 예기치 않게 갖가지 물건들이 부족하게 느껴지기 시작했다. 등유와 못들과 끈과 개의 비스킷과 말발굽용 징 따위가 부족했지만, 농장에서 만들어낼 수 있는 것은 아무것도 없었다. 나중에는 온갖 연장뿐 아니라 씨앗과 인공비료까지 부족했고 더군다나 풍차에 쓰일 기계도 부족했다. 이런 것들을 어떻게 생산해야 할지 생각해낼 수 있는 자는 아무도 없었다.

어느 일요일 아침, 동물들이 명령을 하달받기 위해 모였을 때였다. 나폴레옹은 자신이 새로운 정책을 결정했다고 발표했다. 앞으로 동물농장은 이웃 농장들과 거래를 하게 되리라는 것이었다. 말할 나위도 없이, 어떤 상업적 목적이 있어서가 아니라 그저 시급히 필요한 몇몇 자재들을 얻기 위할 뿐이라는 것이었다. 그는 풍차에 필요한 것들이 무엇보다 중요하다고 했다. 이에 그는 많은 꼴풀과 그해에 거두어들인 밀의 일부를 내다 팔기로 협의하는 중이라는 것이었고 앞으로 더 많은 돈이 필요하면 달걀도 팔도록 결정해야 하리라는 것이었다. 달걀을 위한 시장은 윌링던에 늘 있어 왔다. 나폴레옹은 암탉들이 풍차 건설을 위해 이바지할 수 있는 이런 희생을 기꺼이 받아들여야 할 것이라고 말했다.

동물들은 다시 한번 막연한 불안감에 사로잡혔다. 인간과는 절대 거래를 하지 않는다, 절대 무역을 하지 않는다, 절대 돈을 사용하지 않는다, 이런 것들은 존스를 쫓아낸 뒤 열린 승리의 첫 '큰모임'에서 통과됐던 최초의 결의안들 아니었던가? 동물들은 너나없이 그런 결의안들이 통과되던 기억이 났다. 아니, 적어도 그것이 기억난다는 생각이 들었다. 나폴레옹이 '큰모임'을 그만두게 만들었을 때 이에 반대했던 네 마리 어린 돼지들이 조심스레 목소리를 높여 보았다가 개들이 소름 끼치게 그르렁대자 바로 입 다물었던 기억도 났다. 그 뒤에 여느 때처럼 양들이 갑자기 "네 다리는 좋고, 두 다리는 나쁘다."며 떠들기 시작했고 그때의 어색함은 슬쩍 넘어가게 되었다. 마침내 나폴레옹은 앞발을 들어 조용히 시키고는 자신이 이미 모든 협의를 마친 상태라고 발표했다. 동물들은 어느 누구도 인간과 접촉할 필요가 없을 것이며, 그것은 가장 바람직하지 못한 일임에는 틀림없다, 나는 그 모든 짐을 스스로 어깨에 짊어지려는 생각이다, 윌링던의 변호사 윔퍼 씨가 동물농장과 외부 세계 사이의 중개 역을 하기로 동의했으며 내 지시사항을 받기 위해 아침마다 농장을 방문할 것이다. 나폴레옹은 평소 하듯이 "동물농장 만세!"라고 외치는 것으로 연설을 마쳤으며, 동물들은 '영국의 동물들'을 부른 뒤에 해산했다.

이후 스퀼러는 농장을 빙 한 바퀴 돌며 동물들 마음을 진정시켰다. 그는 무역에 가담하거나 돈을 사용하지 말자는 결의안이 통과된 적은 결코 없었으며 그런 것이 제안된 적조차 없었다고 동물들이 알아듣게 설명했다. 그것은 순전히 상상일 뿐이며 아마 스노우볼이 퍼뜨린 거짓말들에서 시작된 것이라고 추적할 수 있을 것이었다. 몇몇 동물은 그래도 조금씩은 의문이 느껴졌지만 스퀼러는 그들에게 날카롭게 물었다. "이것이 당신이 꾼 꿈이 아니라고 확신할 수 있나요, 동지들? 그런 결의안에 관한 기록을 당신들은 갖고 있나요? 어쨌든 그것이 기록

되었나요?" 글로 쓰여 남아 있는 것은 아무것도 없음이 분명했던 만큼, 동물들은 자신들이 실수했다는 것을 깨달았다.

윔퍼 씨는 계약대로 월요일마다 농장을 방문했다. 그는 양옆에 구레나룻이 나고 교활하게 생긴 땅딸보 사내로, 사업 규모가 몹시 작은 사무변호사이기는 했지만 동물농장에 중개인이 필요하며 그 수수료가 제법 짭짤하다는 것을 어느 누구보다 일찍 깨달을 만큼 예리한 인물이었다. 동물들은 그가 들락거리는 것을 일종의 두려움 속에서 바라보았으며 되도록 그를 피하려 했다. 그러면서도 네 다리로 버텨 선 나폴레옹이 두 다리로 선 윔퍼에게 명령을 내리는 모습은 동물들의 자긍심을 키워 주었고 새로운 협정을 조금은 받아들이게 만들었다. 그들이 지금 인간 종족과 맺는 관계는 예전의 관계와는 전혀 같지 않았다. 인간은 동물농장이 번창하고 있다고 해서 그것을 덜 증오하는 것은 아니었다. 사실 인간은 동물농장을 이전보다 더 증오했다. 인간들은 너나없이 농장이 이내 파산하리라는 것과 무엇보다 풍차가 실패로 돌아가리라는 것을 하나의 신조처럼 믿었다. 그들은 선술집에 모여, 도표까지 그려 가면서 풍차는 반드시 무너져 내리리라는 것과 설혹 그것이 서 있다 하여도 결코 작동하지는 않으리라는 것을 서로서로에게 증명하려 들곤 했다. 하지만 본마음과는 달리, 그들은 동물들이 자기네 일들을 꾸려

나가는 효율성에 대해 차츰 어떤 존경심까지 품게 되었다. 그들이 동물농장을 제 이름으로 부르기 시작했고 한때 매너 농장으로 불렀다고 주장하기를 그만둔 것이 그 증표였다. 그들은 또한 존스를 더는 지지하지 않으려고 했다. 그가 자기 농장을 되찾으려는 희망을 포기하고 다른 고을로 이주해 버렸기 때문이었다. 윔퍼를 통하지 않고는 동물농장과 외부 세계 사이의 접촉은 아직 없었지만 나폴레옹이 폭스우드의 필킹턴 씨라든가 핀치필드의 프레더릭 씨와 분명한 업무 협약을 맺으려 한다는 소문이 꾸준히 나돌았다. 말할 나위도 없이, 두 사람과 동시에 협약을 맺지 않으리라는 것은 다들 아는 사실이었다.

돼지들이 갑자기 농장 집에 들어가 그곳을 거처로 삼은 것은 바로 이즈음이었다. 동물들은 다시 한번 초창기에 이를 반대하는 결의가 통과되었음을 기억해 내는 듯 보였지만, 스퀼러 역시 또다시 그것이 그렇지 않다고 동물들이 믿게 만들 수 있었다. 그의 말에 따르면, 농장의 두뇌 격인 돼지들에게는 조용히 일할 장소가 절대 필요했다. (그는 요즘 나폴레옹을 '지도자'라는 호칭으로 부르는 버릇이 생겼는데) 이 지도자의 품격에도 한낱 돼지우리보다는 집에 사는 것이 더 어울렸다. 그렇기는 해도, 돼지들이 부엌에서 식사를 하고 거실을 놀이방으로 사용하는 데다 침대에서 자기까지 한다는 말을 들은 몇몇 동물은 혼란스러웠다. 복서는 늘 그랬듯이 "나폴레옹은 언제나 옳다."며 그냥 넘어갔지만, 침대를 반대하는 확실한 규칙이 기억난다고 생각했던 클로버는 광의 끝으로 가서는 그곳에 적힌 '일곱 계명'을 풀어내려고 머리를 싸맸다. 혼자서는 글자 하나하나 말고는 더 읽을 수 없음을 알게 된 그녀는 뮤리엘을 데려왔다.

"뮤리엘," 하고 그녀가 말했다. "넷째 계명을 내게 읽어 줘. 침대에서 자면 안 된다는 말이 적혀 있지 않아?"

좀 어려워하기는 했어도, 뮤리엘은 그 철자를 하나씩 읽어 나갔다.

"'어떤 동물도 침대에서 이불을 덮고 자서는 안 된다.'고 적혀 있네요." 하고 마침내 뮤리엘이 말했다.

정말 이상했다. 클로버는 넷째 계명이 이불에 대해 말했던 기억이 나지 않았다. 하지만 벽 위에 그렇게 적혀 있는 만큼 그것은 실행되어야 했다. 그런데 때마침 개 두세 마리를 데리고 이곳을 지나던 스퀼러가 모든 것을 제대로 설명해 줄 수 있었다.

"그럼 당신들은 들었나 봐요, 동지들?" 하고 그가 말했다. "우리 돼지들이 농장 집 침대에서 잔다는 것 말입니다. 왜 안 됩니까? 정말로 침대에 반대하는 규칙이 있었다고 추측하지는 않겠지요? 침대란 그저 잠자는 곳을 뜻할 뿐입니다. 마구간 짚더미도 말하자면 일종의 침대지요. 규칙은 이불에 반대한다는 것이었고, 규칙이란 인간의 발명품입니다. 우리는 농장 집 침대에서 이불을 걷어치우고 담요를 깔고 잡니다. 그것만으로도 아주 편안한 침대가 된답니다! 하지만 우리가 오늘날 해야 하는 모든 두뇌 활동에 비추어 볼 때 필요한 만큼 편한 것은 아니라고 당신들에게 말할 수 있겠네요, 동지들. 당신들은 우리한테서 휴식을 빼앗아가지는 않겠지요? 혹 그러려는 것인가요, 동지들? 당신들은 우리가 우리 의무를 수행하지 못할 만큼 엄청 피곤하게 만들려는 것은 아니지요? 당신들 가운데 존스가 되돌아오는 걸 보기 원하는 자는 정말 아무도 없잖아요."

동물들은 곧바로 그에게 이 점을 확신시켜 주었고 돼지들이 농장 집 침대에서 자는 것에 대해 더 이상 말하지 않았다. 그리고 며칠 뒤, 돼지들이 앞으로는 다른 동물들보다 아침에 한 시간 늦게 일어나게 될 것이라는 발표가 있었을 때에도 이에 대해서도 아무런 불평이 나오지 않았다.

가을이 되었을 즈음, 동물들은 힘에 겨웠어도 행복했다. 그들은 무척 힘든 한 해를 보냈고 꼴풀과 옥수수를 일부 판 뒤에는 겨울에 먹을 식량 비축분이 결코 넉넉지 못했지만 풍차가 모든 것을 벌충해 주었다. 풍차는 이제 거의 반쯤 지어졌다. 추수가 있은 뒤에는 맑고 건조한 날씨가 계속되었고 동물들은 종일토록 왔다 갔다 하면서 꾸준히 벽돌작업을 해서 풍차 벽들을 몇십 센

티미터라도 올려 쌓을 수 있다면 그럴 가치가 있다고 생각하면서 그 어느 때보다 더 힘써 일했다. 복서는 심지어 밤에도 나와서는 보름 달빛 아래에서 혼자 한두 시간씩 일을 더 하기도 했다. 동물들은 반쯤 완성된 풍차의 벽들이 튼실하고 곧게 수직을 이루며 서 있다는 것에 감탄하고 자신들이 그토록 웅장한 무엇인가를 세울 수 있었다는 것에 놀라워하면서 풍차 주위를 짬짬이 돌고 또 돌고는 했다. 늙은 벤저민은 언제나 그렇듯이 당나귀가 오래 산다는 수수께끼 같은 이야기 말고는 아무 말도 하지 않기도 했지만, 그는 혼자서라도 풍차에 너무 열광하지는 않으려 했다.

거센 남서풍을 이끌고 11월이 다가왔다. 시멘트 섞기에는 날씨가 너무 눅눅해 풍차 세우기를 멈추어야 했다. 마침내 어느 날 밤에는 돌풍이 하도 세차게 불어 농장 건물들은 바탕부터 흔들렸으며 광의 지붕에서는 기와도 여러 장 날아가 버렸다. 암탉들은 너나없이 멀리서 총 쏘는 소리를 듣는 꿈을 동시에 꾸고는 모두 잠에서 깨어나 두려움에 떨며 꼬꼬댁거렸다. 아침이 되어 각기 제 우리들에서 나온 동물들은 깃대가 바람에 쓰러지고 과수원 발치에 있던 느릅나무가 홍당무 뽑히듯 뽑혀 있는 것을 보아야 했다. 이를 보자마자 그들 목구멍에서는 모두 하나같이 절망이 울부짖으며 터져 나왔다. 끔찍한 광경이 그들 눈에 들어왔다. 풍차가 폐허처럼 무너져 내린 것이었다.

동물들은 한마음이 되어 그곳으로 달려갔다. 걷는 일이 좀처럼 없던 나폴레옹이 앞장섰다. 풍차는 그들 모두가 그렇게 온 힘으로 싸워 얻은 열매였건만 그것은 밑바탕까지 부서져 그곳에 쓰러져 있었고, 동물들이 하나하나 깨서 겨우겨우 옮겼던 돌멩이들은 여기저기 흩어져 뒹굴고 있었다. 처음에 동물들은 말도 못한 채 서서는 어지러이 떨어져 내린 돌멩이들을 구슬피 바라보았다. 나폴레옹은 때때로 땅바닥에 코를 대고 킁킁 냄새 맡으면서 말없이 이리저리 왔다 갔다 했다. 그의 꼬리는 갈수록 뻣뻣해졌고 격렬하게 부르르 떨렸다. 그가 속으로 무언가 골똘히 생각하고 있다는 표시였다. 무슨 결심을 한 것처럼 그가 갑자기 멈추어 섰다.

"동지들," 하고 그가 조용히 말을 꺼냈다. "당신들은 누구에게 이 책임이 있는지 아시오? 밤에 살짝 와서 우리 풍차를 부순 적이 누군지 당신들은 아느냐 말이오? 바로 스노우볼이오!" 하고 그는 갑자기 천둥처럼 버럭 소리 질렀다. "스노우볼이 이 짓을 한 것이오! 우리의 계획을 방해하고 자신이 치욕스레 쫓겨난 일을 앙갚음하려 생각한 이 반역자가 그저 깊은 원한을 품고 밤의 어두움을 틈타 이리 기어 들어와서는 우리가 일 년 공들인 작업을 파괴한 것이오. 동지들, 나는 지금 당장 스노우볼에게 사형선고를 내리겠소. 그를 법정에 데려오는 자는 어느 동물이든 '2급 동물영웅' 훈장과 반 부셸의 사과를 줄 것이며, 누구든 그를 사로잡아 오는 자에게는 한 부셸 가득 줄 것이오!"

동물들은 스노우볼조차 그런 죄를 지을 수 있음을 알게 되고는 경악스럽기 그지없었다. 분개하는 외침이 터져 나오고 동물들은 모두 스노우볼이 돌아오기만 하면 그를 어찌 잡을지 머리를 짜내기 시작했다. 바로 이때 둔덕에서 조금 떨어진 풀밭에서 돼지 발자국이 몇 개 발견되었다. 그것들은 몇 미터까지만 자취가 남아 있을 뿐이었지만, 산울타리의 구멍까지 이어지는 것처럼 보였다. 나폴레옹은 그것들에 코를 대고 깊게 킁킁 냄새 맡더니 그것들이 스노우볼의 발자국이라고 선언했다. 나폴레옹은 스노우볼이 어쩌면 폭스우드 농장 방향에서 왔으리라는 의견을 내놓았다.

발자국들 조사가 끝나자 나폴레옹이 "일을 더 늦추지는 맙시다, 동지들" 하고 외쳤다. "할 일이 있소. 바로 오늘 아침, 우리는 풍차를 다시 짓기 시작하는 거요. 비가 오나 해가 뜨나 겨우내 풍차 짓기를 멈추지 맙시다. 이 비참한 반역자가 우리의 작업을 그리 쉽사리 무너뜨릴 수 없다는 것을 우리가 그에게 가르쳐 주는 거요. 기억해 두시오, 동지들. 우리의 계획이 틀어져서는 안 되며, 그날까지 계획이 완수되어야 한다는 것을 말이오. 앞으로 나아갑시다, 동지들! 풍차 만세! 동물농장 만세!"

일곱째 마당

혹한의 겨울이 왔다. 비바람이 세차게 불더니 진눈깨비와 눈이 뒤를 이었고 된서리가 내려 2월이 한참 되도록 풀리지 않았다. 동물들은 풍차를 다시 세우는 데에 갖은 애를 다 썼다. 외부 세계가 그들을 지켜보고 있으며 풍차가 제때에 완공되지 않으면 시샘 많은 인간들이 승리감에 빠져 기뻐 날뛰리라는 것을 그들은 알고 있기 때문이었다.

심사가 뒤틀린 인간들은 풍차를 무너뜨린 자가 스노우볼이라는 사실을 믿지 않는 척했다. 그들은 풍차 벽이 너무 얇았기에 무너져 내린 것이라고 말하곤 했다. 동물들은 그렇지 않다는 것을 알고 있었다. 그럼에도 전처럼 18인치46cm가 아니라 이번에는 3피트91cm 두께로 벽을 쌓기로 결정했다. 그것은 훨씬 많은 돌멩이를 모아야 함을 뜻했다. 채석장에는 오래도록 눈더미가 잔뜩 쌓여 있었던 까닭에 아무것도 할 수 없었다. 서리가 내린 건조한 날들이 뒤따르자 일이 조금 진행되기는 했지만 그것은 험악한 일이 될 뿐이었고, 동물들은 일을 하면서도 예전처럼 희망을 느끼지 못했다. 그들은 늘 추웠고 굶기 일쑤였다. 복서와 클로버만은 결코 낙심하지 않았고 스퀼러는 봉사활동의 즐거움과 노동의 존엄함 따위에 대해 멋들어지게 떠들어 댔지만, 다른 동물들은 복서의 힘 그리고 그가 입버릇처럼 외치는 "내가 좀 더 일하자!"라는 구호에서 더 격려를 받았다.

1월이 되자, 식량이 부족해졌다. 옥수수 배급량은 눈에 띄게 줄었고 이를 벌충하기 위해 추가로 감자가 배급되리라는 발표가 있었다. 게다가 거두어들인 감자 더미는 대부분 서리를 맞았다. 충분히 두텁게 덮어 주지 않은 때문이었다. 감자들은 물컹물컹 상하고 거뭇거뭇 썩어 버려 먹을 수 있는 것이 얼마 없었다. 동물들은 며칠씩이나 왕겨나 사탕무 말고는 먹을 것이 하나도 없는 경우도 있었다. 굶주림이 동물들 얼굴을 응시하고 있는 듯했다.

이런 사실은 외부 세계가 모르게 절대 감추어야 했다. 풍차가 무너진 뒤로 대담해진 인간들은 동물농장에 관한 새로운 거짓말을 만들어 냈다. 동물들이 모두 굶주림과 병으로 죽어

가고 있으며 서로 싸움을 그치지 않아 같은 동물들을 잡아먹거나 새끼들을 죽이는 짓거리들이 횡행한다는 헛소문이 또다시 퍼져 나갔다. 나폴레옹은 식량 사정이 미주알고주알 알려지면 어떤 고약한 결과가 생길지 뻔히 알고 있었던 까닭에, 그는 실상이 반대라는 인상을 주기 위해 윔퍼 씨를 활용하기로 마음먹었다. 여태까지 동물들은 윔퍼 씨가 매주 방문해도 그를 만나볼 기회가 거의 없거나 아주 없었다. 하지만 이제 양들을 중심으로 선정된 몇몇 동물들은 그가 듣게끔 지나가는 말투로 식량 배급이 꾸준히 늘었다고 이야기를 하고 다니라는 지시를 받았다. 뿐만 아니라, 나폴레옹은 거의 비어 있는 곳간의 식량 상자들을 모래로 그득 채운 뒤 남아 있던 낟알들과 곡물가루로 그것을 덮어 놓으라고 명령했다. 그리고는 그럴싸한 핑계 아래, 윔퍼가 곳간을 죽 살펴보면서 상자들을 흘깃 바라볼 수 있게 만들었다. 그는 속임수에 넘어가 동물농장에는 식량 부족 사태가 없다고 외부 세계에 줄곧 알리곤 했다.

그런데도 1월 말쯤이 되자, 누가 봐도 어디에서든 곡물을 더 마련해야 했다. 이즈음 나폴레옹은 공개된 자리에 거의 나타나지 않고 많은 시간을 농장 집에서 보냈는데, 문이라는 문은 모두 사나워 보이는 개들이 지켰다. 그가 밖으로 나올 때면 어떤 격식을 갖추고 개 여섯 마리가 경호를 했다. 개들은 그를 가까이서 에워싸고는 누가 다가서려 하면 그르렁대곤 했다. 그는 일요일 아침에도 걸핏하면 나타나지 않았는데, 명령을 내리는 일은 다른 돼지에게 맡기곤 했다. 그 일을 맡은 것은 대개 스퀼러였다.

어느 일요일 아침, 스퀼러는 이제 막 알을 다시 낳기 시작한 암탉들에게 그들의 달걀을 양도해야 한다고 발표했다.

"나폴레옹은 윔퍼를 통해 일주일에 400개의 달걀을 팔기로 계약했어요. 달걀을 판 값으로는 여름에 사정이 나아질 때까지 농장을 유지할 만큼 넉넉하게 곡물 낟알과 곡물가루를 살 수 있을 것입니다."

이 말을 들자 암탉들은 끔찍스레 고함을 질러 댔다. 그들은 이미 이런 희생이 필요할 것이라는 통지를 받은 적은 있지만 이런 일이 정말 일어나리라고는 믿지 않았다. 그들은 봄에 병아리로 깔 알들을 갓 품기 시작했기에 지금 알을 가져가는 것은 살생이라고 대들었다. 존스를 쫓아낸 뒤 처음으로 봉기를 닮은 일이 생겨난 것이다. 검은 미노르카종의 젊은 암탉 세 마리가 이끄는 가운데, 암탉들은 나폴레옹의 기대를 꺾으려 노력하기로 결정했다. 그들이 쓴 방법은 서까래로 날아올라 그곳에 알들을 낳는 것이었는데, 알들은 바닥에 떨어져 조각조각 깨졌다. 나폴레옹은 재빠르고 무자비하게 행동했다. 그는 암탉들의 식량 배급을 중단시키라고 명령했으며, 암탉에게 옥수수 한 알갱이라도 주는 동물이 있으면 그는 죽음의 벌을 면하지 못하리라고 포고했다. 개들은 이 명령이 반드시 지켜지도록 감시했다. 암탉들은 닷새를 버텼으나 마침내 굴복하고 자기네 둥지로 되돌아갔다. 그새 암탉 아홉 마리가 숨졌다. 그 사체는 과수원에 묻혔고 그들을 죽음으로 내몬 것은 콕시듐 병세균이 장에 기생해 일으키는 병이라고 발표되었다. 윔퍼는 이 일에 대하여 들은 바가 하나도 없었고, 달걀들은 식품점 차량에 실려 일주일에 한 번씩 제대로 출고되곤 했다.

이 모든 일이 벌어지는 새에도 스노우볼은 전혀 보이지 않았다. 그는 이웃 농장인 폭스우드 아니면 핀치필드에 숨어 있다는 소문이 돌았다. 이즈음 나폴레옹은 다른 농장주들과 전보다 좀 나은 관계를 유지하고 있었다. 마침 뜰에는 10년 전 너도밤나무 덤불숲을 베어 쌓아 둔 한 무더기 목재가 있었다. 그것은 아주 잘 말랐기에, 윔퍼는 나폴레옹에게 그것을 팔라고 부추겼다. 필킹턴 씨도 프레더릭 씨도 몹시 그것을 사고 싶어 한다는 것이었다. 나폴레옹은 누구에게 팔지 마음을 정할 수 없어 망설였다. 그가 프레더릭과의 계약을 성사시킬 즈음이면 스노우볼이 폭스우드에 숨어 있는 게 분명하다는 말이 나돌았고, 그가 필킹턴에게 마음이 기울어질 만하면 스노우볼이 핀치필드에 있다는 말이 있었던 것이다.

이른 봄이 되어 갑자기 놀라운 일이 알려졌다. 스노우볼이 밤에 몰래 농장을 들락거렸다는 이야기였다! 동물들은 너무 마음이 어수선해 제 우리에서 잠을 이룰 수 없었다. 들리는 말로는, 그가 밤마다 어둠을 틈타 살금살금 기어 들어와서는 온갖 악행을 다 저지른다는 것이었다. 스노우볼이 옥수수를 훔치고, 우유 통을 뒤집어엎고, 달걀들을 깨뜨리고, 못자리를 짓밟아 뭉개고, 과실나무들 껍질을 갉아먹었다는 것이었다. 무엇인가 잘못된 일이 있을 성싶으면 스노우볼에게 그 탓을 돌리는 것이 흔한 일이 되었다. 창문이 깨지거나 수채가 막혀도 스노우볼이 밤에 들어와서 그 짓을 했음이 틀림없다고 말하는 자가 있게 마련이었고, 곳간 열쇠가 없어지면 농장의 누구든 스노우볼이 그것을 우물에 던져 버렸다고 믿는 것이었다. 아주 이상한 일이지만, 잃어버렸다던 열쇠가 곡물 자루 아래서 발견된 뒤에도 동물들은 계속 그렇다고 믿었다. 암소들은 하나같이 스노우볼이 자기네 우리로 기어 들어와서는 자신들이 자는 새에 우유를 짜 갔다고 떠들어 댔다. 그해 겨우내 쥐들이 말썽을 피웠을 때도 스노우볼과 서로 짜고 그리했다는 말까지 있었다.

나폴레옹은 스노우볼이 한 짓들을 철저히 조사하라고 명령했다. 나폴레옹은 제 호위병 개들과 함께 농장 건물들 곳곳을 다니면서 낱낱이 꼼꼼히 점검하기 시작했고 다른 동물들은 멀찌감치 떨어져 그를 뒤따랐다. 몇 걸음 뗄 때마다 나폴레옹은 멈춰 서서 스노우볼 발자취를 찾는다며 땅바닥에 대고 코를 킁킁거렸다. 그 발자취를 자신은 냄새로 탐지할 수 있다는 것이었다. 그는 광과 외양간과 닭장과 채소밭 따위를 구석구석 코를 킁킁거리고 다녔으며 거의 모든 곳에서 스노우볼의 흔적을 찾아냈다. 그는 주둥이를 땅바닥에 대고 몇 차례 깊게 숨을 들이마신 뒤에 끔찍한 목소리로 외쳐 댔다. "스노우볼! 놈이 여기 왔었어! 그놈 냄새가 분명하단 말이다!" 그리고 개들은 "스노우볼"이라는 말을 듣자 모두 어금니를 드러내면서 피를 얼릴 만큼 소름 끼치게 그르렁댔다.

동물들은 온통 공포에 휩싸였다. 그들이 볼 때, 스노우볼은 자신들 주변 공기 속에 스며들어 온갖 악행으로 자신들을 협박하는 보이지 않는 힘이었다. 저녁이 되자, 스퀼러는 그들을 모두 불러 모아 놓고 겁에 질린 낯빛으로 그들에게 알려줄 심각한 소식이 있다고 말했다.

"동지들," 하고 스퀼러는 신경질적으로 폴짝거리며 외쳤다. "가장 끔찍한 일이 발생한 걸 알았습니다. 스노우볼은 핀치필드 농장의 프레더릭에게 자신을 팔아넘겼는데, 프레더릭은 아직까지도 우리를 공격해 우리한테서 농장을 빼앗으려 꾀하고 있어요! 공격이 시작되면 스노우볼은 프레더릭의 길잡이를 한다는 것입니다. 하지만 그보다 더 안 좋은 일이 있어요. 우리는 스노우볼이 단순한 허영심과 야망으로 봉기를 일으킨 것으로 알고 있었습니다. 우리가 잘못 알고 있었던 것이지요, 동지들. 그 진짜 이유가 무엇인지 아시겠어요? 스노우볼은 처음부터 존스와 짰던 것입니다! 그는 내내 존스의 비밀요원이었습니다. 그가 남긴 문서를 우리가 막 찾아냈는데, 그것이 다 증명해 주었습니다. 나는 이것이 많은 것을 설명해 준다고 생각합니다, 동지들. 그는 다행히 실패했지만 외양간 전투에서 우리가 패배하고 파멸하도록 만들려고 어찌나 애를 썼는지 우리 스스로 지켜보지 않았습니까?"

동물들은 멍하니 얼이 빠졌다. 이는 스노우볼이 풍차를 무너뜨린 것보다 훨씬 사악한 짓이었다. 하지만 동물들이 그것을 죄다 받아들이는 데에는 시간이 좀 걸렸다. 스노우볼이 외양간 전투에서 그들 선두에 서서 얼마나 열심히 싸웠는지, 고비가 있을 때마다 스노우볼이 자신들을 어떻게 결집시키고 용기를 북돋았는지, 존스의 총알이 자신의 등에 상처를 입혔을 때조차도 그가 어떻게 잠시도 멈추지 않았었는지, 하는 따위의 일들을 그들은 모두 기억하거나 적어도 기억한다고 생각되었기 때문이었다. 처음엔 그가 존스 편에 섰다는 것과 이런 일들이 어떻게 들어맞는지 이해하기 좀 어려웠다. 질문을 좀처럼 하지 않는 복서조차도 어찌할 바를 몰라 했다. 그는 앞발굽을 꿇고 앉아 눈을 감고 자신의 생각을 정리해 보려고 무진 애를 썼다.

"나는 믿을 수가 없어." 하고 그가 말했다. "스노우볼은 외양간 전투에서 용감하게 싸웠다고. 내가 똑똑히 보았는걸. 그 직후에 우리는 그에게 '1급 동물영웅' 훈장을 주지 않았던가?"

"그게 우리의 실수였단 말입니다, 동지. 이제는 우리가 다 아는 일이고 우리가 찾아낸 비밀문서에 모두 적혀 있는 일이지만, 그는 사실 우리를 죽음으로 꾀어 가려 했었어요."

"하지만 그는 부상을 입었었다고," 하고 복서가 말했다. "그가 피를 흘리며 달려가는 것을 우리 모두가 보았단 말이다!"

"그것도 미리 짰던 각본의 일부입니다!" 하고 스퀼러가 외쳤다. "존스가 쏜 총알은 그를 스치기만 했을 뿐이에요. 그걸 나는 그 자신이 쓴 글로 보여줄 수 있어요. 당신이 글을 읽을 수만 있다면 말이지요. 스노우볼은 결정적 순간에 달아나라는 신호를 보낸 뒤 농장을 적에게 넘길 계획이었던 겁니다. 그는 거의 성공할 뻔했지요. 동지들, 나는 우리의 영웅적 지도자 나폴레옹 동지가 없었다면 '어쩌면' 그가 성공했을 수도 있다고 말하고 싶네요. 존스와 그의 일꾼들이 뜰로 들어왔던 바로 그 순간에 스노우볼이 어떻게 갑자기 돌아서서 달아났고 많은 동물들이 그 뒤를 따랐는지 그런 일들이 기억나지 않습니까? 또 공포에 휘감기고 모든 것이 실패할 것처럼 보이던 바로 그 순간에 나폴레옹 동지가 '인간에게 죽음을!'이라고 외치면서 앞으로 뛰쳐나가 존스의 다리를 이빨로 물어뜯은 것도 기억나지 않습니까? 여러분은 분명히 '그 사실'을 기억할 테죠, 동지들?" 하고 스퀼러는 이리저리 폴짝폴짝 뛰어다니며 소리를 질러 댔다.

스퀼러가 하도 생생하게 그 장면을 묘사한 까닭에, 동물들은 자신들이 그것을 기억한다고 느껴졌다. 아무튼 그들은 전투의 결정적 순간에 스노우볼이 돌아서서 달아났던 기억이 났다. 하지만 복서는 아직도 좀 헷갈렸다.

그가 마침내 입을 열었다.

"나는 스노우볼이 처음부터 배반했다고는 못 믿겠어. 이후에 그가 한 행동은 다르긴 하지. 하지만 내가 믿건대, 외양간 전투에서 그는 훌륭한 동지였어."

"우리의 지도자 나폴레옹 동지는 말입니다," 하고 스퀼러가 아주 천천히 그러나 단호한 말투로 선언했다. "스노우볼이 처음부터 존스의 요원이었다고 단정적으로 말했습니다. 단정적으로요, 동지. 그렇습니다, 봉기를 생각하기도 훨씬 전부터 말입니다."

"아, 그랬던가?" 하고 복서가 말했다. "나폴레옹 동지가 그렇게 말했다면, 그게 옳겠지."

"동지, 이제 올바로 생각하는군요!" 하고 스퀼러가 외쳤다. 하지만 그가 반짝이는 작은 눈으로 복서를 바라보는 얼굴은 자못 추하게 느껴졌다. 그는 돌아서서 가려다 멈추더니 강한 어조로 덧붙였다. "나는 이 농장의 모든 동물에게 눈을 크게 뜨고 있으라고 충고하렵니다. 지금 이 순간에도 스노우볼의 비밀요원 몇몇이 우리 사이에 숨어 있으리라고 생각할 이유가 충분하니까 말입니다!"

나흘 뒤 늦은 오후, 나폴레옹은 모든 동물에게 뜰에 모이라고 명령했다. 그들이 다 모이자, 나폴레옹이 농장 집에서 나왔다. 그는 (자신이 스스로에게 수여한 '1급 동물영웅' 훈장과 '2급 동물영웅' 훈장) 두 개의 훈장을 모두 달았으며, 그 곁에는 큼직한 개 아홉 마리가 껑충껑충 뛰면서 그르렁대는 바람에 동물들은 죄다 등골이 다 오싹해졌다. 동물들은 모두 어떤 두려운 일이 벌어지려는지 미리 안다는 듯 제자리에서 조용히 움츠린 채 앉아 있었다.

나폴레옹은 우뚝 서서는 청중을 둘러본 뒤에 날카롭게 째지는 목소리로 꽥꽥거렸다. 바로 그때 개들이 앞으로 튀어나와 고통과 두려움으로 비명을 지르는 돼지 네 마리의 귀를 잡아 끌어 나폴레옹의 발 앞에 내던졌다. 돼지들은 귀에서 피를 흘렸고, 개들은 피를 음미했다. 잠시지만, 개들은 완전 미친 것처럼 보였다. 더욱 깜짝 놀란 것은 그 가운데 세 마리가 복서에게 덤벼들었기 때문이었다. 복서는 놈들이 덤벼드는 것을 보고 자신의 커다란 발굽을 내밀어 공중에서 개 한 마리를 잡은 뒤에 땅바닥에 내리꽂았다. 개는 깨갱깨갱 울부짖으며 용서를 구했고, 다른 두 마리는 꼬리를 감춘 채 달아났다. 복서는 개를 짓눌러 죽여야 할지 살려 보내주어야 할지 알고 싶어 나폴레옹을 쳐다보았다. 나폴레옹은 얼굴빛을 바꾸는 듯싶더니 복서에게 개를 놓아 주라고 큰 소리로 명령했다. 이에 복서는 앞발을 들었고 개는 충격을 받아 '아웅'하고 울부짖으며 슬금슬금 달아났다.

소동은 이내 가라앉았다. 네 마리 돼지들은 낯빛이 죄의식으로 물들었고 부들부들 떨며 기다렸다. 나폴레옹은 이제 그들에게 자기 죄를 자백하라고 요구했다. 그들은 나폴레옹이 일요일 모임을 폐지했을 때 항의했던 바로 그 네 마리 돼지들이었다. 그들은 더 질질 끌지 않고 자백했다. 스노우볼이 쫓겨난 이후 자신들은 줄곧 그와 비밀리에 접촉했고 그와 협력하여 풍차를 무너뜨리는 짓을 했으며 동물농장을 프레더릭 씨에게 넘겨준다는 협정을 그와 맺었다는 것이었다. 그들은 스노우볼이 지난 여러 해 동안에 존스의 비밀요원으로 있었음을 자신들에게 넌지시 시인했다고 덧붙였다. 그들이 자백을 마치자, 개들이 냉큼 돼지들 목을 물어뜯었고 나폴레옹은 소름 끼치는 목소리로 자백할 것이 있는 동물은 더 없는지 따져 물었다.

이번에는, 달걀 문제로 반란을 꾀할 때 우두머리 역할을 했던 암탉 세 마리가 앞으로 나와 스노우볼이 꿈에 나타나서 자신들에게 나폴레옹의 명령을 듣지 말라고 선동했다고 진술했다. 이들 또한 죽임을 당했다. 그런 뒤 거위 한 마리가 앞으로 나와 지난해 수확 때 옥수수 여섯 알을 몰래 숨겼다가 밤에 먹었다고 자백했다. 다음에는 양 한 마리가 스노우볼이 그러도록 권했다면서 물 마시는 웅덩이에 오줌을 눴다고 자백했다. 다른 양 두 마리는 나폴레옹을 아주 열렬히 따르는 숫양 한 마리를 죽게 만들었다고 자백했는데, 그가 감기로 시달릴 때 모닥불 둘레를 빙글빙글 돌며 그를 쫓아다녀 그리됐다는 것이었다. 그들 모두 그 자리에서 죽임을 당했다. 이렇듯 자백과 처형의 이야기는 나폴레옹의 발 앞에 시체가 즐비하게 쌓일 때까지 계속되었다. 피비린내가 무겁게 공기를 짓눌렀다. 존스가 쫓겨난 뒤로 좀체 없었던 일이었다.

이 모든 일이 끝나자, 돼지와 개들을 뺀 나머지 동물들은 하나같이 살금살금 물러갔다. 그들은 몸이 떨렸고 비참한 마음이 들었다. 그들은 스노우볼과 스스로 뜻을 같이했던 동물들의 배신과 방금 자신들이 목격한 잔인한 처벌 가운데 무엇이 더 충격인 것인지 알 수 없었다. 옛날에도 지금처럼 끔찍하게 무서운 살해 장면이 이따금 있었지만 그들 모두에게는 지금 일이 더 잔혹하게 느껴졌다. 그것이 이제는 그들 자신 가운데에서 벌어진 때문이었다. 존스가 농장을 떠난 뒤로 오늘까지, 그 어떤 동물도 다른 동물을 죽인 적이 없었다. 쥐조차도 죽인 적 없었다. 그들은 반쯤 완성된 풍차가 서 있는 작은 둔덕으로 몰려가서는 모두 한마음이 되어 온기를 나누려는 듯 몸을 오종종 움츠리고 모여 앉았다. 클로버, 뮤리엘, 벤저민, 암소들, 양들, 모든 거위와 암탉들, 정말 모두가 있었다. 나폴레옹이 동물들에게 모이라고 명령하기 직전에 갑자기 사라졌던 고양이만 빼고는. 한동안 아무 말들이 없었다. 복서만 서 있을 뿐이었다. 그는 제 긴 검은 꼬리로 옆구리를 휙휙 치거나 가끔 놀란 듯 자그맣게 히힝 울면서 안절부절못하고 서성댔다. 마침내 그가 입을 열었다.

"난 이해가 되지 않아. 우리 농장에서 그런 일들이 벌어질 수 있다는 게 믿기지 않는다고. 무언가 우리가 잘못하고 있기 때문이야, 틀림없어. 내가 보기에, 해결하는 길은 일을 더 열심히 하는 거야. 이제 앞으로 나는 아침에 꼬박 한 시간 더 일찍 일어날란다."

그러더니 그는 뚜벅뚜벅 잰걸음으로 자리를 떠나 채석장으로 발길을 옮겼다. 그곳에 다다른 그는 밤이 되어 그만두기 전까지 잇달아 두 차례나 한 무더기의 돌들을 모아 풍차가 있는 곳까지 끌고 내려왔다. 동물들은 말없이 클로버 곁에 모여 있었다. 그들이 앉은 둔덕에서는 고을이 훤히 건너다보였다. 한길까지 길게 뻗은 목장, 꼴풀밭, 덤불, 물 마시는 웅덩이, 어린 밀들이 초록으로 굵게 자란 경작지, 굴뚝에서 연기가 모락모락 피어오르는 농장 건물들의 빨간 지붕들, 이 모든 동물농장 전경이 한눈에 들어왔다. 맑게 갠 봄날 저녁이었다. 풀밭과 꽃봉오리가 가득 터진 산울타리는 저녁 햇살을 고루 받아 황금빛으로 빛나고 있었다. 농장이 동물들에게 그토록 굉장한 곳으로 비친 적은 처음이었다. 동물들은 그곳이 자신들의 농장이며 속속들이 다 자기네 소유라는 것이 떠오르자 놀라운 느낌마저 들었다. 산비탈을 내려다보는 클로버의 눈에는 눈물이 그렁그렁했다. 그녀가 제 생각을 말로 표현할 수 있었다면, 그것은 어쩌면 몇 해 전 인간들을 몰아내기 시작하면서 그들이 바라던 것이 이것은 아니었다는 말이었을 것이다. 메이저 영감이 그들에게 봉기를 일으켜라 부추겼던 그날 밤 그들이 기대했던 것은 이런 공포와 살육의 장면은 아니었다. 클로버가 제 나름으로 앞날을 그려 보았다면, 그것은 굶주림과 채찍으로부터 해방되고 모두가 평등하며, 각자 능력에 따라 일하고, 메이저 영감이 연설하던 날 밤 그녀 자신이 앞발로 어미 잃은 새끼 오리들을 보호해 주었듯이 강자가 약자를 보호하는, 그런 동물들의 사회였다. 하지만 그녀로서는 왠지 알 수 없이, 동물들이 맞이한 시대는 아무도 감히 제 마음을 말할 수 없고 사납게 그르렁대는 개들이 어디나 돌아다니며, 엄청난 범죄를 자백한 동지가 갈가리 찢기는 모습을 보아야 하는 그런 시대였다. 그녀의 마음에는 봉기니 불복종이니 하는 생각들은 없었다. 일들이 그렇게 되기는 했어도 그녀는 자신들이 존스 시절보다 훨씬 나아졌으며, 무엇보다도 인간이 되돌아오는 것을 막아야 한다는 것을 알고 있었다. 어떤 일이 일어나도 그녀는 전과 똑같이 충실하고 열심히 일하며 자신에게 주어진 명령을 수행하고 나폴레옹의 리더십을 받아들일 마음이었다. 그렇기는 해도, 그녀와 다른 모든 동물이 바라고 애썼던 일이 이런 것들은 아니었다. 그들이 풍차를 세우고 존스의 총탄에 맞섰던 것도 이런 것들을 위해서가 아니었다. 그녀는 제 마음을 말로 표현할 길이 없었지만, 참으로 그렇게 생각했다.

마침내 그녀는 말길을 찾을 수 없다면 대신 다른 길이라도 찾아야겠다고 생각하고는 '영국의 동물들'을 부르기 시작했다. 그녀 둘레에 앉았던 다른 동물들도 노래를 시작해 세 차례나 불러 젖혔다. 전에 없이 아주 아름다운 가락으로, 그러나 느릿하고 애처롭게 부르는 것이었다.

그들이 막 세 번째로 노래를 마쳤을 때, 스퀼러가 개 두 마리를 데리고 무엇인가 중요한 할 말이 있다는 듯 그들에게 다가왔다. 그는 나폴레옹 동지의 특별 명령에 따라 '영국의 동물들'은 폐기되었다고 선언했다. 이제부터 그 노래를 부르는 것은 금지였다.

동물들은 깜짝 놀랐다.

"왜죠?" 하고 뮤리엘이 외쳤다.

"더는 필요가 없기 때문이오, 동지." 하고 스퀼러가 뻣뻣하게 대꾸했다. "'영국의 동물들'은 봉기의 노래였소. 하지만 봉기는 이제 완수되었소. 오늘 오후 배신자들을 처형한 것이 그 마지막을 장식했소. 외부의 적이든 내부의 적이든 모두 물리쳤소. '영국의 동물들'을 통해 우리는 다가올 더 나은 사회에 대한 우리의 바람을 나타냈었소. 그런데 그 사회는 이제 완성되었소. 이 노래가 이제는 아무 역할이 없다는 것은 분명하오."

동물들은 두려움에도 불구하고 몇몇은 항의했을지도 모를

일이었다. 하지만 바로 이때, 양들이 늘 그래 왔던 것처럼 "네 다리는 좋고, 두 다리는 나쁘다"며 메에 울기 시작했다. 그것이 몇 분이나 계속되면서 토론은 더 이어지지 않았다.

이리하여 '영국의 동물들'은 더는 들리지 않게 되었다. 대신 시인 미니무스가 다른 노래를 작곡했다. 그것은 이렇게 시작되었다.

> 동물농장이여, 동물농장이여,
> 내가 그대를 해롭게 할 리 없으니!

이 노래는 일요일 아침마다 깃발을 올린 뒤에 꼭 부르곤 했다. 하지만 왠지 동물들은 이 새 노래가 그 가사든 가락이든 '영국의 동물들'에 미치지 못한다고 느꼈다.

여덟째 마당

며칠이 지나 처형 때문에 생겨났던 공포가 사그라들 무렵, 몇몇 동물은 여섯째 계명이 "어떠한 동물도 다른 동물을 죽여서는 안 된다."고 명하고 있음을 기억해 냈다. 아니, 기억난다고 생각했다. 비록 돼지나 개들이 듣는 데서 이 이야기를 꺼내려는 자는 아무도 없었지만, 앞서 행해졌던 살육이 이 계명과 맞지 않는다는 것은 느끼고 있었다. 클로버는 벤저민에게 여섯째 계명을 읽어 달라 부탁했지만 벤저민이 늘 그랬듯이 그런 일에 끼어들기 싫다고 하자, 그녀는 뮤리엘을 데려왔다. 뮤리엘은 그녀에게 계명을 읽어 주었다. 거기에는 "어떠한 동물도 '이유 없이' 다른 동물을 죽여서는 안 된다."고 쓰여 있었다. 웬일인지 가운데 두 단어는 동물들의 기억에서 빠져나간 모양이었다. 아무튼 이제 동물들은 계명이 위배되지 않았음을 알게 되었다. 스노우볼과 손잡았던 배신자들을 처형할 이유가 충분한 때문이었다.

그해 내내, 동물들은 지난해보다 훨씬 열심히 일했다. 벽의 두께를 앞서보다 두 배나 두껍게 해서 풍차를 다시 세운다거나 농장의 정기적인 일을 하면서 그것을 정해진 날에 완성시키는 일은 엄청난 노동이었다. 동물들은 존스 시절보다 더 오래 일을 한다거나 식량 배급이 늘지 않았다거나 하는 것을 느낀 적이 한두 번이 아니었다. 일요일 아침이면, 스퀼러는 앞발로 기다란 종이쪽지를 꽉 잡고는 갖가지 식료품의 생산이 때에 따라 200퍼센트나 300퍼센트 또는 500퍼센트 늘어났다고 증명해 주는 통계목록들을 동물들에게 읽어 주곤 했다. 동물들은 그를 믿지 못할 이유가 없었다. 무엇보다 봉기 이전 형편이 어떠했는지 더는 똑똑히 기억나지 않기 때문이었다. 그럼에도 동물들은 통계상으로는 어떻든 먹을 식량이 더 늘었으면 좋겠다고 종종 느끼곤 했다.

이제 모든 명령은 스퀼러 아니면 또 다른 어느 돼지를 통해 내려졌다. 나폴레옹 자신은 2주에 한 번꼴로밖에는 공개석상에 나오지 않았다. 그가 나타날 때는 수행하는 개들뿐 아니라 젊은 검은 수탉 하나를 데리고 다녔다. 수탉은 나폴레옹 앞에서 행진하듯 걸으면서 나폴레옹이 연설하기 전에는 크게 "꼬꼬댁 꼬꼬" 하고 외치며 나팔수 노릇을 하는 것이었다. 농장집에서는 나폴레옹이 다른 동물과 따로 방을 쓴다는 이야기조차 떠돌았다. 그는 개 두 마리가 시중드는 가운데 혼자 식사를 했으며, 언제나 응접실 유리찬장에 있던 크라운 더비영국 왕실 공인 자기그릇 식기 세트를 사용하곤 했다. 또한 해마다 다른 두 기념일뿐 아니라 나폴레옹의 생일에도 축포를 쏜다는 발표도 있었다.

나폴레옹은 이제 결코 그저 "나폴레옹"이라고만 불리지 않았다. 그는 언제나 "우리의 지도자, 나폴레옹 동지"라는 공식적인 이름으로 불렸으며, 이 돼지들은 그를 위하여 '모든 동물의 아버지'나 '인간의 공포' 또는 '양우리의 수호자'나 '새끼오리들의 친구'와 같은 이름을 만들어 주기를 좋아했다. 스퀼러는 연설을 할 때면 뺨에 눈물을 흘려가면서까지 나폴레옹의 지혜와 그의 따뜻한 마음씨와 모든 곳의 모든 동물을 향한 그의 깊은 사랑과 특히 아직도 다른 농장들에서 무지와 노예 상태로 살고 있는 불행한 동물들을 향한 사랑 등에 대해 이야기하곤 했다. 성공적인 업적이든 행운의 손길이든 모든 것의 공을 나폴레옹에게 돌리는 것은 일상의 일이 되었다. 암탉 하나가 다른 암탉에게 "우리의 지도자 나폴레옹 동지의 길잡이 덕에, 나는 엿새 동안에 달걀을 다섯 개나 낳았어."라고 말하는 것이나 또는 암소 두 마리가 물웅덩이에서 물을 즐겨 마시면서 "나폴레옹 동지의 리더십 덕분에 이 물맛이 어찌나 좋은지!"라고 외치는 것은 흔한 일이 되었다. 미니무스가 지은 '나폴레옹 동지'라는 제목의 시가 농장 동물들의 느낌을 잘 표현했는데, 그것은 이런 내용이었다.

아버지 잃은 자의 친구여!
행복의 샘이여!
여물통의 신이여! 아, 내 영혼은 어찌나
불타오르는지, 그대의 조용하고 위엄 있는,
하늘의 태양과 같은,
눈을 볼 때마다,
나폴레옹 동지여!

그대는 동물들이 사랑하는
그 모든 것을 주는 자이니,
하루 두 차례 배를 불리고, 깨끗한 밀짚 베개를 주는구나!
크고 작은 모든 동물이
제 우리에서 평화로이 잠들고,

그대는 이 모든 것을 보살피는구나,
나폴레옹 동지여!

내게 젖먹이 돼지가 있다면
그가 커다란 병이나 밀방망이만큼
크게 자라기 전에
그는 배워야 하리라.
그대에게 충실하고 진실하도록
그래, 그가 처음 외치는 소리는 이런 것이 되리라.
"나폴레옹 동지여!"

나폴레옹은 이 시를 마음에 들어 했고, 일곱 계명이 적힌 커다란 광의 벽 맞은편에 써 놓도록 했다. 그 위에는 스퀼러가 흰색 페인트로 그린 나폴레옹의 옆모습 초상화가 걸려 있었다.

그러는 새에 나폴레옹은 윔퍼를 대리인 삼아 프레더릭이나 필킹턴과 복잡한 협상을 벌이고 있었다. 목재더미는 아직 팔리지 않았다. 두 사람 가운데 프레더릭이 접촉하는 데에 더 안달을 냈지만 그는 값을 제대로 쳐 주지는 않으려고 했다. 동시에 새로운 소문이 떠돌았으니, 프레더릭과 그의 일꾼들이 동물농장을 공격해 풍차를 부술 계획이라는 것이었다. 풍차 건물이 그의 마음속에 불 같은 시샘을 불러일으킨 때문이었다. 스노우볼은 아직도 핀치필드 농장에 몰래 숨어 있는 것으로 알려졌다. 한여름 어느 날, 동물들은 암탉 세 마리가 앞에 나와 스노우볼의 사주를 받아 나폴레옹을 살해할 계획에 참여했다고 자백하는 말을 듣고는 깜짝 놀랐다. 그들은 곧바로 처형당했고, 나폴레옹의 안전을 위한 새 예방 대책이 마련되었다. 밤에는 개 네 마리가 그의 침대에서 경비를 서고, 핑크아이라는 이름의 어린 돼지 한 마리가 나폴레옹의 음식에 독이 들어가지 않도록 그 음식을 전부 미리 맛보는 임무를 떠맡게 되었다.

바로 이즈음에 나폴레옹이 목재더미를 필킹턴 씨에게 팔기로 결정했다는 공고가 나왔다. 그는 또 동물농장과 폭스우드 농장 사이에서 특정 생산물을 교환하는 정식 계약을 맺으려 하고 있었다. 나폴레옹과 필킹턴은 윔퍼를 통해서만 어떤 행동을 했지만 그들은 이제 거의 친구 사이와 마찬가지였다. 동물들은 필킹턴이 인간이라 믿지 않았지만 프레더릭보다는 훨씬 좋아했다. 그들은 프레더릭을 무서워하기도 했고 사무치게 미워하기도 했다. 여름이 지나가고 풍차가 거의 완성될 즈음, 배신자들의 공격이 코앞으로 닥쳤다는 소문이 점점 무성해졌다. 소문에 따르면, 프레더릭이 동물들에 맞서기 위해 총으로 무장한 사람 스무 명을 데리고 올 것이며 벌써 치안판사와 경찰을 뇌물로 매수했다는 것이었다. 그가 동물농장에 대한 부동산 소유권 증서를 손에 넣을 경우 아무 문제도 삼지 않도록 하기 위해서였다. 게다가 프레더릭이 자기 동물들을 학대한다는 끔찍한 이야기들이 핀치필드로부터 흘러나오기도 했다. 그는 늙은 말 하나를 때려죽였고 암소들을 굶겼으며 개 한 마리를 아궁이에 집어던져 죽게 만들었고 저녁에는 수탉들 발톱에 면도날을 달아매고 서로 싸우게 만들며 즐겼다는 것이었다. 동물들은 자기 동료들에게 자행되는 이런 일들을 듣고 분노로 피가 들끓었고, 어떤 때는 한꺼번에 밖으로 나가 핀치필드 농장을 습격해 인간을 몰아내고 동물들을 해방시키게 해달라고 아우성을 치기도 했다. 하지만 스퀼러는 그들에게 경솔하게 행동하지 말고 나폴레옹 동지의 전략을 믿어 보자고 충고했다.

그럼에도 프레더릭에 대한 반감은 갈수록 커져 갔다. 어느 일요일 아침, 나폴레옹이 광에 나타나 자신은 목재 더미를 프레더릭에게 팔려고 생각한 적이 단 한 번도 없다고 해명했다. 그는 그런 악당들과 거래한다는 것은 자신의 위신을 떨어뜨리는 일로 생각한다고 말했다. 봉기 소식을 퍼뜨리기 위해 여전히 외부세계로 파견되던 비둘기들은 폭스우드 농장 어디에도 발을 들여놓지 말라는 지시를 받았으며 '인간에게 죽음을!'이라는 예전 구호를 버리고 '프레더릭에게 죽음을!'이라는 구호로 바꾸라는 명령을 받았다. 늦여름에는 스노우볼의 또 다른 꿍꿍이가 발각됐다. 거둬들인 밀들 속에는 잡초가 가득했는데, 스노우볼이 어느 날 밤에 몰래 와서는 종자용 곡물에 잡초 씨앗들을 섞어 넣은 것이 발각됐던 것이다. 이 꿍꿍이짓에 관여했던 수놈 거위 하나가 스퀼러에게 자신의 죄를 자백한 뒤 곧바로 까마중 풀 열매를 삼키고 자살했다. 동물들은 이제 대부분이 여태껏 믿었던 것과 다르게 스노우볼이 '1급 동물영웅' 훈장을 받은 적이 결코 없었음을 알게 되었다. 그것은 외양간 전투가 있고 좀 지나 스노우볼 자신이 퍼뜨린 전설일 뿐이었다. 훈장을 받기는커녕, 스노우볼은 전투에서 비겁했던 것을 이유로 오히려 질책 받은 게 실제 사실이었다. 몇몇 동물은 다시 이런 이야기를 듣고는 어리둥절하기 짝이 없었지만, 스퀼러가 그들의 기억이 잘못되었음을 금세 납득시켜 주었다.

가을에는 거의 동시에 추수도 했어야 했기에, 엄청나게 진 빠지는 노력을 해서야 풍차가 완성되었다. 아직은 기계들을 더 설치해야 해서 윔퍼가 기계 구입을 놓고 흥정하고 있었지만, 얼개는 완성된 셈이었다. 온갖 어려운 고비를 겪었고 경험도 없었고 연장도 원시적인 것들이었고 운도 따라 주지 않았고 스노우볼이 배신하기도 했지만, 작업은 제 날짜에 딱 맞추어 완수되었던 것이다! 피로에 지쳤어도 자랑스러움에 부푼 동물들은 자신들의 걸작 둘레를 돌고 또 돌았다. 그들 눈에 그것은 처음에 세워졌을 때보다 한결 아름다워 보이기까지 했다. 더욱이 벽들도 전보다 두 배나 더 두터웠다. 이번엔 폭약쯤 되어야 풍차 벽들을 무너뜨릴 수 있을 것이었다. 그리고 스스로 얼마나 열심히 일을 했는지, 숱한 좌절들을 스스로 어떻게 이겨냈는지, 날개와 발전기가 힘차게 돌아가면서 자신들 삶이 어떤 엄청난 변화를 겪었는지 하는 그 모든 것들을 생각하자, 피곤함은 사라졌고 동물들은 승리의 함성을 외치고 풍차 둘레를 빙빙 돌며 펄쩍펄쩍 뛰어다녔다. 나폴레옹도 자신의 개들과 젊은 수탉을 데리고 내려와서는 완성된 작품을 둘러보았다. 그는 동물들이 이룬 성과를 놓고 그들을 몸소 축하해 주었으며 그 풍차는 나폴레옹 풍차로 불리게 될 것이라고 발표했다.

이틀 뒤, 동물들은 광에서의 특별 모임에 모두 모이라는 지시를 받았다. 그리고 나폴레옹이 목재더미를 프레더릭에게 팔았다고 발표하자 모두 어안이 벙벙했다. 프레더릭의 사륜마차가 와서 목재를 실어 가기 시작하리라는 것이었다. 필킹턴과 가까이 지내는 것으로 보였던 기간 내내, 사실 나폴레옹은 프레더릭과 비밀협상을 맺고 있었던 것이다.

폭스우드와의 모든 관계는 중단되었고 필킹턴에게는 모욕의 말이 전해졌다. 비둘기들은 핀치필드 농장에는 갈 필요가 없으며 "프레더릭에게 죽음을!"이라는 구호는 "필킹턴에게 죽음을!"이라는 구호로 바꾸라는 말을 들었다. 동시에 나폴레옹은 프레더릭이 동물농장을 곧 습격하리라는 이야기는 완전 거짓말이며 프레더릭이 자기 동물들에게 잔인하게 군다는 소문도 지나치게 부풀려진 것이라고 동물들에게 확신시켜 주었다. 이 모든 소문들은 어쩌면 스노우볼과 그의 일꾼들이 만들었을 것이다. 어쨌든 스노우볼은 핀치필드 농장에 숨어 있지 않았을 뿐 아니라 그곳에 있은 적조차 전혀 없었음이 드러났다. 들리기에는, 그는 폭스우드에서 엄청 사치스럽게 생활하고 있었으며 사실 지난 여러 해 동안 필킹턴의 고용인으로 있었다는 것이었다.

돼지들은 나폴레옹의 잔머리에 얼이 빠졌다. 그는 필킹턴과 가까운 사이인 척하면서 프레더릭으로부터 목재 더미 값을 12파운드나 더 올려 받았다. 하지만 나폴레옹이 뛰어난 머리를 가졌다는 것은 그가 아무도, 심지어 프레더릭마저 믿지 않았다는 점에 있다는 게 스퀼러의 말이었다. 프레더릭은 목재 값을 이른바 어음으로 치르기를 바랐다. 그것은 값을 치르는 약속을 적은 종잇조각으로 보였다. 그러나 나폴레옹은 제 꾀에 넘어갔다. 그는 5파운드 지폐로, 그것도 목재가 실려 가기 전에 값을 치를 것을 요구했다. 프레더릭은 이미 값을 치른 상태였고, 그가 치른 돈을 다 모으면 풍차에 쓰일 기계들을 사기에 모자람이 없었다.

그새 목재들은 빠르게 실려 나갔다. 이 일이 끝나자, 동물들이 프레더릭의 지폐를 조사하기 위한 또 다른 특별 모임이 광에서 열렸다. 훈장 두 개를 모두 단 나폴레옹은 흐뭇한 미소를 지으며 연단 위 짚더미에 비스듬히 누웠고, 그 옆에는 농장 집 부엌에서 가져온 사기그릇 위에 지폐가 가지런히 쌓여 있었다. 동물들은 천천히 줄지어 지나가면서 그것을 마음껏 구경했다. 복서도 코를 벌름거리며 지폐 냄새를 맡았는데, 그의 콧김에 그 얇고 하얀 지폐들이 살랑 흔들렸다.

사흘 뒤, 무시무시한 소란이 일어났다. 윔퍼가 창백해진 얼굴로 자전거를 타고 샛길을 달려오더니 자전거를 뜰에 내동댕이치고는 농장 집으로 곧장 뛰어 들어갔다. 다음 순간, 나폴레옹의 방에서는 노여움에 떨려 목메는 고함이 터져 나왔다. 이 사건 소식은 들불처럼 삽시간에 농장 주변으로 퍼져 나갔다. 위조지폐였던 것이다! 프레더릭은 목재를 공짜로 가져간 거였다!

나폴레옹은 당장 동물들을 불러 모으고는 냉혹한 목소리로 프레더릭에게 사형선고를 내렸다. 나폴레옹은 프레더릭이 잡히면 산 채로 삶아 죽이겠다고 별렀다. 동시에 그는 이런 배신 행위 뒤에 최악의 일이 예상된다고 동물들에게 경고했다. 오래전부터 예상됐던 그 일은 프레더릭과 그의 일꾼들이 습격해 오는 것이며, 그것은 언제라도 저질러질 수 있다는 것이었다. 농장으로 오는 길목마다 보초가 세워졌다. 또 비둘기 네 마리에게 화해의 메시지를 실어 폭스우드에 보냈는데, 거기에는 필킹턴과 좋은 관계를 되찾고 싶다는 희망이 담겨 있었다.

바로 이튿날, 공격이 시작되었다. 동물들이 아침밥을 먹고 있을 때였다. 파수꾼들이 뛰어들어 프레더릭과 그 일꾼들이 벌써 다섯널빤지 문을 지나왔다는 소식을 전했다. 동물들은 대담하게 그들을 향해 돌격했다. 하지만 이번에는 외양간 전투 때처럼 쉽사리 이기지는 못했다. 그들은 열다섯 명이었는데 이들 가운데 여섯 명이 총을 들고는 50야드 안쪽으로 다가서자 총을 쏘기 시작했다. 동물들은 이 무서운 폭발과 날카로운 총탄에 맞설 수 없었고 나폴레옹과 복서가 동물들을 다시 불러 모으려 애썼지만 그들은 금세 패해 달아났다. 그들 상당수는 이미 부상을 당했다. 그들은 농장 건물 안으로 도피해서는 여러 틈새나 옹이구멍을 통해 조심스럽게 밖을 내다보았다. 풍차를 포함해 커다란 목장이 몽땅 적의 손아귀로 넘어갔다. 당장은 나폴레옹조차도 당황한 듯 보였다. 그는 말없이 서성였고 그의 꼬리는 뻣뻣하게 굳은 채로 달달 떨렸다. 아쉬워하는 눈길이 흘낏 폭스우드 쪽으로 향했다. 필킹턴과 그의 일꾼들이 자신들을 도왔다면 그날은 승리했을지도 몰랐다. 하지만 이때, 전날 밖으로 보내졌던 비둘기 네 마리가 돌아왔는데, 한 마리가 필킹턴의 편지 하나를 물어 왔다. 거기에는 연필로 "쌤통!"이라고 쓰여 있었다.

그새 프레더릭과 그의 일꾼들은 풍차 근처에 머물러 있었다. 동물들은 그들을 보고 낙담하는 목소리를 소곤소곤 뱉어냈다. 두 명의 인간이 지렛대와 커다란 망치를 꺼냈다. 풍차를 부수려는 것이었다.

"될 리가 없지!" 하고 나폴레옹이 외쳤다. "저럴까 봐 벽을 엄청 두텁게 만든 것 아니겠소? 저들은 일주일이 되도 저걸 부수지 못할 거요. 힘들 내시오, 동지들!"

하지만 벤저민은 인간들의 움직임을 유심히 지켜보고 있었다. 망치와 지렛대를 든 인간 둘이서 풍차의 밑동 쪽에 구멍을 뚫고 있었다. 벤저민은 천천히, 그리고 거의 웃음기마저 띠면서 제 긴 콧등을 주억거렸다.

"내 그럴 줄 알았지. 저놈들이 무슨 짓 하는지 안 보여? 다음에는 저 구멍에 폭약을 채워 넣을 게 뻔해."

두려움 속에서 동물들은 기다렸다. 바람막이가 됐던 건물에서 밖으로 나가는 위험을 무릅쓰는 일은 이제 불가능했다. 몇

분 뒤, 인간들이 사방팔방 달려가는 것이 보였다. 그리고는 귀청이 터질 것 같은 굉음이 들려왔다. 비둘기들은 공중에서 빙글빙글 날아다녔고, 나폴레옹을 뺀 모든 동물이 배를 깔고 납작 엎드려 얼굴을 파묻었다. 그들이 다시 일어섰을 때는 풍차가 있었던 곳에서 시커먼 연기가 뭉게구름처럼 피어올랐다. 산들바람이 연기를 천천히 날려 보냈다. 풍차가 사라졌다!

이 모습에 동물들은 오히려 용기를 되찾았다. 이 불쾌하고 비열한 행동에 대한 분노는 그들이 좀 전에 느꼈던 두려움과 체념을 삼켜 버렸다. 복수하자는 힘찬 외침이 울려 퍼졌고, 그들은 명령을 더 기다리지 않고 모두 한 몸이 되어 곧바로 적을 향해 돌진했다. 세찬 눈보라처럼 자신들에게 휘몰아쳐 오던 무자비한 총알들을 이번에는 유념치 않았다. 야만적이고 혹독한 전투였다. 인간들은 총을 쏘고 또 쏘았으며, 동물들이 가까운 바리케이드에 다가가자 그들은 자신들 몽둥이와 무거운 군홧발로 후려치려 들었다. 암소 한 마리와 양 세 마리 그리고 거위 두 마리가 사살됐고 거의 모두가 부상을 입었다. 뒤에서 작전을 지휘하던 나폴레옹마저도 꼬리 끝부분이 총알에 맞아 뭉개졌다. 하지만 인간들도 다치지 않은 것은 아니었다. 인간 세 명이 복서의 발굽에 세게 맞아 머리가 깨졌고, 다른 한 명은 암소의 뿔에 배를 들이받혔으며, 또 다른 한 명은 제시와 블루벨에 물려 바지가 찢겨 나갔다. 그리고 나폴레옹의 경호병 개 아홉 마리가 나폴레옹의 지시에 따라 산울타리 뒤로 에둘러가서 갑자기 인간들 옆쪽에 나타나자, 그들은 공포에 사로잡혔다. 인간들은 자신들이 포위당할 위험에 빠졌음을 알게 되었다. 프레더릭은 제 일꾼들에게 상황이 악화되기 전에 빠져 나오라고 소리쳤고, 다음 순간 겁에 질린 적들은 걸음아 날 살려라, 하면서 허둥지둥 달아났다. 동물들은 들판 아래까지 곧장 그들을 추격했고, 그들이 억지로 가시나무 산울타리로 도망치려 하자 그들에게 마구마구 마지막 발길질을 해댔다.

동물들은 승리를 거두었다. 하지만 그들은 지쳤고 피도 많이 흘렸다. 그들은 절뚝거리며 천천히 농장으로 되돌아가기 시작했다. 풀밭 위에 널브러져 있는 죽은 동지들 모습에 그들 몇몇은 가슴이 아파 눈물을 흘렸다. 또 아주 잠깐이나마 그들은 비탄에 잠겨 한때 풍차가 서 있던 곳에 말없이 서 있었다. 그랬다. 그것은 사라졌다. 그들이 땀 흘린 마지막 발자취가 없어져 버린 거였다! 기초공사를 했던 것도 일부 파괴되었다. 풍차를 다시 세운다고 해도 전에처럼 떨어져 내린 돌들을 사용할 수 없을 터였다. 이번엔 돌들도 사라진 때문이었다. 폭발의 힘이 돌들을 수백 야드나 멀리 날려 보낸 것이었다. 마치 풍차가 아예 애당초부터 없었던 것 같았다.

동물들이 농장에 다다르자, 싸우는 동안엔 왠지 보이지 않던 스퀼러가 껑충껑충 뛰면서 그들에게 다가왔다. 그는 꼬리를 툭툭 털면서 만족한다는 듯 벙실벙실 웃고 있었다. 이때 동물들은 농장 집 방향에서 엄숙하게 빵 하고 터지는 총소리를 들었다.

"무엇 때문에 총을 쏘는 거지?" 하고 복서가 입을 열었다.

"우리의 승리를 축하하려는 거지요." 하고 스퀼러가 외쳤다.

"무슨 승리?" 하고 복서가 말했다. 그는 무릎에서는 피가 흘렀고 편자 하나를 잃었으며, 발굽이 갈라졌고 뒷다리에는 총알 십여 개가 박혀 있었다.

"무슨 승리라니요, 동지? 우리는 우리의 땅, 신성한 동물농장의 땅에서 적을 몰아내지 않았던가요?"

"하지만 놈들은 풍차를 부서뜨리지 않았나? 우리가 2년이나 공들인 탑을?"

"무슨 상관입니까? 우리는 새 풍차를 세울 겁니다. 다들 원한다면 풍차를 여섯 개라도 세울 겁니다. 동지는 우리가 세웠던 그 어마어마한 것을 인정하지 않는군요? 적은 우리가 서 있는 바로 이 땅을 점령했었지요. 하지만 이제, 나폴레옹 동지의 지도 덕분에 우리는 그것을 몽땅 되찾지 않았습니까!"

"그러니까, 전에 우리의 것이었던 것을 되찾은 것뿐 아닌가?"

하고 복서가 말했다.

“그게 바로 우리의 승리 아니겠습니까?” 하고 스퀼러가 답했다.

그들은 절뚝거리며 뜰로 들어섰다. 복서는 뒷다리 살가죽에 박힌 총알들이 몹시 아프게 욱신거렸다. 그는 풍차를 토대부터 다시 세워야 하는 힘겨운 노동이 제 앞에 놓여 있음을 보았으며, 벌써부터 스스로 그 임무를 대비하는 상상을 하는 것이었다. 그러면서도 그는 처음으로 스스로가 열한 살이나 되었으며 자신의 강인한 근육들이 어쩌면 예전과는 완전 다를지 모른다는 생각이 퍼뜩 떠올랐다.

하지만 녹색 깃발이 휘날리는 모습을 보고 모두 일곱 발이나 발사되는 총소리를 다시 들으며 자신들의 행동을 칭송하는 나폴레옹의 연설을 듣게 된 동물들은 아무튼 자신들이 위대한 승리를 거둔 것으로 여겨졌다. 전사한 동물들에게는 근엄한 장례가 치러졌다. 복서와 클로버가 영구마차를 끌었고 나폴레옹도 행렬 맨 앞에서 걸어 나갔다. 꼬박 이틀 동안 축하잔치가 벌어졌다. 다들 노래를 부르고 연설을 했으며 모든 동물에게 사과 하나씩 특별 선물이 주어졌으며 새들에게는 옥수수 2온스씩 그리고 개들에게는 비스킷 세 개씩이 더 주어졌다. 이번 전투는 ‘풍차 전투’로 불리게 될 것이며 나폴레옹이 ‘녹색 깃발 훈장'을 새로 만들어 스스로에게 수여했다는 발표가 있었다. 모두들 기쁘게 즐기는 가운데, 불운했던 위조지폐 사건은 잊히고 말았다.

돼지들이 농장 집 지하 저장고에서 위스키 한 상자를 우연히 찾아낸 것은 이 일이 있고 나서 며칠 되지 않아서였다. 집을 처음 점령했을 당시에는 못 보고 지나쳤던 것이었다. 그날 밤, 농장 집에서는 고래고래 노래 부르는 소리가 들려왔는데, 놀랍게도 거기에는 '영국의 동물들' 가락이 뒤섞여 있었다. 아홉 시 반 무렵, 존스 씨의 낡은 중절모를 쓴 나폴레옹이 뒷문으로 나와 서둘러 뜰을 빙글 돌더니 다시 집 안으로 사라지는 모습이 뚜렷하게 보였다. 하지만 아침이 되자 무거운 침묵이 농장 집을 감돌았다. 단 한 마리의 돼지도 설쳐 대지 않았다. 스퀼러가 나타난 것은 거의 아홉 시가 되어서였는데, 그는 실의에 빠져 눈이 흐리멍덩했고 꼬리는 힘없이 축 처졌으며 그야말로 중환자처럼 보였다. 그는 동물들을 불러 모아 놓고는 알려야 할 끔찍한 소식이 있다고 말했다. 나폴레옹 동지가 죽어가고 있다!

슬피 울부짖는 외침은 커져만 갔다. 농장 집 문밖에는 짚더미가 쌓였고 동물들은 살금살금 까치걸음으로 걸었다. 그들은 눈물을 가득 머금고 자신들이 지도자를 잃으면 도대체 어찌해야 하느냐고 서로서로 물었다. 스노우볼이 드디어 나폴레옹의 음식에 독을 넣는 짓을 저질렀다는 소문도 돌았다. 11시가 되자 스퀼러가 새로운 발표를 하러 밖으로 나왔다. 나폴레옹 동지가 살아생전 마지막 조처로, 술을 마시는 자는 사형을 받으리라는 지엄한 포고를 하나 내렸다는 것이었다.

하지만 저녁 무렵에 나폴레옹은 조금 나아진 모습으로 나타났고, 이튿날 아침 스퀼러는 동물들에게 나폴레옹이 잘 회복하는 중이라고 말할 수 있었다. 그날 저녁에 나폴레옹은 다시 일하기 시작했고, 또 다음 날 그가 윔퍼에게 윌링던에 가서 술 빚기와 술 거르기에 관한 책 몇 권을 사다 달라고 지시한 일이 알려졌다. 일주일 뒤, 나폴레옹은 앞서 일할 수 없게 된 동물들을 위한 꼴밭으로 남겨둘 계획이었던 과수원 뒤의 작은 방목장을 쟁기로 갈문이하라고 명령했다. 그 목장은 다 말라 버려서 새로 씨를 뿌려야 하는 상태였다. 하지만 나폴레옹이 거기에 맥주용 보리 씨앗을 뿌리려 했음이 곧 알려졌다.

이즈음 어느 누구도 이해할 수 없는 기이한 사건이 하나 생겼다. 어느 날 밤 열두 시 무렵, 뜰에서 요란한 소리가 났고 놀란 동물들은 죄다 우리에서 뛰쳐나왔다. 달빛 교교한 밤이었다. 일곱 계명이 쓰여 있는 광의 끝부분 벽 발치에 사다리 하나가 두 동강 나 있고 기절한 스퀼러가 그 곁에 팔다리를 벌린 채 누워 있었다. 주변에는 손호롱 하나와 귀얄칠할 때 쓰는 붓 하나, 그리고 엎어진 흰색 페인트 통이 하나 놓여 있었다. 곧바로 개들이 스퀼러를 에워쌌다가 그가 걸을 수 있게 되자마자 그를 호위해 농장 집으로 데려갔다. 이게 대체 뭘 말하는지 그 어떤 동물도 갈피를 잡을 수 없었다. 벤저민만 예외였는데, 그는 무엇인가 안다는 듯이 콧등을 끄덕였고 무언가 이해하는 듯 보이기도 했지만 아무런 말도 하려 하지 않았다.

하지만 며칠 뒤, 혼자 일곱 계명을 읽던 뮤리엘은 동물들이 잘못 기억하는 게 또 하나 있음을 알게 되었다. 동물들은 다섯째 계명이 "어떠한 동물도 술을 마셔서는 안 된다."라는 것으로 생각했었지만 그들이 까먹은 단어가 둘 있었던 것이다. 실제 계명에는 이렇게 쓰여 있었다. "어떠한 동물도 술을 '너무 지나치게' 마셔서는 안 된다."

아홉째 마당

복서의 갈라진 발굽이 아무는 데는 많은 시간이 걸렸다. 동물들은 승리의 축하잔치가 끝난 이튿날부터 풍차를 다시 짓기 시작했다. 복서는 하루라도 쉬지 않으려 했고, 자신의 아픈 모습을 남들이 모르게 하는 걸 명예로 여겼다. 저녁에 그는 발굽이 꽤 아프다고 클로버에게 살짝 고백하려 했다. 클로버는 자신이 씹어서 마련해 두었던 약초로 발굽을 치료해 주었다. 그녀와 벤저민은 복서에게 쉬엄쉬엄 일하라고 충고했다. "말의 허파라고 언제까지나 버틸 수 있는 것은 아니지요." 그녀가 말했다. 하지만 복서는 들을 생각이 없었다. 그는 정말 딱 하나 남은 꿈이 있는데 그것은 자신이 물러날 나이가 되기 전에 풍차가 잘 돌아가는 모습을 보는 일이라고 했다.

동물농장 규칙들이 처음 정해진 초기에 퇴직 정년은 말과 돼지는 열두 살, 암소는 열네 살, 개는 아홉 살, 양은 일곱 살, 암탉과 거위는 다섯 살이었었다. 양로연금을 넉넉하게 준다는 규칙도 합의된 상태였다. 아직까지는 은퇴해 연금을 받는 동물이 사실은 하나도 없지만, 요즘 들어 이 문제를 둘러싼 논의가 갈수록 잦아졌다. 이제 과수원 뒤의 작은 방목장이 보리를 심도록 남겨진 만큼 커다란 목장 한구석을 울타리로 구분해 노쇠한 은퇴 동물을 위한 꼴밭으로 바꿀 것이라는 소문이 돌았다. 연금으로는 말에게 하루 옥수수 5파운드, 겨울에는 꼴풀 15파운드와 홍당무 하나 그리고 공휴일에 가능하면 사과 하나씩을 준다는 이야기도 있었다. 복서의 열두 번째 생일은 이듬해 늦여름이 될 것이었다.

그동안의 삶은 고달팠다. 겨울 추위는 지난해 못지않았고, 식량은 더 줄기까지 했다. 다시 한번 식량 배급이 줄었는데, 돼지와 개들의 배급량은 그렇지 않았다. 식량을 배급할 때 평등을 지나치게 강조하면 그것이 오히려 '동물주의' 원칙에 어긋난다는 것이 스퀼러의 설명이었다. 아무튼 그는 다른 동물들에게, 겉보기로는 어떨지라도 실제로는 그들 식량이 부족하지 '않다'는 것을 증명하는 데에 어려움이 없었다. 한동안은 식량 배급을 재조정할 필요가 있다고 밝혀진 것이 분명했다. (스퀼러는 이를 두고 '축소'라고 한 적이 전혀 없고 늘 '재조정'이라고 했다.) 하지만 존스 시절에 견주면 좋아진 점은 엄청났다. 스퀼러는 날카롭고도 빠른 목소리로 통계목록을 읽으면서 동물들에게 여러 일들을 낱낱이 밝혀 주었다. 그들은 존스 시절보다 더 많은 오트밀과 더 많은 꼴풀과 더 많은 순무를 먹게 되었고 더 적은 시간 일했으며, 그들이 마시는 물은 더 좋아졌고 그들은 더 오래 살게 되었으며, 그들의 어린 새끼들은 더 많이 살아남았고 그들 우리 속에는 더 많은 짚이 깔렸으며, 골치 아픈 벼룩은 더 줄었다는 것이었다. 동물들은 그 말들을 몽땅 믿었다. 솔직히 말해, 존스와 존스를 떠올리게 만드는 모든 것은 동물들 기억에서 거의 사라지고 없었다. 그들은 알고 있었다. 요즘 삶이 고달프고 헐벗었다는 것, 자신들이 자주 굶주리고 추위에 떨었다는 것, 그리고 자신들이 깨어 있을 때는 늘 일을 했다는 것 따위를 말이다. 하지만 옛날에는 더 나빴다는 것 또한 의심할 나위가 없었다. 더구나 그때 자신들은 노예였고 지금은 자유로웠으며, 스퀼러가 놓치지 않고 지적했듯이 무엇보다도 바로 그것이 변화를 낳은 힘이었다.

이제는 먹여 살려야 하는 식구가 더 늘었다. 가을이 되자 암퇘지 네 마리가 모두 거의 같은 때에 새끼돼지를 서른한 마리나 낳았다. 새끼돼지들은 얼쑹덜쑹 얼룩 무늬가 있었는데, 농장에는 수퇘지가 나폴레옹 딱 하나밖에 없었던 까닭에 그가 새끼돼지들의 아비라고 짐작해도 될 법했다. 나중에 벽돌과 목재를 사들였을 때, 농장 집 정원에 교실을 하나 지을 것이라는 발표가 있었다. 한동안은 나폴레옹 스스로가 농장 집 부엌에서 새끼돼지들을 가르쳤다. 녀석들은 정원에서 훈련을 받았으며, 다른 동물 새끼들과는 어울리지 말라는 주의를 받았다. 이즈음에는 새 규칙도 정해졌는데, 돼지와 다른 동물이 길에서 마주치면 다른 동물은 옆으로 비켜서야 하며 또한 돼지들은 모두 지위의 높고 낮음과 상관없이 일요일이 되면 꼬리에 녹색 리본을 다는 특권을 갖는다는 규칙이었다.

그해, 농장은 제법 성공을 거두었으나 돈이 모자라는 것은 변함없었다. 교실을 짓기 위해 벽돌과 모래와 석회를 사들여야 했지만 풍차에 설치할 기계를 사들일 돈을 다시 모으기 시작할 필요도 있었다. 게다가 집에서 사용할 호롱 기름과 양초도 있어야 했고, (나폴레옹은 살찐다는 이유로 다른 돼지들에게는 금지시켰지만) 그의 식탁에 놓아 둘 각설탕도 있어야 했으며 연장과 못과 끈과 석탄과 철사와 고철 따위를 새로 장만해야 했고, 강아지용 비스킷도 필요했다. 꼴풀 남은 것과 수확한 감자 일부가 팔려 나갔고 달걀도 일주일에 600개로 늘려서 팔기로 계약이 맺어졌다. 그래서 그해 암탉들은 자신들 숫자를 유지할 만큼 충분히 병아리 부화를 하지 못했다. 12월에 줄었던 식량 배급은 2월에 다시 줄었고, 우리에 켰던 호롱불은 기름을 아끼자며 금지시켰다. 하지만 돼지들은 충분히 안락한 생활을 하는 듯 보였으며, 실제로는 오히려 몸무게가 늘어만 갔다. 2월 말의 어느 오후, 동물들이 예전에는 전혀 맡아보지 못했던 군침 도는 구수하고 그윽한 냄새가 자그마한 맥주 양조장에서 뜰로 가득 풍겨 나갔다. 맥주 양조장은 부엌 뒤쪽에 있었는데, 존스 때부터 사용하지 않던 곳이었다. 누군가가 그것은 보리를 삶는 냄새라고 말했다. 동물들은 걸신스레 킁킁 냄새를 맡으며 저녁밥으로 구수한 여물이 나오지 않을까 궁금해했다. 하지만 구수한 여물은 나오지 않았다. 그 일요일, 앞으로 모든 보리는 돼지에게만 나누어 줄 것이라는 발표가 있었다. 과수원 뒤쪽의 들판에는 벌써부터 보리 씨앗이 뿌려져 있었다. 머지않아 돼지들은 날마다 1파인트반 리터의 맥주를 배급받고 있으며 나폴레옹 자신은 4파인트반 갤런의 맥주를 받고 있다는 소문이 새나왔다. 그것은 언제나 크라운 더비 수프 접시에 담겨 나폴레옹 앞에 차려진다는 것이었다.

하지만 견뎌야 하는 어려움들이 있었다 해도, 그것들은 옛날에 견주어 요즈음의 삶이 한결 고상해졌다는 것으로 약간은 벌충이 되었다. 더 많은 노래와 더 많은 대화와 더 많은 행진이 있기 때문이었다. 나폴레옹은 동물농장의 투쟁과 승리를 기념하기 위해 일주일에 한 번씩 '자진 시위'를 벌여야 한다고 지시했다. 지정된 시간이 되면 동물들은 일손을 놓고 군대 대형을 갖추어 농장 구내를 한 바퀴 행진하고는 했다. 앞에는 돼지들이 섰고 다음에는 말과 암소와 양들 그리고 집짐승, 날짐승들이 뒤를 이었다. 개들은 행렬 옆을 지켰고 나폴레옹의 젊고 검은 수탉이 행렬 맨 앞에 자리했다. 복서와 클로버는 언제나 발굽과 뿔과 "나폴레옹 동지, 만세!"라고 쓴 녹색 현수막을 함께 들고 행진했다. 그런 뒤에는 나폴레옹의 명예를 기리기 위해 지은 시 낭송이 있었고, 최근 식량 생산이 늘었다는 자세한 내용을 설명하는 스퀼러의 연설이 뒤따랐으며, 때로는 예포를 쏘기도 했다. 양들은 '자진 시위'에 가장 열성이었는데, (돼지나 개들이 가까이 없을 때 몇몇 동물들이 그랬듯이) 누군가가 양들에게 추운 데서 오래 서 있는 것은 괜한 시간 낭비라며 투덜거리기라도 할라치면, 양들은 그때마다 "네 다리는 좋고, 두 다리는 나쁘다!"고 어마어마하게 울어 대서 모두들 어안이 벙벙하게 만들곤 했다. 하지만 동물들은 거의 다가 이 축하 잔치를 즐겼다. 그들은 자신들이 정말로 스스로의 주인이 되었고 자신들이 하는 일들이 자기들 스스로의 이익을 위한 것이었음을 돌이켜 생각하면 편한 마음이 드는 것이었다. 그 까닭에, 노래와 행진과 스퀼러의 통계목록과 총의 굉음과 수탉 울음 소리와 깃발의 펄럭임만으로도 그들은 적어도 그때만큼은 자신들이 배를 곯고 있음을 잊을 수 있었다.

4월, 동물농장은 공화국으로 선포되었고, 따라서 대통령을 뽑을 필요가 있었다. 후보는 나폴레옹 혼자였으며 그는 만장일치로 대통령으로 선출이 되었다. 바로 그날, 스노우볼이 존스와 공모했음을 더 자세히 드러내 주는 새 문서가 발견되었다고 발표되었다. 이제 스노우볼은 동물들이 예전에 상상했던 것처럼 술책을 꾸며 외양간 전투를 패배하게 만들었을 뿐 아니라 드러내 놓고 존스 편에서 싸웠다는 게 밝혀졌다. 사실, 인간의 군대를 이끈 것은 바로 스노우볼 그였으며 그는 제 입으로 "인간, 만세!"를 외치며 전투에 뛰어들었었다. 몇몇 동물들에게는 아직 본 기억이 남아 있는 스노우볼 등짝의 부상은 나폴레옹의 이빨이 그리 만든 것이었다.

한여름 즈음, 여러 해 보이지 않던 들까마귀 모제스가 농장에 다시 나타났다. 그는 도무지 변한 구석이 없이, 여전히 일을 하지 않았고 예전과 똑같은 말투로 '슈가캔디산' 나라에 관해 떠벌였다. 그는 나무 그루터기에 앉아 제 검은 날개를 파닥거리면서 제 말을 들으려는 자가 있으면 누구에게나 몇 시간이고 지껄이는 것이었다. "저 위쪽에는 말이에요, 동지," 하고 그는 제 커다란 부리로 하늘을 가리키며 진지하게 말하곤 했다. "당신 눈에 보이는 어두운 구름 너머 저편 위쪽에는 우리 불쌍한 동물들이 고된 노동에서 벗어나 영원히 쉬게 될 행복한 나라 슈가캔디산이 있답니다." 심지어 그는 자신이 한 번은 높이 날아올라 그곳에 갔었으며 토끼풀이 영구히 마르지 않는 들판과 산울타리에서 자라나는 각설탕과 아마 씨 깻묵을 보았다고까지 주장했다. 대부분 동물들은 그를 믿었다. 그들은 자신들의 삶이 이제는 굶주림과 고된 노동에 찌들었다고 판단했다. 다른 곳 어딘가에 더 나은 세상이 존재한다는 것은 옳고도 좋은 일이 아닌가? 그런데 도무지 모를 것은 모제스를 대하는 돼지들의 몸가짐이었다. 그들은 모두 그의 '슈가캔디산 나라' 이야기가 거짓부렁이라고 깔보듯이 잘라 말했으면서도 모제스가 일하지 않고도 농장에 남아 있도록 허락한 데에다 하루 1길4분의 1파인트의 맥주까지 허용했던 것이다.

복서는 발굽이 다 아물자 전에 없이 더 열심히 일을 했다. 사실은, 그해 동물들은 다 하나같이 노예처럼 일을 했다. 농장의 정기적인 일과 풍차 다시 짓는 일 말고도 어린 돼지들을 위한 교실도 지어야 했다. 그것은 3월에 시작되었다. 어떤 때는 배를 곯으며 오래 일하는 게 견디기 힘들었지만, 복서는 머뭇거린 적이 없었다. 그의 말이나 행동에서는 그의 힘이 예전 같지 않다는 어떤 기미도 찾아볼 수 없었다. 하지만 그의 겉모습은 살짝 달라져 있었다. 그의 살가죽은 전처럼 매끈매끈 윤이 나지 않았으며, 큼지막했던 그의 궁둥이는 살이 좀 빠져 보였다. 다른 동물들이 말했다. "복서 아저씨는 봄새싹이 돋아나면 나아질 겁니다." 하지만 봄이 왔어도 복서는 살이 오르지 않았다. 채석장 꼭대기로 이어지는 비탈 위에서 그가 이따금 어마어마한 바위 덩어리 몇 개를 끌어내리느라 안간힘을 쓸 때, 그를 용케 제 다리로 버틸 수 있게 해 주는 것은 오직 계속하겠다는 의지밖에 없는 듯 보였다. 그럴 때 그의 입술은 "내가 좀 더 일을 하자!"는 몇 마디 말을 하려는 듯했지만 목소리를 내지는 않았다. 클로버와 벤저민은 또다시 복서에게 건강을 챙겨가며 일하라고 충고해 보았지만, 복서는 거들떠도 보지 않았다. 그의 열두 번째 생일이 다가오고 있었다. 그는 자신이 연금을 받기 시작하기 전에 넉넉하게 돌들이 모아지기만 한다면 하늘이 두 쪽 나도 무슨 상관이냐는 투였다.

여름날 어느 늦은 저녁, 복서에게 무슨 일이 생겼다는 느닷없는 소문이 농장을 휘돌았다. 그는 혼자 나가 한 무더기 돌들을 풍차까지 끌어내리려 했다. 분명 소문은 사실이었다. 몇 분 뒤에 비둘기 두 마리가 그 소식을 갖고 경쟁하듯 달려왔다. "복서가 쓰러졌어요! 옆으로 누워서는 일어나질 못해요!"

농장의 동물들 거지반이 풍차가 있는 둔덕까지 뛰쳐나왔다. 복서는 마차의 끌채들 사이에서 목을 밖으로 내뻗은 채 누워 있었는데, 머리를 들지조차 못했다. 눈은 게슴츠레했고 옆구리는 땀에 흠뻑 젖어 있었다. 그의 입에서 가느다랗게 피가 흘러내렸다. 클로버가 그 옆에 무릎 꿇고 앉았다.

"복서!" 하고 그녀가 외쳤다. "괜찮아요?"

"허파가 좀 아프네요." 하고 가녀린 목소리로 복서가 말했다. "별거 아니라오. 나 없어도 여러분들은 풍차를 완공할 수 있겠지요? 모아 놓은 돌들이 꽤 될 테니 말입니다. 아무튼 일할 시간이 한 달밖에 남지 않았군요. 솔직히 나는 은퇴를 무척이나 고대했습니다. 벤저민도 늙어 가고 있으니, 어쩌면 저들은 벤저민도 함께 은퇴시켜 내 동무가 되게 해 줄지도 모르겠군요."

"빨리 치료해야겠어요." 하고 클로버가 말했다. "누가 달려가서 스퀼러에게 이 일을 알려 주세요."

말이 끝나기 무섭게 다른 동물들은 몽땅 농장 집으로 달려가 이 소식을 스퀼러에게 전했다. 클로버와, 복서 곁에 앉아서 말없이 제 꼬리로 파리들을 쫓아 주던 벤저민만 남았다. 15분쯤 지나자 가엽고 걱정스럽다는 얼굴로 스퀼러가 나타났다. 그는 나폴레옹 동지가 농장에서 가장 충직한 일꾼 가운데 하나인 그에게 닥친 이 불행한 일을 알고는 더없이 괴로워했으며 복서를 윌링던의 병원으로 보내 치료받을 수 있도록 벌써 준비하고 있다고 말했다. 동물들은 이에 조금은 불안한 느낌이 들었다. 몰리와 스노우볼을 빼고는 농장을 떠나 본 동물이 아무도 없었기에, 아픈 저 동지를 인간 손에 맡긴다는 게 영 탐탁지 않았던 것이다. 그렇지만 스퀼러가 농장에서 할 수 있는 것보다 윌링던의 수의사가 훨씬 만족스럽게 복서를 치료할 수 있다고 동물들 설득하는 건 누워서 떡 먹기였다. 그리고 30분쯤 지나 복서는 좀 회복된 듯했으나, 제 발로 서기가 어려웠기에 우리까지 가까스로 절뚝거리며 돌아갔다. 복서의 우리에는 클로버와 벤저민이 벌써 훌륭한 짚침대를 마련해 놓고 있었다.

복서는 이틀 더 우리에서 쉬었다. 돼지들은 욕실 약장에서 커다란 분홍 약병 하나를 보내왔으며, 클로버가 약을 하루 두 차례씩 식후에 복서에게 먹였다. 저녁에도 그녀는 그의 우리에 앉아 이야기를 나누었고, 벤저민은 복서 주위에 파리가 끓지 못하도록 날려 보내고 있었다. 복서는 제게 일어난 일을 딱하게 여길 필요가 없다고 굳게 말했다. 잘 회복되면 3년을 더 살지도 몰랐다. 그는 커다란 목장 한쪽에서 한가로이 노니며 보내는 나날들을 그려 보는 것이었다. 그는 처음으로 학습도 하고 생각도 발전시킬 여유를 갖게 될 것이었다. 제 남은 삶을 나머지 알파벳 스물두 자를 배우는 데에 쏟아 부을 생각이라고 그는 말했다.

하지만 벤저민과 클로버는 일이 끝난 뒤에야 복서와 같이 있을 수 있었다. 포장 화물마차가 와서 복서를 데려간 것은 한낮이었다. 목소리를 한껏 높여 히히힝 울면서 농장 건물 쪽에서 있는 힘을 다해 달려오는 벤저민을 보고 동물들이 화들짝 놀란 것은 그들이 모두 돼지의 감독 아래 순무 씨 뿌리기 작업을 하고 있을 때였다. 벤저민이 그토록 흥분한 모습은 처음 보는 것이었다. 정말, 그가 있는 힘껏 달리는 것도 처음 보는 모습이었다. "어서, 어서!" 그가 소리 질렀다. "당장 와 봐! 저놈들이 복서를 데려가려 한다니까!" 동물들은 돼지의 명령을 기다릴 새도 없이 일들을 팽개치고 농장 건물로 달려갔다. 아닌 게 아니라, 뜰에는 포장을 씌운 큰 화물마차가 있었다. 그것은 말 두 마리가 끄는 것이었는데, 옆에는 글자들이 새겨져 있었고 마부 자리에는 교활하게 생긴 사내 하나가 납작 중절모자를 쓰고 앉아 있었다. 그리고 복서의 우리는 휑하니 비어 있었다.

동물들은 화물마차 둘레를 가득 에워쌌다. "잘 가요, 복서!" 그들은 한 목소리로 외쳤다. "잘 가세요!"

"이 바보들! 야, 이 바보들아!" 하고 벤저민이 제 작은 발굽으로 땅을 구르고 그들 둘레를 껑충껑충 뛰어다니면서 외쳐 댔다. "멍청한 놈들! 너희는 화물마차 옆에 뭐라 쓰여 있는지 보이지도 않으냐?"

이에 동물들은 멈칫 입을 다물었다. 뮤리엘이 단어들을 하나하나 읽어 나가기 시작했다. 하지만 벤저민이 뮤리엘을 옆으로 밀치고는 쥐 죽은 듯 고요한 가운데 글을 읽어 나갔다.

"'알프레드 시몬즈, 말 도축업자 및 아교 제조업자. 윌링던. 동물가죽 중개. 개집 많이 있음.' 너희, 이게 무슨 말인지 모르겠어? 놈들은 복서를 도살자에게 보내는 것이라고!"

동물들은 다 하나같이 두려움에 울부짖었다. 이때 마부 자리의 사내가 말들에게 채찍질을 하자 화물마차는 총총 뜰을 빠져나갔다. 동물들은 다 힘껏 소리 높여 울부짖으며 화물마차를 따라갔다. 클로버는 힘들여 앞쪽으로 나아갔다. 화물마차도 속력을 내기 시작했다. 클로버는 제 굳센 다리로 잰걸음을 걷다가 전속력으로 달리기 시작해 말들을 따라잡았다. "복서!" 하고 그녀가 외쳤다. "복서! 복서! 복—서!" 그리고 바로 이때, 마치 바깥의 소란을 들은 듯 콧등에 흰 줄무늬가 나 있는 복서의 얼굴이 마차 뒤쪽 작은 창에 내비쳤다.

"복서!" 하고 클로버가 째진 목소리로 외쳤다. "복서! 내려요, 어서! 빨리 내리라니까! 놈들이 당신을 죽이려 한단 말이에요!"

동물들이 죄다 "내려요, 복서, 내리라고요!" 하고 따라 외쳤다. 하지만 화물마차는 벌써 속도를 내서 동물들을 멀찌감치 따돌렸다. 클로버가 한 말들을 복서가 알아들었는지는 모를 일이었다. 하지만 잠시 후 복서 얼굴이 창에서 사라지더니 화물마차 안에서 쿵쾅쿵쾅 발굽 구르는 소리가 들렸다. 복서는 발굽으로 도망갈 길을 찾으려던 것이었다. 한때는 복서가 발굽으로 몇 차례 차면 그깟 화물마차쯤이야 장작개비처럼 박살 낼 수도 있었다. 아아, 그러나! 그는 이미 쇠잔해 있었다. 몇 분이 지나지 않아 발굽 구르는 소리가 갈수록 가냘프게 들리더니 마침내 멎고 말았다. 동물들은 화물마차 끄는 두 마리 말에게 멈춰 달라고 애원하기 시작했다. 그들은 "동지들, 동지들!" 하고 부르짖었다. "당신네 형제입니다. 그를 죽음으로 몰고 가지 말아요!" 하지만 무슨 일이 벌어졌는지 어리벙벙 눈치채지 못한 저 어리석은 짐승들은 그저 귀를 쫑긋 세우고는 걸음을 더 재촉할 뿐이었다. 복서는 더는 창에 얼굴을 내비치지 않았다. 누군가가 앞서 달려가서 다섯널빤지 문을 닫을 생각을 해 보았지만, 이미 물 건너간 생각이었다. 다음 순간 이미 화물마차는 문을 지나쳐 눈 깜짝할 사이에 큰길 아래로 사라져 버린 것이었다. 복서를 다시는 볼 수 없었다.

사흘 뒤, 복서는 말이 받을 수 있는 온갖 치료를 받았음에도 기어이 윌링던의 병원에서 죽음을 맞았다는 발표가 있었다. 스퀼러가 와서 다른 모두에게 이 소식을 전했다. 그는 자신이 마지막 순간까지 복서를 곁에서 지켰다고 말했다.

"이리도 슬픈 광경은 생전 처음이었어요!" 하고 스퀼러가 앞발을 들어 눈물을 훔치며 말했다. "나는 그의 곁에서 임종을 지켰답니다. 정말 마지막 순간에, 거의 말도 못하도록 쇠약해진 그가 내 귀에 대고 속삭였지요. 오로지 슬픈 일은 풍차를 완성하지 못하고 가는 거라고 말이에요. '전진합시다, 동지들!' 하고 그가 소곤댔습니다. '봉기의 이름으로 앞으로 나아갑시다. 동물농장 만세! 나폴레옹 동지 만세! 나폴레옹 동지는 언제나 옳다!' 이게 그의 마지막 말들이었답니다, 동지들."

여기서 갑자기 스퀼러의 태도가 돌변했다. 그는 말은 잠시 멈추고 그 작은 눈으로 이쪽저쪽 의심의 눈길을 쏘아 보내더니 말을 이어갔다.

그는 복서가 떠나갈 즈음에 어리석고도 간악한 소문이 떠돌았던 것을 자신이 알게 되었다고 했다. 몇몇 동물은 복서를 데려간 화물마차에 '말 도축업자'라고 쓰여 있던 것을 알고 있었으며, 사실은 복서가 도살자에게 보내졌다고 속단하고 있기도 했다. 스퀼러는 어떤 동물이든 그토록 어리석다는 것은 믿을 수 없는 일이라고 말했다. 확실히, 하고 그가 꼬리를 흔들고 요리조리 폴짝폴짝 뛰면서 화난 목소리로 외쳤다. 정말 그들은 자신들이 친애하는 지도자 나폴레옹 동지를 그렇게밖에 모르냐는 것이었다. 하지만 그의 설명은 간단했다. 화물마차가 전에는 도살자의 소유였지만 그것을 수의사가 사들였고 그 수의사는 옛 이름을 아직 페인트로 지워 없애지 않았다는 것이었다. 오해는 여기에서 생겼다고 했다.

동물들은 이 말에 마음이 푹 놓였다. 그리고 스퀼러가 복서의 임종 자리와 그가 받은 감탄스러운 치료, 그리고 나폴레옹이 비용 상관없이 값을 치른 비싼 약품 따위에 대해 잇달아 눈앞에 그리듯이 생생하게 묘사하자, 동물들은 더는 의심할 나위가 없었으며 적어도 복서가 행복하게 죽음을 맞았다는 생각에 그 동지의 죽음에서 느꼈던 슬픔이 누그러지는 것이었다.

나폴레옹 스스로는 다음 일요일 아침 모임에 나타나 복서의 명예를 기리는 짧은 연설을 했다. 동물들이 그리도 애통해 하는 동지의 주검을 농장에 묻기 위해 모셔올 수는 없었지만 이미 자신은 농장 집 정원의 월계수들로 큼직한 화환을 만들라고 지시를 내렸으며 이를 복서의 무덤가에 놓아두도록 보냈다는 것이었다. 그리고 며칠 지나지 않아 돼지들은 복서의 명예를 기리는 추념식을 열기로 했다고 말했다. 나폴레옹은 복서가 좋아하던 두 개의 격언 즉 "내가 좀 더 일을 하자"와 "나폴레옹은 언제나 옳다"라는 구호들을 되새기며 자신의 연설을 마무리했다. 그는 또 그것들은 동물들이 각자 자신의 것으로 받아들이는 게 마땅한 격언들이라고 덧붙였다.

추념식이 있기로 한 날, 식료품 마차가 윌링던에서 달려와서는 농장 집에 커다란 나무 상자 하나를 배달하고 갔다. 그날 밤, 시끌벅적한 노랫소리가 들렸고 뒤이어 격하게 말싸움을 하는 것 같은 소리도 들려왔으며 11시쯤 유리 깨지는 엄청난 소리와 함께 추념식은 끝이 났다. 이튿날 정오가 될 때까지 꿈쩍거린 자는 아무도 없었으며, 돼지들은 어디선지 모르게 돈을 구해 자신들이 마실 위스키 한 상자를 새로 샀다는 이야기가 떠돌았다.

열째 마당

여러 해가 흘렀다. 계절이 몇 번 바뀌었고 명이 짧은 동물들은 세상을 떠났다. 클로버와 벤저민과 들까마귀 모제스와 수많은 돼지들을 빼고는 봉기 이전의 옛날을 기억하는 자가 아무도 없는 시절이 온 것이다.

뮤리엘이 죽었고 블루벨과 제시와 핀처도 죽었고 존스도 죽었다. 존스가 숨을 거둔 곳은 이 지방 다른 마을의 어느 주정뱅이 수용소였다. 스노우볼은 잊혀졌다. 복서도 그를 알았던 몇몇을 빼고는 역시 잊혀졌다. 클로버는 이제 관절이 굳고 눈에서는 눈물을 질금거리는 늙고 퉁퉁한 암말이었다. 그녀는 은퇴할 나이를 2년이나 넘겼다. 하지만 실제로 은퇴한 동물은 하나도 없었다. 노쇠한 은퇴 동물들을 위해 목장 한 구석을 남겨 두기로 했던 논의는 오래전부터 없던 것이 되어 버렸다. 나폴레옹은 이제 몸무게가 24스톤120킬로그램이나 되는 어른 수퇘지가 되었다. 스퀼러도 너무 뚱뚱해져 눈을 뜨기도 어려울 정도였다. 오로지 벤저민 영감만은 콧등 부분이 조금 희끄무레해지고 복서의 죽음 뒤로 예전보다 더 지르퉁해지고 무뚝뚝해졌을 뿐, 나머지는 그대로였다.

이제 농장에는 초기에 예측했던 것만큼은 아니지만 그래도 동물들이 꽤 많이 늘어났다. 숱한 동물들이 태어났지만, 그들에게 봉기란 입으로만 전해져 온 아득한 전통일 뿐이었다. 다른 어떤 동물들은 이곳으로 팔려 왔는데 이곳에 오기 전에는 그런 이야기를 들어보지도 못한 자들이었다. 농장이 소유한 말은 클로버 말고도 셋이 더 있었다. 그들은 제법 강직하고 바지런한 일꾼이었고 또 훌륭한 동지였지만 어리석기 그지없었다. B자 이후의 알파벳을 배울 수 있을 것으로 밝혀진 놈은 하나도 없었다. 그들은 봉기와 '동물주의'의 원칙에 관하여 들은 것들은 모두 받아들였다. 특히 클로버의 이야기는 더 그랬다. 그들은 마치 자식이 그러듯 클로버를 존경했기 때문이었다. 하지만 그것들을 제대로 이해했는지는 의문이었다.

농장은 이제 더 번영했고 더 짜임새가 있었다. 필킹턴 씨에게서 밭을 둘이나 더 사들인 까닭에, 농장은 더 넓어지기까지

했다. 풍차도 드디어 완성되었다. 농장은 제 소유의 탈곡기와 꼴풀창고를 갖고 있으며 그 밖에 갖가지 건물들이 여러 채 더 생겨났다. 윔퍼도 제가 쓸 이륜마차를 사들였다. 하지만 풍차는 끝까지 전력 생산에 사용되지 않았다. 그것은 곡물을 빻는 데에 사용되었으며 많은 이익을 가져다주었다. 동물들은 또 다른 풍차를 짓기 위해 열심히 일하고 있었다. 그 풍차를 다 지으면 발전기가 설치된다는 이야기였다. 하지만 스노우볼이 한때 동물들에게 심어 주었던 호사로운 꿈, 즉 전등불이 있고 냉온수가 나오는 우리와 주 3일의 노동 따위는 더는 이야기되지 않았다. 나폴레옹은 그런 생각들이 동물주의 정신에 어긋난다고 맹비난하였다. 진정한 행복이란 고되게 일하고 알뜰하게 사는 데에 있다고 그는 말했다.

아무튼 농장은 더 부유해졌지만 동물들 자신은 그렇지 못한 것으로 보였다. 물론 돼지들이나 개들을 빼면 말이다. 어쩌면 이것은 돼지들과 개들이 그토록 많다는 데에 일부 원인이 있을 수도 있었다. 이들 동물도 제 나름으로는 일하고 있었다. 스퀼러가 지칠 줄도 모르고 설명했듯이, 농장의 감독과 조직 아래서 할 일이 태산이었다. 그 대부분은 다른 동물들이 이해하기에는 너무 버거운 일들이었다. 스퀼러는 동물들에게 예를 들며 돼지들이 '문서'니 '보고서'니 '회의록'이니 '비망록'이니 하는 수수께끼 같은 것들 때문에 날마다 엄청난 노동을 쏟아 부어야 한다고 말했다. 이것들은 글자들로 빼곡히 채워져야 하는 커다란 종이쪽지들로, 그렇게 다 채워지자마자 아궁이에서 태운다고 했다. 이것이 농장의 안녕을 위해 가장 중요한 일이라는 게 스퀼러가 말한 요지였다. 하지만 돼지든 개들이든 자신의 노동으로 식량을 생산하는 건 전혀 없었다. 게다가 그런 놈들은 쌔고 쌨으며, 언제나 식욕이 엄청났다.

다른 동물들을 보면, 그들이 아는 바로는 자기네 삶은 늘 거기서 거기였다. 누구나 굶주렸고 짚더미 위에서 잤으며 웅덩이의 물을 마셨고 밭에서 일을 했다. 그들은 또 겨울에는 추위로 고생했고 여름에는 파리들 때문에 성가셨다. 때때로 보다 늙은 동물들은 흐릿한 기억들을 쥐어짜내서 존스가 쫓겨난 지 얼마 되지 않던 봉기 초기의 사정이 요즘보다 더 좋았는지 나빴는지 가늠해 보려고 애를 쓰곤 했다. 그러나 기억이 나지 않았다. 자신들의 요즈음 삶과 비교해 볼 그 어떤 자료조차 없었다. 그들에게는 스퀼러의 통계목록 말고는 행동의 근거가 되는 자료 또한 없었다. 스퀼러의 목록들이란 무턱대고 모든 것이 잘 되고 있다고만 보여줄 뿐이었다. 동물들은 문제를 해결할 길이 없음을 알게 되었다. 무엇보다 그들은 이제 그런 문제를 생각할 겨를도 없었다. 벤저민 영감만이 오래 지나온 제 삶이 낱낱이 기억난다면서 사정이 크게 좋아지거나 나빠진 적도 없고 또 그리될 리도 없다고 주장했다. 그는 말했다. '굶주림과 고난과 좌절은 삶의 영원불변한 법칙unalterable law이란다.'

하지만 그래도 동물들은 희망을 버린 적이 한 번도 없었다. 나아가 그들은 동물농장의 식구라는 명예심과 특권의식을 단 한 순간도 잃은 적이 없었다. 그들의 농장이 그 지방 전체를 통틀어, 아니 영국 전체를 통틀어! 동물들이 소유하고 운영하는 유일한 농장임은 변함이 없었다. 그들이든, 또 가장 어린 녀석들이든, 일이십 마일 밖에서 데려온 새내기들이든, 그러한 사실에 경탄하지 않는 자는 아무도 없었다. 예포 소리를 듣거나 깃대 꼭대기에 녹색 깃발이 펄럭이는 모습을 볼 때면, 그들은 영원히 꺼지지 않을 긍지로 가슴이 부풀어 올랐고 화제는 늘 옛날 그 영웅적인 시절과 존스를 쫓아낸 일과 일곱 계명을 썼던 일과 인간 침략자들을 싸워서 물리친 그 위대한 전투 따위로 돌려지곤 했다. 옛날에 꾸었던 꿈들도 버려진 것이 하나 없었다. 메이저 영감이 영국의 푸르른 들판에 인간의 발길이 닿지 않는 날에 다가오리라고 예언했던 동물 공화국에 대한 믿음 또한 변함이 없었다. 언젠가 그날이 온다. 당장은 아닐지라도 또 지금의 동물들이 살아생전에 못 볼지라도, 그래도 그날은 온다. '영국의 동물들' 노래를 어쩌면 여기저기서 남몰래 불려야 할지도 모르고, 또 누구든 그 노래를 큰소리로 부를 용기를 내지는 못하겠지만, 농장의 동물들은 죄다 이 노래를 알고 있다는 게 사실이었다. 그들의 삶이 고되고 그들의 희망이 모두 실현되지 않을지 모르나, 그들은 스스로가 다른 동물들과 같지 않다는 걸 깨닫고 있었다. 그들이 배고픔을 겪는다 해도, 그것은 인간—폭군들을 먹여 살리기 때문이 아니었다. 그들이 고되게 일한다 해도, 적어도 그들은 스스로를 위하여 일하고 있었다. 그들은 아무도 두 다리로 걷지 않았으며, 아무도 다른 동물을 '주인님'이라고 부르지 않았다. 모든 동물은 평등했다.

이른 여름 어느 날, 스퀼러는 양들에게 자신을 따라오라 지시하고는 그들을 농장 저쪽 끝에 있는 메마른 땅으로 데려갔다. 그곳에는 어린 자작나무들이 제멋대로 자라고 있었다. 양들은 스퀼러의 감독 아래 이파리들을 뜯어먹으며 하루를 온통 그곳에서 보냈다. 저녁이 되어 스퀼러는 혼자 농장 집에 돌아왔지만 양들에게는 날씨가 따뜻하니 그곳에 그냥 있으라고 했다. 결국 그들은 일주일 내내 그곳에 남아 있게 되었고, 그동안 다른 동물들은 양들을 보지 못했다. 스퀼러는 날마다 반나절 이상을 그들과 함께 지냈다. 그는 비밀을 요하는 새 노래를 양들에게 가르치고 있다고 했다.

뜰에서 말 하나가 끔찍하게 울부짖는 소리가 들린 것은 동물들이 일과를 끝내고 농장 건물로 돌아오던 즐거운 저녁, 양들이 막 되돌아온 바로 직후였다. 동물들은 깜짝 놀라 그 자리에 멈춰 섰다. 클로버 목소리였다. 그녀가 다시 울음 소리를 내자 동물들은 모두 전속력으로 달려 뜰로 뛰어들었다. 그들은 그곳에서 클로버와 똑같은 광경을 보고 말았다.

돼지 한 마리가 뒷다리로 서서 걷고 있었던 것이다.

그렇다. 바로 스퀼러였다. 그 자세로 꽤나 육중한 제 몸을 지탱하기 익숙지 않은 듯 좀 서툴렀지만, 그는 완벽하게 균형을 잡고는 뜰을 가로질러 거닐고 있었다. 잠시 뒤, 농장 집 문을 지나 돼지들이 기다랗게 줄을 지어 나왔는데, 모두 뒷다리로 서서 걷고 있었다. 어떤 녀석들은 다른 녀석들보다 잘 걸었고 한두 녀석은 살짝 뒤뚱거리기까지 해서 지팡이의 도움이 필요한 듯 보이기도 했지만 뜰을 제대로 빙 도는 데에 다들 성공했다. 그리고 마침내 개들이 엄청 크게 으르렁거리는 소리와 젊고 검은 수탉이 새된 목소리로 꼬꼬댁 울어 젖히는 소리가 들리더니 나폴레옹 자신이 걸어 나왔다. 그는 위풍도 당당하게 꿋꿋이 서서는 오만한 눈길로 여기저기를 쏘아보았다. 그의 개들이 그의 주변을 뛰어다녔다.

그는 앞발에 채찍을 하나 들고 있었다.

쥐 죽은 듯 침묵이 흘렀다. 바글바글 모여 선 동물들은 뜰을 느릿느릿 도는 돼지들의 긴 행렬을 놀랍고 두려운 눈초리로 바라보았다. 세상이 뒤집힌 듯했다. 그리고는 처음 충격이 사그라질 즈음에 그 순간이 찾아왔다. 개들의 협박과 무슨 일이 벌어지든 불평도 비판도 하지 않는 오랜 세월 길들여진 습관에도 불구하고, 그 모든 것에도 거리낌 없이, 동물들은 몇 마디 항의의 목소리를 낼 참이었다. 하지만 바로 그때, 마치 어떤 신호라도 받은 양, 양들이 모조리 소름 끼치도록 메에 소리를 터뜨리기 시작했다.

"네 다리는 좋고, 두 다리는 더 좋다. 네 다리는 좋고, 두 다리는 더 좋다. 네 다리는 좋고, 두 다리는 더 좋다."

외침은 쉬는 짬도 없이 5분이나 이어졌다. 양들이 다시 조용해졌을 즈음은 항의의 목소리를 낼 기회가 물 건너 간 뒤였다. 돼지들이 농장 집으로 다시 행진해 들어가 버렸기 때문이었다.

벤저민은 누군가가 코로 제 어깨를 건드린다고 느꼈다. 그가 돌아보니 그건 클로버였다. 늙은 그녀의 눈은 전보다 더 침침해 보였다. 그녀는 말없이 벤저민의 갈기를 살며시 끌어당겨 일곱 계명이 적힌 커다란 광의 끝 벽으로 데려갔다. 잠시 그들은 흰색 글씨로 너절해진 검은 벽을 보며 서 있었다.

"내 눈이 나빠졌나 봐요." 하고 그녀가 마침내 입을 달싹였다. "하긴 난 젊었을 때도 그곳에 뭐라 쓰여 있는지 읽을 줄 몰랐네요. 하지만 내게는 저 벽이 달라진 것처럼 보이는군요. 일곱 계명이 본디 있었던 것 그대로인가요, 벤저민?"

벤저민은 한 번만 제 규칙을 깨기로 하고 벽에 쓰여 있는 것을 그녀에게 읽어 주었다. 그곳에는 이제 하나의 계명 말고는 아무것도 없었다. 그곳엔 이렇게 쓰여 있었다.

'모든 동물은 평등하다. 하지만 어떤 동물들은 다른 동물들보다 더 평등하다.'

이 일이 있고 나서는 농장 일을 감독하는 돼지들이 다들 제 앞발에 채찍을 들고 있었어도 이상하게 보이지 않았다. 돼지들이 벌써부터 라디오를 사들였고 전화를 놓기로 계약 맺었으며 《존 불》 정치카툰 잡지이나 《팃-비츠》 드라마 등 토막 소식 잡지 또는 《데일리 미러》 타블로이드판 신문 따위를 구독해 왔다는 걸 알게 되었어도 전혀 이상해 보이지 않았다. 나폴레옹이 입에 파이프 담배를 물고 농장 집 정원을 거니는 모습을 보았다 해도 이상할 것 없었다. 아니, 돼지들이 옷장에서 존스 씨의 옷들을 꺼내 입거나, 나폴레옹 자신이 검정 코트와 사냥용 반바지와 가죽 레깅스를 입고 나타나거나, 그가 총애하는 암퇘지들이 존스 부인이 일요일에 입곤 하던 물결 무늬 실크 드레스를 입고 다녀도 이상하지 않았다.

일주일 뒤 어느 오후, 이륜마차 몇 대가 농장에 도착했다. 이웃 농장들의 대표들이 농장 시찰에 초대를 받은 것이었다. 그들은 농장을 두루두루 볼 수 있었고, 자신들이 본 모든 것, 특히 풍차를 보고 경탄해 마지않았다. 동물들은 순무 밭에 씨를 뿌리고 있었다. 그들은 고개를 쳐들 겨를도 없이 부지런히 일을 하는 바람에 돼지들에 놀라야 할지 인간 방문객에 놀라야 할지 알 수조차 없었다.

그날 저녁, 왁자한 웃음소리와 노랫소리가 농장 집에서 터져 나왔다. 그리고 인간과 돼지들 목소리가 뒤범벅되어 들리자 동물들은 갑작스레 호기심이 발동해 견딜 수 없었다. 이제 동물과 인간들이 처음으로 대등한 위치에서 모임을 갖고 있으니, 저 안에서 어떤 일이 벌어질 수 있는 걸까? 동물들은 모두 한마음이 되어 조용조용 또 조용히 하면서 농장 집 정원으로 기어들기 시작했다.

대문에 다다른 동물들은 더 나아가기가 겁나 잠시 멈추었지만, 클로버가 앞장섰다. 그들은 까치발로 건물 가까이 다가갔다. 키가 아주 큰 동물들은 부엌방 창문으로 안을 들여다봤다. 그곳 기다란 식탁 둘레로 농장주 여섯 명과 지위가 높은 돼지 여섯 마리가 앉았고, 나폴레옹은 식탁 상석인 주인 자리를 차지하고 있었다. 돼지들은 의자가 완전 편해 보였다. 그들은 카드놀이를 즐기고 있었지만 잠시 멈추었는데 축배를 들기 위한 게 분명했다. 커다란 술항아리가 돌았고, 잔들에는 맥주가 다시 채워졌다. 창문으로 뚫어지게 바라보는 동물들의 놀란 얼굴들을 눈치챈 자는 아무도 없었다.

폭스우드의 필킹턴 씨가 술잔을 손에 들고 일어섰다. 이제 곧 여기 모인 사람들에게 축배를 들자고 요청할 거요, 하고 그가 말했다. 하지만 그러기 전에, 꼭 해야 할 말이 좀 있다고 했다.

오래도록 서로 믿지 못하고 오해했었지만 이제는 더 그럴 일이 없다고 생각하니 나는 대단히 만족하고 또 여기 참석하신 모든 분들도 그러하리라고 확신합니다, 하고 그가 말했다. 그런 때가 있었지요. 나뿐만 아니라 여기 계신 어느 누구도 그런 감정을 가진 것은 아니겠지만, 분명 그런 때가 있었답니다. 존경스런 동물농장 소유주에 대해 우리의 이웃들이 적개심이라고 할 수는 없어도 의구심이랄까 하는 눈초리로 바라보던 때가 말입니다. 불행한 사건이 터졌고 잘못된 생각들이 떠돌아다녔습니다. 돼지들이 소유하고 운영하는 농장이 있다는 것 자체가 왠지 정상이 아니고 이웃들을 혼란에 빠뜨리는 결과를 낳을 것 같다고 느껴졌던 것입니다. 너무 많은 농장주들이 제대로 조사해 보지도 않고, 그런 농장에는 제멋대로 행동하고 막돼먹게 행동하려는 마음이 널리 퍼질지 모른다고 추측했었지요. 그들은 자기네 동물들이나 심지어 고용된 사람들에게까지 영향을 미칠까 봐 걱정이 태산이었습니다. 하지만 이런 의심은 이제 깡그리 떨쳐졌습니다. 오늘, 바로 나와 내 친구들이 동물농장을 방문해 우리의 눈으로 동물농장을 샅샅이 살펴봤습니다. 우리는 무엇을 찾아냈을까요? 가장 최신의 영농법뿐 아니라 모든 곳 모든 농장주에게 본보기가 될 규율과 질서였습니다. 이 사람은 동물농장의 하급동물들이 이 지방의 다른 어떤 동물들보다 더 많이 일하면서도 더 적게 식량을 배급받는다고 하는 게 옳다고 믿게 되었습니다. 정말 나와 동료 방문객들은 오늘 많은 것을 보았고 그것들을 우리들 농장에 당장 도입하겠다고 마음먹었습니다. 나는 이제 동물농장과 그 이웃들 사이에 존속되어 왔었고 또 존속되어야 하는 우애를 다시 또 강조하면서 발언을 마치고자 합니다.

돼지들과 인간들 사이에는 그 어떤 이익의 충돌이 있지 않았고 또 있을 필요도 없었다. 그들이 싸워 나가야 할 걸림돌과 해결해야 할 어려움은 서로 같았다. 노동문제는 어디에서나 똑같지 않았던가? 이제 필킹턴 씨는 대표단 앞에서 무엇인가 조심스레 준비한 익살스런 이야기를 던지려 했던 게 분명했다. 하지만 그는 제풀에 너무 재미있어서 그 이야기를 잠시 할 수 없었다. 두겹진 턱이 시뻘게질 정도로 한참 숨을 참은 뒤에야 겨우 그는 그 이야기를 할 수 있었다. "당신들에게 맞서 싸워야 할 하급동물들이 있다면요. 우리에게는 하급 인간들이 있지요!" 이 '익살'에 참석자들은 폭소를 터뜨리고 난리였다. 필킹턴 씨는 또다시 돼지들에게 식량 배급은 줄이고 노동 시간은 늘인 것을 칭송해 주었으며, 동물농장에서는 동물들을 제멋대로 놓아 두지 않는 것도 칭송했다.

그는 마지막으로 말했다. 이제 나는 여러분에게 두 발로 일어서서 확실하게 잔을 채우자고 요청하고자 합니다. "신사 여러분," 하고 필킹턴 씨가 끝마무리했다. "신사 여러분, 건배합시다. 동물농장의 번영을 위하여!"

뜨거운 환호성과 발 구르는 소리가 들렸다. 나폴레옹은 너무 기쁜 나머지 제자리를 떠나 식탁을 돌며 필킹턴 씨와 쨍그랑 잔을 부딪치고는 잔을 비웠다. 환호성이 가라앉자, 나폴레옹이 그대로 서서 자신도 몇 마디 할 이야기가 있다고 넌지시 말을 꺼냈다.

여느 때와 마찬가지로, 나폴레옹의 연설은 짧고도 분명했다. 그가 말했다. 나도 오해의 시간이 끝난 것이 매우 기쁩니다. 오랫동안 여러 소문이 있었지요. 충분한 근거가 있는 말입니다만, 악의가 가득한 적敵이 퍼뜨린 것입니다. 그것은 나와 내 동료들의 견해가 무엇인가 체제를 전복하고 나아가 혁명을 일으키려는 것이라는 소문이었습니다. 우리가 이웃 농장의 동물들에게 봉기를 부추기려 한다고 믿었던 것입니다. 말도 안 되는 소립니다! 지금도 그렇고 전에도 그러했지만, 우리의 단 하나 바람은 평화롭게 그리고 이웃들과 평범하게 거래를 하며 사는 것이었습니다. 명예롭게도 이 농장을 내가 관리하게 됐지만 그것은 협동에 바탕을 둔 사업이었습니다. 그리고 덧붙였다. 내 소유로 되어 있는 부동산 소유권증서도 실은 돼지들 공동소유입니다.

그가 말을 이었다. 나는 옛날부터 있던 그 어떤 의혹도 여태껏 남아 있다고 여기지 않습니다만, 최근 들어서 농장의 규칙적인 일 과정이 변한 것은 틀림없습니다. 그것은 앞으로 더 신뢰를 높이는 효과를 낼 것입니다. 지금까지 농장의 동물들은 서로를 '동지'라고 부르는, 조금은 어리석은 관습을 갖고 있었습니다. 이것은 금지될 예정입니다. 아주 이상한 관습이 또 하나 있었는데, 처음에 어떻게 시작되었는지 알 수 없지만 그것은 일요일 아침마다 정원의 말뚝에 걸어 놓은 어느 수퇘지의 유골을 지나 행진하는 것이었습니다. 이 또한 금지될 것입니다. 유골은 이미 파묻었지요. 저를 찾아온 이들은 이미 깃대 꼭대기에서 펄럭이는 녹색 깃발을 보았을 겁니다. 그렇다면 예전에는 그려져 있던 흰색 발굽과 뿔 그림이 이제는 지워졌음을 눈치 채셨을 겁니다. 이제부터 그것은 멀끔하니 그림이 없는 녹색 깃발로 바뀔 겁니다.

그는 말을 이었다. 나는 필킹턴 씨의 뛰어나고 친절한 말씀에 대해 딱 한 가지 비판하고 싶은 게 있네요. 필킹턴 씨는 내내 '동물농장'이라는 이름으로 부르더군요. '동물농장'이라는 그 이름이 폐지되었다는 것을 나, 나폴레옹이 이제 비로소 처음으로 선포하는 만큼 필킹턴 씨가 그것을 모르는 게 당연했습니다. 앞으로 우리 농장은 '매너 농장'으로 불릴 것입니다. 나는 그것은 올바른 본디 이름이라고 믿고 있습니다.

"신사 여러분," 하고 나폴레옹이 말을 마무리했다. "나는 여러분께 앞서와 똑같이 건배하자고 제의하려 하지만 이번에는 좀 달리 하겠습니다. 잔을 넘치도록 채우십시오. 건배합시다. '매너 농장'의 번영을 위하여!" 앞서와 똑같이 활기찬 환호 소리가 났고 잔들은 싹싹 다 비워졌다. 하지만 밖에서 이 장면을 보던 동물들에게는 무언가 수상쩍은 일이 벌어지고 있다고 여겨졌다. 돼지들의 표정을 바꾸어 놓은 것은 대체 무엇이었을까? 클로버는 늙어 침침해진 눈으로 저들의 얼굴을 죽 훑어보았다. 어떤 자는 턱이 다섯으로, 어떤 놈은 넷으로, 어떤 녀석은 셋으로 보였다. 하지만 그렇게 뒤죽박죽으로 만들어 놓은 것은 또 무엇이었을까? 이때, 박수 소리가 그치고 그들은 각자 제 카드들을 집어 들더니 잠시 끊겼던 카드놀이를 계속했다.

동물들은 조용히 살금살금 자리를 떠났다.

하지만 동물들은 20야드도 채 가지 못하고 멈춰 섰다. 농장집에서 왁자하니 떠드는 소리가 들려왔던 것이다. 그들은 되돌아 달려가 다시 창문 안을 들여다보았다. 그랬다. 난폭한 싸움이 펼쳐지고 있었다. 서로가 고래고래 소리를 지르고, 쾅쾅쾅 책상을 내리치고, 의심의 눈초리로 날카롭게 쏘아보고, 불같이 화내며 아니라고 부정하고들 있었다. 나폴레옹과 필킹턴 씨가 똑같이 스페이드 에이스 카드를 들고 있었던 게 발단이었던 것으로 드러났다.

열두 명이 바락바락 악을 쓰며 떠들었는데, 모두 하나 같았다. 이제 돼지들 표정이 어떻게 되었을지는 물어보나마나였다. 밖에 있던 동물들의 눈길은 돼지에서 인간으로 옮겨 갔다가 인간에서 돼지로 옮겨 갔으며, 또다시 돼지에서 인간으로 옮겨 갔다. 하지만 이제는 이미 어느 놈이 어느 놈인지 종잡을 수가 없었다.

정말, 정말 좋았지
Such, Such Were The Joys

1

세인트 시프리언스 초등학교[1]에 온 지 얼마 되지 않아, 나는 자다가 침대에 오줌을 싸는 병이 도졌다. (물론 금세 그랬던 것은 아니었고 지루한 학교생활에 익숙해지기 한두 주쯤 전부터였다.) 내 나이 여덟 살 때였다. 그러니 적어도 4년 전에 그만두었어야 했을 버릇이 되살아난 꼴이었다. 오늘날에는 그런 환경에서 오줌 싸는 것이 당연한 일로 여겨진다고 나는 생각한다. 집을 떠나 낯선 곳으로 보내진 어린아이치고 누가 그리 반응하지 않았겠는가. 하지만 그즈음에는 아이가 일부러 그러한

1) saint cyprian's : 2세기에 북아프리카 카르타고에서 활동한 가톨릭 성인 '치프리아노'의 이름을 따서 지은 학교명으로 보인다. 세인트 시프리언스 초등학교는 사립 초등학교이며 기숙학교이다. 각주 2) 참조.

짓을 저지르는 것은 역겨운 죄이며 그것을 고칠 치료법으로는 때리는 게 가장 알맞은 벌로 여겨졌었다. 나는 어찌 생각했냐고? 나에게 그게 죄라고 말해 줄 필요조차 없었다. 나는 밤마다 그 어느 때보다 더 열심히 기도했다. "하느님, 제발 제가 오줌 싸지 않게 해주세요. 오, 하느님 제발 제가 오줌 싸지 않게 해주세요." 그러나 바뀐 거라곤 조금도 없었다. 며칠 밤은 오줌을 싸고 다른 날은 안 싸고 그런 식이었다. 내 맘대로 되는 것도 아니었고 일부러 그러는 것도 아니었다. 너는 네 행동에 핑계만 대고 있구나. 그저 아침에 일어나 보니 침대 시트가 흠뻑 젖어 있더란 말이지?

병이 세 번째 도지고 이튿날이 되자 나는 다음에 또 그러면 맞을 줄 알라는 경고를 받았다. 하지만 나는 경고를 엉뚱하게 받아들였다. 어느 오후, 우리는 차를 마신 뒤 줄지어 밖으로 나가고 있었다. 교장 선생의 아내 윌크스 부인이 어느 테이블 맨 윗자리에 앉아 학교의 오후 방문객 가운데 하나라는 것 말고는 아무것도 모를 어떤 여인과 이야기를 나누고 있었다. 그녀는 승마복이었던가, 아무튼 그와 비슷한 옷을 입었고 험악한 인상을 한 사내 같은 사람이었다. 내가 막 교실을 벗어날 즈음, 윌크스 부인이 나를 불러 세웠다. 그 방문객에게 나를 소개하려는 모양이었다.

윌크스 부인은 별명이 플립이었다. 나는 그녀를 이 이름으로 부를 수밖에 없다. 그녀를 보면서 딱히 다른 것이 떠오르지 않기 때문이다. (아무튼 공식적으로 그녀는 'Mum'이라는 호칭으로 불리곤 했다. 아마 사립 중학교[2] 학생들이 교장 부인을 부를 때 쓰는 존칭인 'Ma'am'사모님이 변한 것이겠지.) 그녀는 뺨이 억세게 붉었고 상고머리를 했고 이마는 툭하고 튀어나왔으며 움푹 들어간 눈에는 의심이 한가득인 땅딸보였다. 그녀는 거의 언제나 따뜻한 사람 같은 시늉을 잔뜩 내며 다녔고 ('힘내라고, 친구!' 따위의) 사내들이나 쓰는 속된 말을 따라하면서 즐거워하고 때로는 어떤 아이를 세례명으로 부르기도 했지만, 그녀의 눈은 아이들의 불안하고 비난에 찬 눈초리를 놓친 적이 없었다. 특별히 어떤 죄를 저지르지 않았을 때조차 그

---

2) public school : 미국을 비롯한 대부분 나라에서는 'public school'이 '공립학교'를 뜻하지만, 영국에서는 '사립 중학교'를 뜻한다. 과거에 귀족들은 '개인교사'를 두어 자제들을 가르쳤었는데, 이들을 모아 공개적으로 교육을 시키는 학교가 생기면서 이에 'public'이라는 말이 붙었다고 한다. 부유해진 시민계급이 귀족계급과 친교를 맺기 위해 자제들을 수업료가 비싼 이런 학교에 보내기도 했다고 한다. 참고로, 영국의 학제school system를 간략하게 살펴본다. 영국의 학제는 한국의 학제와 다소 다르게 초등학교 6년, 중학교 5년, 고등학교 2년, 대학교 3년의 과정으로 되어 있다. 초등학교를 primary school, 중학교를 secondary school이라고 하는데 이 과정은 의무교육 과정이다. 중학교 1학년을 form 1로, 5학년은 form 5로 부른다. 대학 입학을 위한 과정인 고등학교는 A−level 또는 sixth form이라 하며 의무교육 과정이 아니다. 초등학교나 중학교 과정을 담당하는 학교로는 공립학교와 사립학교가 있는데, 특히 사립 초등학교를 preparatory school이라 하고 사립 중학교를 public school이라 한다. 공립학교는 지방정부나 종교단체 등에서 설립한 학교로서, 가장 일반적인 지방정부 관할의 학교를 maintained school이라 한다.

녀 얼굴만 보면 도무지 죄의식을 느끼지 않을 수 없었다.

"이 꼬마예요." 하고 플립 부인이 나를 가리키며 낯선 부인에게 말했다. "밤마다 침대에 오줌을 싸는 녀석이랍니다. 네가 또 다시 침대에 오줌을 싸면 내가 어찌할지 알지?" 그녀가 나를 돌아보며 덧붙였다. "너를 6학년 과정으로 보낼 생각이란다. 네가 두들겨 맞도록 말이야."

낯선 부인은 말도 못하게 놀랐다는 표정으로, "정말 그게 좋겠네요!" 하고 소리쳤다. 이때, 어릴 적이면 날마다 겪기도 하는, 터무니없고 거의 정신 나간 오해를 하나 하게 되었다. 6학년 과정은 소위 '품성'을 갖추었다고 뽑혀서는 더 작은 아이들을 두들겨 팰 권한을 가진 더 나이 든 아이들 집단일 뿐이다. 하지만 나는 그때만 해도 그런 아이들이 있다는 걸 알지 못했고, '6학년sixth form'이라는 말을 '폼 여사'로 잘못 알아들었고식스스를 미시즈로 알아들었다는 뜻, 그게 낯선 부인을 가리키는 말이라고 여겼다. 그러니까 나는 그녀 이름이 폼 여사라고 생각한 거였다. 말도 안 되는 이름이었지만, 어린이가 그런 것을 알 턱이 없었다. 그 까닭에 나는 나를 때리는 일을 맡은 것이 그녀라고 상상해 버렸다. 나를 때리는 일이 학교와 아무 상관도 없는 우연한 방문객에게 맡겨진다는 게 이상하게 느껴지지도 않았다. 나는 그저 폼 여사가 사람들을 즐겨 때리면서 규율을 강조하는 엄한 사람으로 추측했고 (정말 그녀 생김생김이 조금은 그렇게 비치기도 했으므로) 승마복을 갖춰 입고 사냥용 채찍으로 무장한 그녀가 이따금씩 들르는 끔찍스런 광경이 제꺼덕 눈앞에 떠오르는 것이었다. 아직 나는 생생하게 기억난다. 아주 쪼그맣고 둥근 얼굴을 한 소년이 코르덴 반바지인 니커스를 입고서 두 여인 앞에 부끄러워 거의 기절할 듯 서 있었던 것을 말이다. 나는 말할 수조차 없었다. '폼 여사'가 때리기라도 한다면 죽을지도 모르겠다는 느낌이 들었다. 하지만 나를 사로잡은 느낌은 두려움도 아니었고 분함은 더욱 아니었다. 그것은 그저 부끄러움이었는데, 또 다른 한 사람이 더구나 여자가 나의 구역질나는 범죄에 대해 듣게 되었다는 것 때문이었다.

어찌 그리 됐는지 까먹었지만, 잠시 뒤 나는 아무튼 때리는 일을 할 사람이 '폼 여사'가 아니라는 것을 알게 되었다. 내가 다시 내 침대에 오줌을 싼 것이 그날 밤이었는지는 기억나지 않지만, 어쨌든 침대에 다시 오줌을 싸기 시작한 것은 얼마 지나지 않아서였다. 그토록 많이 기도도 올리고 결심도 했건만, 눅진눅진한 침대 시트 속에 있으면 결국에는 절망이, 무언가 잘못 돼도 한참 잘못 됐다는 느낌이 곧바로 고개를 다시 쳐드는 거였다! 내가 저지른 짓을 감출 길은 없었다. 마가렛이라는 이름의 음산한 조각 모양의 간호 선생이 기숙사에 왔다. 내 침대를 특별 점검하기 위해서였다. 그녀는 옷을 뒤로 젖히더니 가슴을 펴고 똑바로 섰다. 그러고는 천둥 소리 같은 무시무시한 말들이 쏟아져 나오는 듯했다.

"아침 먹고 교장 선생님께 **보고하도록!**"

'**보고하도록!**' 하고 굵게 쓴 이유가 있다. 내 맘에는 정말 그리 크게 들렸기 때문이다. 내가 세인트 시프리언스 초등학교에 다니던 어린 시절에 이 말을 얼마나 들었는지 셀 수 없을 정도이다. 그것이 때린다는 것을 뜻하지 않는 때는 거의 없었다. 그 단어들은 늘 내 귀에 불길하게 들렸다. 낮게 깔리는 드럼 소리나 사형을 언도하는 소리처럼 말이다.

내가 보고하려 출두를 했을 때, 플립 부인은 서재에 딸린 대기실의 윤기 나는 기다란 테이블 옆에서 무언가를 하고 있었다. 내가 지나가자 그녀의 걱정스럽다는 눈초리가 나를 훑었다. 삼보 교장은 어깨가 둥글고 왠지 모르게 미련해 보이는 남자로 덩치가 크지 않은데도 걸을 때는 어기적거렸고 지나치게 커져 버린 어린애처럼 얼굴이 투실투실했다. 그 얼굴에는 쾌활함이 묻어 있었다. 그는 내가 왜 자기 앞에 출두했는지 뻔히 알고 있었고, 벌써부터 뼈 손잡이가 달린 말채찍을 찬장에서 꺼내 들고 서 있었다. 하지만 내가 스스로의 입으로 나의 범행을 알려야 한다는 것 자체가 그런 출두보고가 주는 벌의 하나이다. 내가 할 말을 마치자 그는 나에게 짧지만 거만스러운 훈계를 하고는 내 뒷덜미를 잡아 비틀더니 나를 말채찍으로 때리기 시작했다. 그는 매질할 때면 훈계조로 계속 중얼거리는 버릇이 있었다. 나는 숨소리에 박자를 맞추어 들려나오는 '이, 더러—운 꼬—마 녀석'이라는 말이 생생히 기억난다. (어쩌면 그것이 처음이라 그가 나를 그리 세게 때리지 않아서였는지 모르지만,) 그렇게 맞았어도 나는 아프지 않았고 오히려 기분이 더 좋아져 밖으로 걸어 나왔다. 그렇게 맞았어도 아프지 않았다는 것은 내가 승리한 것이나 마찬가지였고, 침대에 오줌 쌌다는 부끄러움을 조금이나마 씻어 주었다. 더구나 나는 너무 경솔하게도 얼굴에 웃음을 띠기까지 했다. 몇몇 꼬맹이들이 대기실 밖 복도에서 서성이고 있었다.

"너, 회초리로 맞았니?"

"하나도 안 아프더라." 나는 당당하게 말했다.

아차, 플립 부인이 죄다 듣고 있잖아! 금세 그녀의 고함 소리가 뒤에서 들려왔다.

"이리 와! 당장 이리 와! 뭐가 어째?"

"하나도 안 아프다고 했어요." 나는 더듬거렸다.

"그랬단 말이지, 겁도 없이? 그렇게 말해도 될 줄 알았나? 들어와서 **다시 보고해!**"

삼보 교장은 이번엔 정말 세게 때렸다. 그가 (어쩌면 5분 가까이) 오래 계속하는 바람에 나는 무지무지한 두려움과 놀라움에 떨어야 했고, 마침내 그는 말채찍을 부러뜨려 버렸다. 조각난 뼈 손잡이가 방 여기저기로 날아다녔다.

"보란 말이다, 너 때문에 내가 어떻게 했는지!" 그는 몹시 화가 나서 부러진 채찍을 든 채로 말했다.

나는 살짝 훌쩍거리며 의자에 무너지듯 몸을 던졌다. 나는 어린 시절 내내 두들겨 맞았지만 오로지 이때만 눈물을 내비쳤다고 기억된다. 정말 이상하게도 나는 아프다고 운 적이 이제껏 한 번도 없었다. 두 번째 맞을 때도 나는 그다지 아프지 않았다. 두려움과 부끄러움이 나를 정신없게 만든 것 같기는 했다. 내가 울었던 것은 조금은 그런 게 예상되기도 해서 그랬고 또 조금은 정말로 후회가 되기도 해서 그랬지만, 또 조금은 어린 시절에만 있고 다른 시절에는 그리 없었던 좀 더 깊은 슬픔 때문에 그러기도 했다. 그것은 너무나도 외롭고 의지할 데 하나 없다는 느낌이며, 온통 적敵만 있는 세계에 갇혀 있을 뿐 아니라 나는 암만해도 지킬 수 없을 것만 같은 규율이 가득한 선악의 세계에 갇혀 있다는 느낌이었다.

나는 침대에 오줌 싸는 일이 첫째, 사악한 짓이며 둘째, 내 맘대로 되지 않는 것임을 알고 있었다. 둘째 것은 내가 혼자서

알고 있었던 것이고, 첫째 것은 의심할 턱이 없는 것이었다. 그러니까, 당신은 스스로가 죄를 저지른다는 걸 모르면서 죄를 저지를 수도 있고, 죄를 저지를 생각이 없으면서 죄를 저지를 수 있으며, 죄를 피할 수 없어서 죄를 저지를 수도 있다. 죄란 게 당신이 꼭 그것을 저지른 것일 필요는 없다. 그저 당신에게 우연히 일어난 어떤 것일 수도 있다는 말이다. 나는 이것이 삼보 교장에게 회초리를 맞는 바로 그 순간 갑자기 떠오른 완전 새로운 생각이라고 떠들 생각은 없다. 나는 이걸 내가 집을 떠나오기 훨씬 전부터 이미 대충은 알고 있었던 것이 분명하다. 그만큼 내 어린 시절은 전혀 행복하지 않았던 탓이다. 뭐 아무튼 나는 소년 시절에 내게 오래도록 도움이 될 커다란 가르침을 얻었다. 그것은 내가 착해지려야 착해질 수가 없는 세상에 내가 살고 있다는 가르침이다. 이번에 잇따라 두 차례나 두들겨 맞은 게 전환점이 되었다. 내가 내던져진 환경의 난폭함을 처음 뼈저리게 느꼈기 때문이다. 삶은 내가 상상했던 것보다 더 형편없고 나 또한 내 생각보다 더 못돼먹었다. 아무튼 나는 삼보 교장이 나를 호되게 야단칠 때 태연스레 서 있기는커녕 서재의 의자에 살짝 걸터앉아 훌쩍거리면서 내 스스로가 죄악에 빠지고 어리석으며 나약하다는 확신을 갖게 되었다. 여태껏 한 번도 겪지 못한 느낌들이었다.

대체로 어느 일정 기간에 관한 기억은 시간이 흐를수록 흐릿해지기 마련이다. 사람은 자꾸 새로운 사실들을 배우게 되고 낡은 것들은 새것들에게 자리를 내주고 떨어져 나가게 된다. 스무 살 때 나는 내 학창시절 이야기를 매우 정확하게 글로 쓸 수 있었지만 지금은 도저히 그리할 수 없다. 하지만 시간이 한참 흘렀는데도 기억이 더 생생해지는 일도 있는 법이다. 그것은 지나간 날들을 새로운 눈으로 바라보기 때문이고 또 그래서 전에는 다른 여러 것들과 뒤섞여 있던 일을 따로 떼어내어서, 다시 말하자면 집중해서 볼 수 있게 되기 때문이다. 여기 내가 어쩌면 기억하고 있을지도 모르는 일이 두 가지 있다. 그것들은 얼마 전까지만 해도 내게 낯설거나 재미있게 다가오지 않던 것들이다. 하나는 내가 두 번째 두들겨 맞은 일이 내게는 공정하고도 합당한 벌로 보였다는 점이다. 처음에 두들겨 맞고 너무 어리석게도 그것이 아프지 않더라는 표정을 지었다는 이유로 처음보다 훨씬 더 지독하게 두들겨 맞는 것은 무척이나 당연한 일이었다. 신들은 시샘이 많으니 만큼, 당신에게 행운이 올 때 당신은 그것을 감추어야 한다. 다른 하나는, 채찍이 부러진 것도 내 탓으로 받아들였다는 점이다. 나는 카펫에 떨어진 손잡이를 보면서 가졌던 느낌이 아직도 기억난다. 그것은 버릇없이 자란 아이가 골칫거리를 벌려 놓고 또 무언가 비싼 물건을 망쳐 놓았을 때의 바로 그 느낌이다. 그것을 부러뜨린 것은 나였다. 삼보 교장이 그렇게 말했고 나도 그렇게 믿었다. 이렇듯 죄를 인정한 것이 나도 모르게 내 기억 속에 20~30년이나 남아 있었던 것이다.

침대에 오줌 쌌던 이야기는 이제 그만하기로 하자. 하지만 말해 둘 게 하나 더 있다. 그 뒤로는 침대에 오줌을 싸지 않았다는 거다. 적어도 한 번 더 오줌을 싸기는 했고 다시 또 두들겨 맞기도 했지만, 그 뒤로는 걱정거리가 멈췄다. 그러니, 비록 비싼 값을 치르기는 했어도, 이 야만스런 치료법이 효과가 있었다는 것을 의심치 않는다.

2

세인트 시프리언스 초등학교는 수업료가 비싸고 좀 속물적인 학교였는데, 갈수록 더 속물적으로 되어 갔고 또 수업료도 갈수록 더 비싸졌다는 생각이 든다. 우리 학교와 특별히 연줄이 닿아 있는 사립 중학교는 해로우 학교였지만, 나 때는 이튼스쿨로 가는 아이들이 점점 늘어났었다. 그들은 대개가 부잣집 아이들이었다. 하지만 그들은 거의 모두 귀족이 아닌 부자들이었고, 본머스나 리치몬드에서 관목 숲으로 둘러싸인 거대한 저택에 사는 사람들이었다. 그들은 차도 있고 집사도 두고 있었지만 드넓은 사유지를 갖고 있지는 않았다. 그 가운데에는 외국인도 몇몇 있었는데, 남아메리카 소년 몇 명과 아르헨티나 소목장 부호의 아들들 그리고 러시아 아이도 한두 명 있었다. 그뿐 아니었다.

태국 왕자도 하나 있었고, 어떤 아이 하나도 왕자로 불렸다.

삼보 교장은 커다란 포부가 두 가지 있었다. 하나는 귀족 칭호를 가진 아이들을 자기 학교에 입학시키는 것이었고 다른 하나는 아이들을 잘 가르쳐서 사립 중학교 특히 이튼스쿨에서 장학금을 받을 수 있도록 하는 거였다. 내 시프리언스 시절이 끝날 무렵, 삼보 교장은 진짜 영국 귀족 칭호를 가진 아이 둘을 끌어들이는 데 성공했다. 내 기억으로 한 놈은 콧물 질질 흘리는 변변찮은 꼬마 녀석이었다. 병적으로 하얀 피부를 지녔고 시력이 나쁜 눈을 위로 치켜뜨고 올려다보곤 했으며 코가 길쭉했는데 그 끝에는 늘 콧물방울이 떨리는 듯 달려 있었다. 삼보 교장은 다른 사람에게 녀석들에 대해 말할 때면 언제나 그들의 귀족 칭호를 붙이곤 했으며, 그들이 온 처음 며칠은 정말로 그들 면전에서 "아무개 경"이라고 불렀다. 말할 나위도 없이, 삼보 교장은 누군가 방문객이 와서 학교를 구경시켜 줄 때면 어떻게든 녀석들을 눈에 띄게 만들곤 했다. 총애받는 이 꼬마 녀석이 언젠가 저녁 식사 자리에서 숨이 막혀 발작하던 일이 생각난다. 녀석의 코에서 콧물이 줄줄 흘러 그의 접시에 떨어지는데, 차마 보아 줄 수 없을 만큼 끔찍했다. 지위가 좀 낮은 사람이라면 누구나 녀석을 더러운 꼬마 짐승이라 부르고는 당장 방에서 나가라고 명령했을 법했다. 하지만 삼보 교장과 플립 부인은

“사내애란 다 그런 거지 뭐!” 하는 생각으로 웃어넘겨 버렸다.

그들은 부잣집 아이라면 누구나 어느 정도 대놓고 편애했고, 학교는 여전히 ‘특별 기숙생들’이 있던 저 빅토리아 시대의 ‘사립학교’ 같은 느낌을 살짝 풍겼다. 뒷날 나는 새커리의 책에서 이런 비슷한 학교에 관해 읽은 적이 있는데, 대뜸 서로 닮았음을 알아챘다. 부잣집 아이들은 오전 중에 우유와 비스킷을 먹을 수 있었고, 일주일에 한두 차례 승마 수업을 받았다. 플립 부인은 엄마처럼 그들을 돌봤고 그들을 부를 때면 세례명을 쓰기도 했으며, 무엇보다 그들은 회초리를 맞는 적이 없었다. 나는 부모가 엄청 멀리 있는 남아메리카 출신 아이들 말고는, 해마다 2000파운드를 훨씬 웃돌게 버는 아버지를 둔 아이에게 삼보 교장이 회초리를 든 적이 있는지 궁금하다. 하지만 그는 때로는 재정적 이익을 희생시켜서라도 학교의 위신을 세워 보려 하기도 했다. 이따금 그는 장학생이 되어 학교의 명예를 높일 만한 아이들에게 특별히 수업료를 대폭 깎아 주려고도 했다. 내가 세인트 시프리언스 초등학교에 다니게 된 것도 이런 조건에서였다. 그렇지 않았더라면 내 부모님은 그토록 비싼 학교에 나를 보낼 수 없었을 것이다.

나는 처음에 내가 수업료를 감면받으며 학교에 다닌다는 것을 몰랐었다. 내가 열한 살 즈음이 되자 플립 부인과 삼보 교장은 그것을 갖고 나를 책망하기 시작했다. (보통 여덟 살에 라틴어를, 열 살 때는 그리스어를 시작하듯이) 나는 처음 2~3년 동안 남들처럼 공장 같은 교육과정을 거쳤고, 그리스어 과정에 들어간 지 얼마 되지 않아 장학생 반에 들어갔다. 장학생 반은 적어도 고전 수업이 있을 때면 대개 삼보 교장이 직접 가르쳤다. 마치 크리스마스를 위한 요리용 거위 뱃속에 이것저것 꾸역꾸역 채워 넣듯 우스꽝스럽게도, 장학생 반 아이들은 2~3년 동안 꾸역꾸역 암기식 공부를 해야 했다. 게다가 대체 무엇을 공부하는 것인지! 재능 있는 아이의 경력을 시험 경쟁에 좌우되게 만드는 이 일은, 아이가 열두세 살임을 생각한다면 아무리 잘 봐 줘도 사악한 짓일 뿐이다. 그런데도 모든 것을 점수의 관점에서만 바라보도록 가르치지 않으면서 이튼스쿨이나 맨체스터 학교 등지에 장학생들을 보내는 사립 초등학교처럼 보이는 면이 있다. 세인트 시프리언스 초등학교에서의 모든 학과 과정은 솔직히 말해 일종의 사기극을 준비하는 과정이었다. 당신이 할 일은 시험관에게 당신이 아는 것보다 더 많이 알고 있다는 인상을 심어 줄 것들을 정확히 배우는 일이며, 또 되도록 쓸데 없는 것들로 골머리를 앓지 않도록 하는 일이다. 지리학처럼 시험과 무관한 과목들은 거의 무시되었고, 당신이 '문과생'이라면 수학도 역시 무시되었다. 과학은 어떤 학급에서도 가르치지 않았다. 과학은 너무도 멸시된 까닭에, 자연의 역사에 대한 관심조차도 단념해야 했다. 당신이 여가 시간에 읽을 권장 도서들은 심지어 '영어 시험'이라는 하나의 관점에서만 선택되었다. 장학생이 되기 위한 주된 과목인 라틴어와 그리스어는 중요한 것이었음에도, 이 과목들 또한 일부러 겉치레만 요란한 이상한 방식으로 가르치고 있었다. 이를테면 우리는 그리스나 라틴 작가의 책을 단 한 권도 제대로 통독한 적이 없었다. 우리는 그저 짧은 문구만을 배웠는데, 그것들은 '번역 문제'로 나올 만한 것이라 해서 골라낸 것들이었다. 우리는 장학생 선발시험을 치르기 전에 1년 가까이 장학시험 기출 문제와 씨름하느라 대부분의 시간을 보내야 했다. 삼보 교장은 거의 모든 중요한 사립 중학교의 시험 문제지들을 한 묶음이나 손에 넣고 있었다. 하지만 무엇보다 화가 나는 일은 역사 수업이었다.

그 즈음에는 '해로우 역사'1885년에 시작된 행사로 역사 지식을 겨룬다.라는 터무니없는 제도가 있었는데, 수많은 사립 초등학교가 참여하는 연례행사였다. 세인트 시프리언스 초등학교에서는 해마다 이 경연대회에서 우승하는 전통이 세워졌다. 그도 그럴 것이, 우리는 이 대회가 시작된 뒤에 나왔던 모든 기출 문제들을 주입식으로 공부했고 예상 문제는 뻔했기 때문이다. 그것들은 누구를 인용한 것인지를 힘차게 대답해야 하는, 좀 바보 같은 질문들이었다. 회교도 부인들을 약탈한 자는 누구인가? 갑판 없는 작은 배에서 참수당한 자는 누구인가? 휘그당원들이 목욕하는 것을 보고는 그들 옷을 훔쳐 달아난 자는 누구인가? 우리의 역사 수업은 거의 다가 이런 수준이었다. 역사는 서로 아무 관련도 없고, 알기도 힘들며, (우리에게는 그 이유가 설명되지 않았지만) 굉장한 문구들로 중요하다고 서술된 어떤 사실들의 연속일 뿐이었다. 디즈레일리는 훌륭하게 평화를 이끌어냈다.[3] 클라이브 장군은 온건정책으로 사람들을 놀라게 했다.[4] 피트는 지배권을 되찾기 위해 세계에 발을 들여놓았다.[5] 이런 식의 역사 연표와 기억을 증진시키는 방법들이라니! (당신은 이를테면 'A black Negress was my aunt : there's her house behind the barn'의 머리글자들이 장미전쟁 전투들

3) Disraeli : 보수적인 토리당 지도자로서, 2차례 총리를 지내면서 대내적으로는 민주주의 정책을 폈으며 대외적으로는 제국주의 정책을 폈다. 러시아가 지중해로 진출하기 위해 오스만 튀르크를 위협하자 디즈레일리는 베를린 회의에서 러시아의 기도를 무산시키고 평화를 이루어냈다. 하지만 이는 식민지 인도로 가는 길을 확보하려는 영국을 위한 일이었다.

4) Clive : 벵골의 영국 행정관을 지냈다. 벵골의 전통적 지배자인 무굴제국과의 전쟁에서 승리했지만 무굴제국의 지배권을 일부 인정하고 동인도회사의 간섭을 제한했다. 이런 온건-유화정책들이 영국의 인도 지배를 오히려 '거침'없게 해주었다.

5) Pitt : 18세기 영국의 총리. 이름도 같고 총리를 역임했던 것도 같은 아들 小피트와 구별하기 위해 大피트로 불린다. 독일 동부의 비옥한 땅을 둘러싸고 벌어진 오스트리아와 프로이센 사이의 7년 전쟁에 유럽의 거의 모든 국가가 참여하게 되고 이 전쟁은 아메리카-인도 등지의 식민지까지 번졌는데, 大피트는 특히 아메리카와 인도에서 프랑스에 승리함으로써 예전 대영제국의 식민지를 더 넓히는 공을 세웠다.

의 머리글자들로 쓰였던 것을 알고 계셨는가?[6] 고학년 역사수업을 '지도했던' 플립 부인이 특히 그런 수업에 몰두했다. 나는 연표를 외우느라 야단법석이었던 일들이 기억난다. 아이들은 소리쳐 정답을 맞히려는 열망으로 몸을 들썩들썩 날뛰곤 했지만, 그들은 사실 자신들이 이름을 대는 그 수수께끼 같은 사건들이 갖는 의미에 대해서는 거의 아무런 흥미도 없었다.

"1587년?"

"성 바르톨로메오 축일의 학살!"[7]

"1707년?"

"아우랑제브의 죽음!"[8]

"1713년?"

"위트레흐트 조약!"[9]

"1773년?"

"보스턴 차 사건!"[10]

---

6) 이를테면 A=Alban 전투, black=Blore Heath 전투, Negress=Northampton 전투 따위를 의미한다.

7) 로마 가톨릭 교도들이 개신교 교도들을 학살한 사건.

8) 아우랑제브는 무굴제국을 통치한 6대 황제.

9) 유럽 여러 나라가 맺은 여러 조약들로, 스페인 왕위 계승 전쟁을 종결시키는 계기가 됐다.

10) 영국의 식민지였던 미국 주민들이 영국의 지나친 세금에 반발해 일으킨 사건으로, 미국 독립전쟁의 불씨를 지폈다.

"1520년?"

"아, 사모님, 제발, 사모님~"

"제발, 사모님, 제발 사모님! 제가 말할게요, 사모님!"

"그래! 1520년은?"

"금란의 들판!"[11)]

뭐, 이런 식이다.

하지만 역사라든가 덜 중요한 그런 과목들은 그리 재미없지는 않았다. 정말 압박을 주는 것은 '고전'이었다. 돌이켜보면 나는 그때 그 어느 때보다 열심히 공부했었다. 하지만 당시에는 학생들에게 요구되었던 만큼의 노력을 한다는 것은 거의 불가능해 보였다. 우리는 옅디옅은 색깔의 딱딱한 나무로 만들어진 윤기 나는 기다란 테이블 주변에 죽 둘러앉아 있곤 했다. 삼보 교장은 들들 볶고 겁주고 훈계하고 때로는 농담도 하고 아주 드물게 칭찬도 했지만, 언제나 했던 것은 재촉하는 일이었다. 조는 녀석이 있으면 핀으로 콕콕 찌르면서 정신을 집중하고 또 집중하라고 재촉했던 것이다.

"열심히 해라, 이 게으름뱅이 녀석들아! 열심히 하란 말이다, 이

11) 영국 헨리 8세와 프랑스의 프랑수아 1세가 스페인 카를 5세에 맞서고자 동맹 맺은 곳 또는 그 동맹.

나태하고 쓸모없는 꼬마 녀석들아! 네 녀석들의 전반적인 문제는 네 녀석들이 뼛속까지 게으르다는 거야. 네 녀석들은 너무 많이 먹는데, 그 때문에 게을러지는 거야. 네 녀석들은 엄청 많은 음식을 게걸스레 먹지. 그래 놓고는 여기 올 때쯤이면 이미 게슴츠레 눈이 감겨 있단 말이지. 그러니 이제는 열심히 집중하라고. 네 녀석들은 생각이 없어, 네 녀석들은 머리를 쓸 노력을 안 해."

그는 자신의 은빛 연필로 아이들 머리를 톡톡 치곤 했는데, 내 기억에 그것은 거의 바나나만큼이나 커 보였고 머리에 혹을 만들어 낼 만큼 무거웠던 게 틀림없었다. 아니면 그는 아이들 귀 쪽의 짧은 머리카락을 잡아당기기도 했고 또 때로는 교탁에서 내려와 아이들 정강이를 걷어차기도 했다. 가끔 어떤 날에 뭐 하나 제대로 되는 것이 없어 보이면, 말이 이렇게 바뀐다. "좋아, 네 녀석들이 뭘 원하는지 내가 다 알지. 아침 내내 원하는 게 이것이렷다? 날 따라와라, 이 쓸모없고 게으른 꼬마 녀석들! 공부나 열심히 하라고!" 그리고는 때리고, 때리고, 또 때린다. 그러면 누군가는 등짝이 욱신욱신 벌겋게 부어오른 채 제자리에 앉아서는 다시 열심히 공부하기 시작하곤 했다. 삼보 교장은 뒷날 그 승마용 채찍을 버리고 가느다란 등나무 회초리를 더 좋아했는데, 그것이 훨씬 더 아팠다. 이런 일이 자주 있던 것은 아니었지만, 내 기억에 한 번 이상 라틴 문장 하나를 외우던 중에 교실 밖으로 내보내져 매를 맞고 다시 들어와 그 문장을 외워야 하기도 했다. 늘 이런 식이었다. 그러한 방식이 효과가 없다는 생각은 잘못된 것이었다. 그것들은 어떤 특별한 목적을 이루는 데에 매우 효과가 있다. 체벌이 없었다면, 고전 수업이 제대로 진행되었을지 또는 진도나 제대로 나갔을지 나는 정말 궁금했다. 아이들 스스로도 그 효과를 믿고 있었다. 비첨이라는 아이가 있었는데, 말을 제대로 하지 못할 만큼 머리가 텅 비었지만 장학금은 절실하게 필요했던 게 분명한 녀석이었다. 삼보 교장은 마치 물에 빠진 말에게 하듯이 매질해서라도 녀석에게 그 목표를 달성하게 만들려고 했다. 그는 어핑햄 학교로 장학생 시험을 치르러 갔었지만, 시험을 잘 못봤다고 생각하며 돌아왔고 하루 이틀 뒤에는 멍청하다는 이유로 한참을 두들겨 맞았다. "나는 시험 보러 가기 전에 매를 맞는 게 나을 뻔했어." 하고 그가 슬프게 말했다. 나는 녀석의 말이 경멸스러웠지만, 백퍼센트 이해가 되었다.

장학생 반 아이들이 모두 이런 취급을 받은 것은 아니었다. 학비를 절약하는 일이 그리 걱정거리가 아닌 부모의 아들인 아이의 경우, 삼보 교장은 그를 들볶아도 비교적 자애롭게 다루었고 우스갯소리를 하거나 옆구리를 쿡쿡 찌르거나 어쩌다 연필로 톡톡 치거나 하기는 했어도 머리끄덩이를 잡아당기거나 회초리로 때리거나 하지는 않았다. 고통을 당한 것은 가난하지만 '똑똑한' 아이들이었다. 우리의 뇌는 그가 돈을 쏟아 부은 금광이었고, 그 배당금은 우리로부터 쥐어짜내야 하는 것이었다. 나와 삼보 교장 사이의 재정적 관계가 어떤 성질의 것인지 내가 알아채기 훨씬 전에, 나는 내가 다른 대부분의 아이들과 같은 지위에 있지 않다는 것을 스스로 이해하려고 애를 썼었다. 사실 학교에는 세 부류의 계급이 있다. 귀족이나 백만장자라는 배경을 가진 소수 그룹이 있고, 학교의 대부분을 차지하는 주택지역 부자의 아이들이 있으며, 나처럼 성직자의 아들이나 원주민 출신 공무원의 아들 또는 홀로 힘겹게 살아가는 과부의 아들 등등의 아주 소수의 하바리들이다. 이들 가난한 아이들은 사격이나 목공과 같은 '특별활동'에 참가할 용기를 가질 수 없었으며, 옷이라든가 가진 게 별로 없다는 이유로 굴욕을 당하기도 했다. 이를테면 내 경우도 크리켓 배트를 도저히 가질 수 없었는데, "네 아빠는 그것을 살 돈이 없을 것!"이라는 이유 때문이었다. 이 말은 학창시절 내내 나를 따라다녔다. 세인트 시프리언스 초등학교에서 우리는 집에서 가져온 돈을 가지고 있을 수 없었고 학기가 시작되는 첫날 학교에 '납부'해야 했으며, 그 뒤에야 비로소 때때로 감독을 받으며 돈을 사용할 수 있었다. 나나 나와 비슷한 처지의 아이들은 모형 비행기 같은 비싼 장난감을 사는 게 허락되지 않았는데, 우리들 통장에 충분할 만큼 돈이 들어 있는데도 그러했다. 더구나 플립 부인은 가난한 아이들에게 겉차림이 초라하다는 마음을 일부러 심어주려고 하는 것 같았다. “너 같은 아이가 꼭 저런 것을 사야 했었니?” 내 기억에 그녀는 누군가에게 대놓고 이런 말을 했었다. 그녀는 아이들이 모두 모인 앞에서 이렇게 말하기도 했다. “여러분들은 스스로가 돈 덕분에 자라고 있다고 생각지는 않을 거예요, 그렇지 않아요? 여러분 부모님은 부자가 아니에요. 여러분은 분별 있는 사람이 되기 위해 배워야 합니다. 분수를 몰라서는 안됩니다.” 우리는 주마다 커다란 탁자에 둘러앉아 플립 부인이 나누어 주는 용돈을 신나게 타기도 했다. 부잣집 아이들은 매주 6펜스를 받았지만, 나머지 보통 아이들은 다 3펜스씩을 받았다. 나하고 또 다른 아이 한두 명인가는 겨우 2펜스만 받아야 했다. 내 엄마아빠는 그 취지에 대해 아무 말도 듣지 못했고, 매주 1펜스씩 절약한다는 것이 무슨 차이가 있다는 것인지 상상조차 못했다. 그것은 그냥 지위의 상징일 뿐이었다. 더 나쁜 건 생일 케이크 상태였다. 아이들은 누구나 생일이 되면 양초가 꽂힌 커다란 얼음 케이크를 선물로 받는 게 보통이었는데, 우리는 간식 시간에 그것을 전교생과 나누어 먹어야 했다. 그것은 일상의 규정으로 되어 있었는데 그 비용은 부모들이 대는 것이었다. 나는 그런 케이크를 받아본 적이 한 번도 없었다. 내 엄마아빠가 그 비용을 댈 마음이 충분히 있었는데도 그랬다. 해마다 나는 감히 물어볼 용기는 없이 속으로만 이번에는 케이크를 받겠지 하고 비참한 심정으로 기대하곤 했었다. 나는 한두 차례 내 동기생들에게 이번에는 케이크를 받을 것이라고 속이기까지 했다. 경솔한 짓이었다. 간식시간이 왔지만 케이크를 받지 못했고, 나는 동기생들과 더 친해질 수 없었다.

나는 사립 중학교에서 장학금을 받지 못하면 희망찬 앞날이 올 기회가 없으리라는 느낌을 벌써부터 갖고 있었다. 내가 장학금을 받게 되거나 아니면 열네 살에 학교를 떠나 삼보 교장이 즐겨 쓰는 '연봉 40파운드짜리 꼬마 사환'이 될 게 뻔했다. 내 형편에서는 이렇게 믿는 것이 더 자연스러웠다. 정말이지, 세인트 시프리언스 초등학교에서는 (15개 밖에 안 된다는) '좋은' 사립 중학교에 가지 못하면 인생을 망친다는 말을 누구나 당연하게 받아들이고 있었다. (11살이 지나고, 12살이 지나고, 마침내 운명의 13살이 되어) 시험날짜가 슬금슬금 다가오면서 무언가 끔찍하고 모든 것을 결정해 버리는 전투 때문에 겪는 압박감과 용기를 내야 한다는 조바심을 어른들에게 이해시키기란 쉬운 일이 아니었다. 이태가 넘는 그 기간에 잠들었을 때 빼고 '시험'이 내 머리를 짓누르지 않았던 적이 단 하루라도 있었던가 싶다. 시험은 내 기도 속에도 예외 없이 등장했다. 위시본 뼈[12]의 큰 쪽을 잡아당겼든, 편자[13]를 주웠든, 초승달을 향해 일곱 번 절을 했든, 희망의 문 양쪽 문틀에 닿지 않고 문을 통과하는 데에 성공했든, 내가 얻어낸 소망이라고 해보았자 결국 '시험'에 관한 것이었다. 하지만 그러면서도 참으로 이상하게, 나는 공부를 하지 말라는 거의 거부할 수 없는 유혹에 시달리기도 했다. 내 앞에 해야 할 공부가 잔뜩 쌓여 있어서 골머리 아플 때면 나는 아주 원초적인 난관에 부딪힌 동물처럼 멍하니 서 있곤 했다. 방학 때도 나는 공부를 할 수 없었다. 장학금 가운데는 배철러Batchelor 씨라는 사람한테서 수업료를 추가 지원하는 형식으로 받는 것이 있었다. 그 사람은 호감이 가는 인상에 털이 덥수룩하고 옷도 털북숭이였으며, 마을 어딘가에서 벽에 책이 줄줄이 쌓여 있고 담배 냄새에 절은 전형적인 배철러bachelor, 독신자 아파트에 살고 있었다. 방학이 되면 배철러 씨는 일주일에 한 번씩 수많은 작품의 인용문들을 우리에게 해석 숙제로 보내오곤 했다. 나는 아무리 해도 숙제를 할 수 없었다. 테이블 위에 놓인 백지 한 장과 시커먼 라틴어 사전

12) 닭고기나 오리고기의 목과 가슴 사이에 있는 V자 모양의 뼈로, 두 사람이 양쪽에서 잡아당기기를 하여 큰 쪽을 잡아당기는 사람의 소원이 이루어진다고 한다.

13) 말발굽을 보호하듯 행운을 가져다준다고 한다.

이 꼭 해야 한다는 의무감으로 내 휴가를 방해하고 망쳐 놓았지만 나는 도저히 시작조차 할 수 없었고, 방학이 끝날 무렵이면 나는 배철러 씨에게 겨우 50줄이나 100줄 정도만 보내곤 했을 뿐이었다. 삼보 교장과 그의 회초리가 멀리 있다는 게 그 이유였음이 분명했다. 하지만 나는 학기 중에도, 갈수록 깊이 망신의 늪에 빠져들 때나 심지어는 죄의식에 사로잡히거나 또 더 잘 할 능력이 없다거나 의지가 없다거나 하는 아무튼 그런 의식에 사로잡혀 객쩍은 저항감이 들었을 때조차, 게으름과 어리석음에 빠져 지내곤 했다. 그럴 때면 삼보 교장이나 플립 부인이 나를 호출했다. 이럴 때는 매질이 없었다.

플립 부인은 악의를 품은 눈초리로 나를 훑어보곤 했다. (그녀 눈의 색깔이 뭐였더라? 녹색이었던 것 같은데, 녹색 눈을 가진 사람은 아무도 없잖아! 적갈색이었는지도 모르겠다.) 그녀는 달콤한 말로 꾀거나 겁을 주는 나름의 괴상한 방식으로 말을 시작하곤 했다. 그 방법이 다른 사람의 수비를 뚫고 들어가 그의 양심에 한 방 먹이는 데에 실패한 적은 한 번도 없었다.

"난, 네가 이런 행동을 하는 게 겁나게 폼 나는 일이라고 생각지 않는데, 넌 그렇다고 생각해? 넌 그런 행동이 그저 날이면 날마다 달이면 달마다 시간을 죽이기 위해 네 엄마아빠랑 게임이나 하는 것과 같은 거라고 생각해? 넌 너에게 온 기회를 온통 날려 버리고 싶어? 넌 너희 가족이 부유하지 않은 줄 알잖아, 안 그래? 넌. 네 엄마아빠가 다른 애들 부모님들처럼 이것저것 다 사 줄 여유가 없는 줄 알고는 있겠지. 네가 장학금을 받지 못한다면, 네 엄마아빠는 어떻게 너를 사립 중학교에 보낼 수 있겠니? 난 네 엄마가 너를 얼마나 자랑스럽게 여기는지 알고 있어. 넌 네 엄마를 실망시키고 싶니?"

"나는 그 애가 더 이상 사립 중학교에 가고 싶어 하지 않는다는 생각이 든다오." 삼보 교장은 마치 내가 그곳에 없는 듯이 플립 부인에게 말을 걸기도 했다. "녀석은 그럴 마음이 싹 사라졌다는 생각이 든단 말이지. 녀석은 연봉 40파운드짜리 꼬마 사환으로 만족할 모양이오."

가슴이 터지고 코끝이 찡해지며 눈물이 날 것만 같은 느낌이 벌써부터 나를 사로잡곤 했다. 플립 부인은 결정적인 한 방을 먹이려 한다.

"게다가 너는 네가 저지르는 이런 행동이 우리에게 아주 공평한 것으로 생각하지? 아무튼 우리는 너를 위해 애를 쓰지 않았니? 너는 우리가 너를 위해 노력한다는 걸 알고 있잖아, 안 그래?" 그녀는 나를 뚫어지게 바라보곤 했다. 그녀가 결코 그렇게 대놓고 말하지 않는다 해도 내가 익히 알고 있는 사실이었다. "우리는 네가 몇 년 동안이나 이곳에 있도록 해주었잖아? 우리는 방학 중에도 이곳에 일주일이나 있을 수 있게 해 주었지 않니? 배철러 씨가 너를 지도할 수 있게 말이야. 우리는 너를 떠나보내고 싶지 않았단 이야기지. 알겠어? 하지만 우리는 학기 때마다 네 녀석이 우리의 식량을 다 먹어 버리게 할 수는 없었다고. 네가 그 따위로 행동하는 건 올바른 거라 여겨지지 않는다. 네 생각은 어때?"

나는 때에 따라 애처로이 "아니에요, 사모님."이라거나 "맞아요, 사모님."이라고 하는 것 말고는 달리 답변할 게 없었다. 내가 행동했던 방식이 정직하지 못했던 것은 틀림없었다. 아무튼 그때마다 나도 모르게 눈에서는 눈물이 삐져나와 코를 타고 흘러 떨어지곤 했다.

플립 부인은 내가 무상으로 교육받는 학생이라는 식으로 대놓고 말하는 법이 결코 없었다. "우리가 너를 위해 애썼던 그 모든 것"이라는 따위의 모호한 문장이 감정을 더 자극할 것이 뻔했기 때문이다. 자기 학생들로부터 사랑받는 일에 그리 관심이 없었던 삼보 교장은 다른 때와 마찬가지로 거만한 말투이면서도 더 거친 표현으로 말하곤 했다. "내가 너그러우니까 네가 살아갈 수 있는 게다."라는 것이 그가 이런 상황에서 즐겨 쓰는 말이었다. 그가 회초리로 때릴 때면 나는 꼭 한 번씩은 이런 말을 듣게 된다. 이런 장면이 자주 있지는 않았지만 말이다. 딱 한 번을 빼고는 다른 아이들 앞에서 이런 일이 벌어진 적은 없었으니까. 아이들 앞에서 나는 내가 가난하다는 것, 그리고 나의 엄마아빠가 이런저런 것들의 '비용을 댈 수 없다'는 것을 곱씹어야 했지만, 내가 남에게 의지해야 하는 위치에 있다고 실제로 생각하지는 않았다. 내가 숙제를 무지하게 못했다고 해서 고문과 같은 벌을 받게 되었던 것은 아무리 해도 이유를 알 수 없는 문젯거리였다.

이런 부류의 일들이 열두어 살 되는 어린아이에게 어떤 영향을 미칠지 알고자 할 때는 그 아이가 조화로움이니 가망성이니 하는 것들에 대해 전혀 모르고 있다는 점을 염두에 두어야 한다. 어떤 아이가 이기주의나 반항기로 똘똘 뭉친 덩어리일 수는 있지만, 제 스스로의 판단에 대해 신뢰를 가질 만큼 충분히 축적된 경험은 없는 법이다. 대체로 그는 자신이 들은 말을 받아들이게 마련이고 제 주변의 어른들이 갖고 있는 지식이나 힘을 나름 환상적 방식으로 믿게 마련이다. 여기, 좋은 사례가 있다.

나는 앞서 세인트 시프리언스 초등학교에서는 우리가 돈을 갖고 있도록 허락하지 않았다고 말한 적이 있다. 하지만 한두 푼은 몰래 숨길 수 있어서, 때때로 나는 살그머니 사탕과 같은 것들을 사서 운동장 벽의 담쟁이덩굴 틈새 뒤에 숨겨 두기도 했었다. 어느 날인가, 심부름을 하는 길에 나는 학교에서 2~3킬로

미터 떨어진 곳의 과자가게에 들러 초콜릿을 몇 개 샀다. 가게에서 나오는데 길 맞은편에 날카로운 인상의 자그마한 사내가 서 있는 게 보였다. 그는 내가 쓴 교모를 뚫어져라 쳐다보는 것 같았다. 갑자기 소름 끼치는 공포가 나를 휘감았다. 그가 누구인지는 의심할 나위가 없었다. 그는 삼보 교장이 보낸 스파이였던 것이다! 나는 태연한 척 그를 거들떠보지 않았지만, 다음 순간 내 두 다리는 제멋대로 움직였고 나는 갑자기 뒤뚱뒤뚱 달아나기 시작했다. 그러다가 다음 길모퉁이에 다달아서야 억지로 다시 걷기 시작했다. 달아난다는 것은 죄가 있다고 자백하는 것과 다름없었고, 그 동네 곳곳마다 스파이가 숨어 있을 것이 뻔했기 때문이다. 그날 하루 종일 그리고 이튿날에도 나는 언제 교무실로 불려갈지 초조하게 기다렸는데 호출이 없어서 정말 놀랐다. 사립학교[14] 교장이 정보원들을 배치한다는 것이 나는 이상한 일로 여겨지지 않았고 그들에게 보수를 지불한다는 것은 상상조차 되지 않았다. 나는 학교 내외부의 어떠한 어른이라도 우리들이 규율을 어기지 못하도록 막는 역할에 자발적으로 협조할 거라고 생각하고 있었다. 삼보 교장은 전지전능했다. 그의 심복들이 어디에나 있을 것은 당연한

---

14) private school : public school과 같은 뜻으로 쓰인다.

일이었다. 이 사건이 벌어진 것은 내가 적어도 열두 살은 더 되었을 때였을 것이다.

나는 부끄러워하고 뉘우치는 마음이 있으면서도 삼보 교장과 플립 부인을 끔찍이 싫어했다. 그렇다고 내가 그들의 판단을 의심할 생각은 하지 못했다. 내가 사립 중학교 장학금을 타거나 그렇지 못하면 열네 살 나이에 사환이 될 수밖에 없다고 그들이 나에게 말했을 때도 나는 그런 일들이 내 앞에 놓인 피할 수 없는 갈림길이라고 믿어 버렸다. 그리고 무엇보다도 자기네가 나의 후원자라고 말했을 때조차 나는 삼보 교장과 플립 부인을 믿었다. 물론 삼보 교장이 볼 때 내가 좋은 투기 대상이었음을 지금은 알고 있다. 그는 나에게 돈을 쏟아 붓고는 명망을 얻어 그것을 되찾으려 하고 있었다. 촉망받던 아이들이 가끔 그러하듯이 나도 '별 볼일 없어졌다면' 곧바로 쫓겨났을 것이다. 나는 때마침 장학금을 타서 그에게 갖다 바쳤고, 그는 그 내용을 학교 안내서를 만드는 데 충분히 활용했음이 틀림없었다. 하지만 학교라는 것도 우선은 장삿속이 있다는 것을 나 같은 꼬마가 알 도리가 없었다. 꼬마라면 학교라는 것이 교육을 위해 있는 것이고 교장 선생도 꼬마 자신을 위해서 교육을 시키거나 사랑의 매를 때린다고 믿기 마련이다. 플립 부인과 삼보 교장은 나와 친구가 되기로 마음먹은 것이었고, 그들의 우정은 매질과 나무람과 굴욕감 주기 등이었지만 그것들은 나에게 좋은 것들이며 나를 사환의 불편한 의자로부터 구원해 주는 것이었다. 그들의 설명에 따르면 그렇다는 것이고, 나는 그것을 믿어 버렸다. 이런 까닭에 내가 그들에게 무지무지하게 은혜를 입었다는 것은 분명했다. 하지만 나는 고마워하지 않았고 이를 내 스스로 잘 알고 있었다. 나는 오히려 두 사람을 모두 증오했다. 나는 내 자신의 감정을 조절할 수 없었고 그런 감정을 스스로에게 숨기지도 못했다. 하지만 자기 후원자를 증오한다는 것은 나쁜 일이잖아, 안 그래? 나는 그렇다고 배웠고 그렇다고 믿었다. 아이는 자기에게 제시되는 행동규범을 받아들인다. 자신이 규범들을 깨뜨릴 때조차 그렇다. 여덟 살 이후였던가 아니면 그 전부터였던가, 죄의식이 나를 떠난 적은 결코 없었다. 내가 어쩌다가 냉담해 보이고 반항아처럼 보였다면, 그것은 엄청난 두께의 부끄러움과 놀람을 가려 주는 얇은 덮개일 뿐이었다. 소년 시절 내내 나는, 내 스스로가 전혀 착하지도 않고 내 시간을 허비하면서 내 능력을 망가뜨렸으며 또 말도 안 될 만큼 어리석고 못되었으며 배은망덕한 짓을 해왔다고 굳게 믿고 있었다. 그런데 이 모든 일들은 어쩔 도리가 없었던 것 같다. 나는 중력의 법칙처럼 절대적인 어떤 규칙들 속에 살고 있었는데, 나로서는 도저히 지킬 수 없는 규칙들이었기 때문이다.

3

자신의 학창시절을 되돌아보면서 그 시절이 온통 불행하기만 했었다고 진심으로 말할 수 있는 사람은 아무도 없다.

나에게도 세인트 시프리언스 초등학교 시절의 싫은 추억들 가운데 즐거운 추억이 몇 가지 있다. 여름날 오후, 가끔 다운스 언덕지대를 지나 벌링 갭 마을이나 비치 헤드 마을로 신나는 여행을 떠난 일이었다. 그곳의 둥글둥글한 뭉우리돌 틈에서 위험하게 멱을 감고는 몸에 온통 긁힌 자국을 한 채 집에 돌아온 아이도 있었다. 한여름 밤에는 한층 더 멋진 일들도 있었다. 우리는 특별 선물을 받기도 했는데, 다른 때처럼 억지로 잠자리에 들 필요 없이 땅거미가 깔린 속에서 운동장을 오래도록 거닐 수 있게 허락해 주는 것이었다. 이 선물의 마지막은 9시 무렵에 수영장으로 뛰어드는 것으로 장식되었다. 여름날 아침에는 일찍 잠에서 깨어 햇빛이 드리운 기숙사에서 아무 방해 없이 책을 읽을 수 있는 즐거움도 있었다. (이언 헤이, 새커리, 키플링, 웰스와 같은 사람들이 내가 소년 시절 좋아했던 작가들이다.) 크리켓 게임도 즐거운 일이었는데, 나는 이 게임에 소질이 없었는데도 열여덟 살이 될 무렵까지 마냥 좋아했다. 또 애벌레들을 기르는 즐거움도 빠뜨릴 수 없다. 풀빛이나 자줏빛 몸을 가진 퍼스나방 애벌레, 녹색 유령 같은 얼굴의 포플러호크나방 애벌레, 가운뎃손가락 크기의 줄홍색박각시나방privet-hawk 애벌레가 그 녀석들이다. 녀석들 샘플은 마을 가게에서 6펜스짜리 은화 하나면 몰래 살 수 있었다. 그리고 또 하나. 교장 선생이 소위 '산책'을 하는 동안 그의 감시망에서 벗어나, 다운스 언덕지대에 있는 인공 연못을 훑어 가며 오래도록 오렌지색 배를 가진 도롱뇽을 잡는 신나는 일도 있었다. 산책을 나간다거나 무엇인가 겁나게 신나는 재밋거리를 만난다거나 하다가도 개목걸이에 의해 자꾸 홱홱 잡아당겨지는 강아지마냥 교장 선생의 호통 소리에 그러한 재밋거리로부터 질질 끌려나오게 되기도 하는 일들은 학창 시절의 중요한 장면 가운데 하나이다. 하지만 그것은 또한 자기가 무지하게 바라던 것이라 해서 언제나 얻어지는 것은 아니라고 그 숱한 어린이들이 굳게 확신하도록 만드는 일이기도 하다.

어쩌면 여름에 한 번 꼴로 아주 이따금씩, 브라운 교감 선생이 허가를 얻어 오후에 아이 한두 명을 데리고 몇 마일 떨어진 곳으로 나비를 잡으러 갈 때는 우리도 군대 막사 같은 학교 분위기에서 벗어날 수 있기도 했다. 브라운 선생은 흰머리에 딸기처럼 붉은 얼굴인데, 박물학natural history을 줄줄이 꿰기도 했고 모형 만들기나 석고 뜨기 또는 환등기 돌리기 따위의 일들을 잘했다. 그와 배철러 씨는 어찌 됐든 학교와 관련된 사람들 가운데 내가 싫어하거나 두려워하지 않은 유일한 어른들이었다. 한번은 그가 나를 자기 방에 데려가서는 비밀이라면서 도금이 되고 손잡이에는 진주가 박힌 리볼버 권총을 보여주었다. 그 자신이 '6연발'이라고 이름 붙인 그 권총을 그는 침대 밑 상자에 보관하고 있었다. 그리고 때때로 나섰던 그 탐험의 즐거움이란 정말! 한적한 철길 위를 2~3마일 달렸던 일, 커다란 초록색 어망을 들고 여기저기 뛰어다녔던 오후, 풀잎 위를 빙빙 맴돌던 무척이나 크고 아름다웠던 잠자리, 퀴퀴한 냄새가 나고 기분을 더럽게 만드는 벌레잡이 병, 그리고 음식점 홀에서 아주 연한 색의 케이크 조각과 함께 마셨던 차 따위의 것들 말이다! 그 가운데에서 최고는 철길 달리기였다. 그것은 나를 학교에서 놀랄 만큼 멀리 떨어뜨려 주는 것처럼 느껴졌으니까!

플립 부인은 이런 탐험들을 대놓고 못하게 하지는 않았어도 그녀답게 은근히 반대하곤 했다. "그래, 여태껏 쬐끄만 나비를 잡으러 다녔쪄요?" 우리가 돌아오면 그녀는 아기 목소리를 흉내 내면서 심술궂게 비꼬는 말투로 이기죽거리는 것이었다. (그녀 스스로 '벌레 잡기'라고 부르기도 했던) 박물학은 사람들이 미리부터 비웃어 주어서 아이가 버리게 만들어야 하는 유치한 장난일 뿐이라는 게 그녀 생각이었다. 게다가 박물학은 약간은 천박한 것이고, 예로부터 안경을 쓰고 운동을 할 줄도 모르는 아이들이나 하는 짓이며, 시험을 통과하는 데에 아무런 도움도 되지 않고, 무엇보다도 이과의 냄새를 풍겨서 고전 교육을 위태롭게 만들지 모르는 것이었다. 브라운 교감의 초대를 받아들이려면 꽤 많은 도덕적 고민이 필요했다. 자그마한 나비들을 그렇듯 경멸하는 것이 나는 얼마나 두려웠던지! 그렇지만 학교가 세워진 초기부터 학교에 근무했던 브라운 교감은 자신만의 독자성을 확고하게 세워 놓고 있었다. 그는 삼보 교장을 잘 다루고 플립 부인을 무척이나 무시했던 것으로 생각된다. 두 사람이 모두 어딘가 멀리 가는 일이 생기면 브라운 교감은 교장 직무를 대행했는데, 그럴 때면 아침 예배 시간에 그날 정해진 성경 구절을 읽어 주는 대신 성서 외경外經 개신교 성서의 정경에서 제외된 경전에 나오는 이야기들을 우리에게 읽어 주고는 했다.

내 어린 시절부터 스무 살이 될 때까지의 좋았던 추억들은 대개는 어쨌든 동물들과 만난 일이었다. 돌이켜보니 세인트 시프리언스 초등학교에 관한 나의 좋은 추억들은 모두 다 여름에 있었던 것들로 여겨지기도 한다. 겨울에는 코에서 콧물이 줄줄 흘렀고 손가락이 곱아 셔츠의 단추도 채우기 어려울 정도였으니까. (빳빳한 이튼칼라를 달아야 하는 일요일엔 더 고통스러웠다.) 그리고 축구는 날마다 악몽이었다. 추워 죽겠는데, 땅은 진창이지, 끔찍스레 미끈거리는 공은 윙윙 소리를 내며 얼굴로 날아오지, 무릎은 까지지, 덩치 큰 녀석들은 구두로 짓밟지… 게다가 열 살 무렵 이후 내 건강이 겨울학기 중에는 썩 좋지 않았다는 문제도 있었다. 여러 해 지난 뒤에야 알게 된 일이지만, 나는 기관지가 나쁜 데에다 한쪽 허파가 병든 상태였다. 그 까닭에 감기는 떨어질 줄 몰랐고 나에게 달리기는 고문이나 다름없었다. 하지만 그즈음에는 소위 '쌕쌕거리는 소리'나 '컹컹거리는 소리'는 상상이라는 진단이 내려지거나, 과식過食에서 비롯되는 도덕적 장애가 틀림없다고 여겼다. "너는 콘서티나아코디언의 일종처럼 쌕쌕거리는구나!" 삼보 교장은 내 의자 뒤에 서서 못마땅하다는 듯 말하곤 했다. "너는 끝없이 음식으로 배를 채우는구나! 그게 원인인 게야!" 내가 하는 기침은 '위장에서 나는 기침'으로 불리기도 했는데, 그게 기침 소리를 더 메스껍고 고약하게 들리게 만들었다. 그걸 고치려면 열심히 달리기를 해야 하는데, 그렇게 오래 달리다 보면 마침내는 '가슴이 시원하게 뚫린다.'는 거였다.

정말 궁핍한 것이 아니라 그냥 지저분하거나 게으른 것에 관한 이야기인데, 그즈음 상류계급 학교에서는 그것이 어느 만큼은 당연시되었다. 나는 이게 지금도 이상하게 여겨진다. 새커리의 작품에 나오는 시절과 그리 다를 바 없이, 여덟 살이나 열 살 어림의 꼬마 녀석들이 빨갛게 얼은 코는 찔찔대고, 얼굴은 언제나 땟국물이 흐르고, 손등은 트고, 손톱들은 물어 뜯겨 있고, 손수건은 심하게 찌들어 있고, 궁둥이는 툭하면 퍼렇게 멍들어 있는 모습들이 하나도 어색해 보이지 않았던 것이다. 개학을 며칠 남겨둔 동안에는 학교로 되돌아가야 한다는 생각이 가슴 한편을 납덩이처럼 짓누르곤 했는데 그것은 어쩌면 정말로 신체적으로 겪게 될 불편함이 눈앞에 그려졌기 때문일 것이다. 세인트 시프리언스 초등학교에서 특별히 남는 기억은 학기가 시작되는 첫날, 침대가 놀랄 만큼 딱딱하게 느껴졌다는 점이었다. 비싼 학교였던 만큼, 내가 이 학교에 다닌다는 것은 사회적으로 계층이 상승하는 사다리에 올라탔음을 뜻했다. 하지만 내가 얼마나 편하게 지냈는지를 따진다면, 어떤 면에서 보아도 내 집에서 지내는 것만 훨씬 못했고 실제로 조금은 여유로운 노동자의 집에서 지내는 것만도 못했을 것이다. 이를테면 뜨거운 물로 목욕을 하는 일은 일주일에 한 번밖에 없었다. 음식은 시원찮았고 양도 적었다. 빵에 버터나 잼을 그토록 얇게 바르는 것을 그 전에도 또 그 이후로도 본 적이 없었다. 우리가 음식을 훔치려고 별짓을 다 하려 했던 기억이 떠오르지만, 우리 배를 곯렸다는 걸 상상할 수는 없었다. 그런 기억이 떠오르는 게 한두 번이 아니다. 식품저장실에서 딱딱하게 굳은 빵이라도 훔치겠다고 새벽 두세 시 즈음에 칠흑같이 깜깜한 계단과 복도를 기어갔던 것 말이다. 그 길이 얼마나 멀게 느껴졌던지! 맨발인 채, 걸음걸음마다 멈추어 서서는 무슨 소리나 들리지 않는지 귀를 쫑긋 기울여야 했고, 삼보 교장이든 유령이든 도둑이든 두려움에 몸이 굳어지기는 매한가지였다. 교사들도 우리와 함께 식사했지만 그들의 음식은 조금은 더 나은 것이었고, 누군가에게 어쩌다 기회가 생겨도 기껏해야 그들의 접시를 치울 때 남겨진 베이컨 껍질이나 감자튀김 조각을 훔치는 게 고작이었다.

늘 그랬지만, 나는 이렇듯 아이들 배를 곯리는 데에 나름의 깊은 영리적 이유가 있다는 것을 알지 못했다. 아이들의 식욕은 될 수 있는 데까지 억제할 필요가 있는, 커져 가는 병의 일종이라는 삼보 교장의 견해를 나는 액면 그대로 받아들이고 있었다. 세인트 시프리언스 초등학교에서 거듭거듭 우리에게 들려준 격언은 우리가 처음 식탁에 앉을 때와 별 다름없이 배고픔을 느끼면서 식사를 마치는 게 건강에 좋다는 거였다. 이때보다 한 세대 전의 학교에서는 대개는 저녁 식사를 무설탕 소기름 푸딩 한 조각으로 시작했고 그것이 "아이들의 식욕을 억제한다."는 게 학교의 노골적인 주장이었다. 하지만 아이들이 정해진 식이요법을 전적으로 따라야 하는 사립 초등학교가 아이들에게 음식을 더 살 수 있도록 허용하는 (아니 정말로 그렇게 되었으면 좋을) 사립 중학교보다 아이들의 배를 곯리는 일이 덜 두드러졌던 것 같다. 어떤 학교에서는 달걀–설탕–정어리 따위의 정해진 음식들을 따로 사거나 아이 부모가 자녀들에게 그것들을 사도록 돈쓰기를 허락하지 않는 한, 아이들이 먹을 음식은 말 그대로 충분하지 못했을 것이다. 이를테면 이튼스쿨이나 아무튼 칼리지[15]에서, 아이들은 점심 식사 이후에 제법 그럴 듯한 식사를 조금도 제공받지 못했었다. 오후의 다과로, 물을 곁들여 수프나 생선튀김 또는 좀 더 자주 버터 바른 빵을 주는 것이 고작이었다. 삼보 교장은 이튼스쿨에 다니는 큰아들을 보러 갔다가 학생들의 사치한 생활을 보고는

15) college : 영국에서 college는 초등학교를 나타내기도 하고 중학교–고등학교–단과대학을 나타내기도 하는 등 다양한 뜻으로 쓰인다고 한다. 여기에서는 고등학교를 나타내는 것으로 보인다.

속물스런 황홀경에 빠져 돌아오곤 했다. "그곳에서는 학생들에게 생선튀김을 저녁으로 주고 있다고!" 그는 투실투실한 얼굴 가득 웃음을 띠며 외쳐댔다. "세상에 그런 학교는 없어!" 생선튀김이라니! 가장 가난한 노동계급 사람들이 평소에 먹는 저녁 아닌가! 아주 저렴한 기숙학교에서는 더욱 형편없을 것이 뻔했다. 아주 초창기의 내 기억이지만, 그래머스쿨고등학교의 일종에 다니는 기숙생들이 (농민이나 상점 주인의 자녀들이었을 터인데) 익힌 동물 허파를 먹어야 했던 것을 보았다.

누구든지 자신의 어린 시절에 관하여 쓰려면, 과장된 표현이나 자기연민에 대해 알고 있어야 한다. 나는 내가 희생자나 됐다거나 또는 세인트 시프리언스 초등학교가 두더보이스 홀[16)]이나 다름없다고 주장하는 것은 아니다. 하지만 그런 것들이 대부분 역겨운 기억들에 속한다고 적지 않는다면, 나는 내 자신의 기억을 거짓으로 꾸미는 게 될 것이다. 우리는 아이들이 바글대는 곳에서 배를 곯고 제대로 씻지도 못하며 생활했는데, 이제 돌이켜보니 그건 정말로 지긋지긋한 것이었다. 눈을 감고 '학교'라는 단어를 입에 올려 본다. 그러면 먼저 떠오르는 것은 당연히 주변의 물리적 환경이다. 크리켓 경기장이 있는 편평한

16) 찰스 디킨스의 1838년 작품 『니콜라스 니클비』에 나오는 악명 높은, 버려진 아이들의 기숙학교.

운동장, 사격연습장 곁에 있는 자그마한 헛간, 찬바람이 쌩쌩 불어 들어오는 기숙사, 먼지가 풀풀 날리는 까끌까끌한 복도, 체육관 앞의 아스팔트 광장, 생소나무로 지은 것처럼 보이는 뒤뜰의 자그마한 기도실. 게다가 더러운 잡동사니들이 곳곳에서 얼굴을 들이민다. 이를테면 우리가 먹는 걸쭉한 오트밀 죽을 담는 땜납 그릇 같은 것 말이다. 그것들은 둥근 테두리가 바깥으로 튀어나와 있었는데, 테두리 밑에는 시큼한 죽이 덕지덕지 묻어 있어서 돌돌돌 말려져 벗겨질 정도였다. 오트밀 죽은 또 어땠는지 아는가? 풀어지지 않은 덩어리와 머리카락과 뭔지 모를 시커먼 것들 천지였다. 누군가가 일부러 넣은 것이 아닐까 하는 상상마저 뛰어넘을 만큼. 그것들을 먼저 뒤적여 건져내지 않고는 결코 안심하고 오트밀 죽을 먹을 수 없었다. 물이 더러운 대형 욕조도 있었는데, 길이가 4미터 가까이 되는 그곳에서 전교생이 아침마다 씻어야 했지만 물을 제때제때 갈아 주기나 했는지 모르겠다. 수건은 늘 축축이 젖어 있었고 치즈 냄새가 났다. 겨울에는 이따금씩 해안에서 곧바로 탁한 바닷물을 끌어다 쓰는 동네 목욕탕에 가기도 했는데, 사람 똥이 둥둥 떠다니는 것을 본 적도 있었다. 탈의실은 땀내가 진동했고 세면대는 기름때로 찐득찐득했다. 탈의실과 통해 있는 화장실의 줄줄이 늘어선 변기들은 더럽기 짝이 없고 여기저기

깨졌으며 문은 잠기지도 않아 우리가 그곳에 앉아 있을라치면 꼭 딴 녀석들이 벌컥 문을 열고 들어오는 것이었다. 학창시절을 생각할 때면, 나는 뭔가 차갑고 퀴퀴한 냄새가 풍기는 속에서 숨을 쉰다는 느낌을 지울 수 없다. 땀내 나는 양말, 더러운 수건, 복도를 통해 불어오는 똥 냄새, 갈래 사이에 음식 찌꺼기가 묻어 있는 포크, 새끼 양의 목살로 끓인 스튜, 화장실 문의 쿵쾅대는 소리, 기숙사에서 울려오는 요강 소리 따위가 뒤섞인 속에서 말이다.

나는 정말 집단 생활을 할 성격이 못 되는데, 좁은 공간에서 수많은 사람들이 북적대며 살다 보면 화장실이라든지 더러운 손수건 따위의 문제는 더 도드라지는 법이니. 참! 군대에서도 꼭 그렇겠지만, 감옥에서는 더 말할 나위가 없겠지? 더구나 소년기는 뭐든 역겨워할 시기 아니던가? (자아와 남을) 구분하는 법을 배운 뒤지만 아직 그 구분이 굳어지기 전의 아이, 말하자면 일고여덟 살 즈음의 아이라면 늘 오물구덩이 위에서 줄타기하는 기분일 것이다. 그래도 내가 학교생활의 지저분함을 과장한다는 생각은 들지 않는다. 맑은 공기니 찬물이니 맹훈련을 시킨다느니 하며 요란을 떨었지만 정작 건강과 청결함은 얼마나 소홀히 했는지 기억이 생생하니까 말이다. 모두가 여러 날 변비로 고생하는 건 흔해 빠진 일이었다. 주어지는 설사약이라고는 고작해야 아주까리 기름이거나 이에 못지않게 끔찍한 소위 감초 가루를 탄 물이었으니, 시원하게 똥을 싸도록 옆에서 북돋는다지만 별무소득이었다. 우리는 아침마다 대형욕조에서 목욕하도록 되어 있었지만, 여러 날 동안 끝끝내 꾀를 부리는 녀석들이 있었다. 아예 모습을 드러내지 않거나, 다른 아이들 틈에 끼어서 욕조 가장자리를 지나면서 바닥의 더러운 물로 살짝 머리를 적시기만 할 뿐이었다. 지켜보는 사람이 없는데 여덟아홉 살 꼬마가 스스로 깨끗이 씻을 턱이 없다. 헤이즐이라는 이름의 신입생 생각이 난다. 내가 떠나기 조금 전에 온 그 녀석은 엄마가 끔찍이 아낄 만큼 예쁘장했다. 녀석을 처음 보았을 때 아름다운 백옥같이 흰 이가 눈에 띄었는데, 학기가 끝날 즈음이 되자 녀석 이빨은 놀랍도록 어두운 녹색이 감돌고 있었다. 그동안 내내, 그가 양치질을 잘 하는지 깊은 관심을 갖고 지켜본 사람이 아무도 없었던 게 분명했다.

하지만 물론 집과 학교는 물리적 환경 이외에도 다른 점이 훨씬 많았다. 학기 첫날 밤, 침대 매트리스가 주는 딱딱한 촉감에 나는 어떤 갑작스런 깨달음을 얻곤 했었다. "이게 현실이야. 이것이 네가 맞닥뜨린 실제 상황이라고!" 집이라 해서 완벽한 것은 결코 아닐 터이지만, 집이란 적어도 두려움보다는 사랑으로 이끌어지는 곳이다. 너를 둘러싸고 있는 사람들을 네가 끊임없이 경계해야 할 필요가 없는 바로 그런 곳 말이다. 여덟 살배기 너는 따뜻한 둥지에서 갑자기 들어내져서 창꼬치로 가득 찬 물탱크에 내던져진 금붕어처럼 폭력과 가짜와 비밀이 판치는 세상으로 내던져진 꼴이었다. 네가 아무리 괴롭힘을 당한다고 해도, 너를 구제해 줄 것은 아무것도 없다. 네가 너 스스로를 보호하려면 그저 고자질밖에 없다. 고자질은 딴 도리가 없을 때 빼고는 용서받지 못할 죄악이지만 말이다. 부모님께 너를 데려가 달라고 집에 편지를 쓰는 것은 생각조차 힘든 일이다. 그 짓은 네가 불행한 왕따임을 스스로 인정하는 셈이 되는데 아이들은 대개 그러지 않거든. 아이들은 에레원[17] 사람들이나 진배없다. 아이들은 불운함을 수치스런 일에레원에서는 환자가 범죄자 취급을 받는다.이며 어떻게 해서라도 감추어야 할 일이라고 생각한다. 변변찮은 음식이나 까닭도 없이 매질하는 일 또는 다른 아이들이 아닌 바로 교장 선생이 가하는 학대 따위에 대해 당신 부모님께 불평을 터뜨리는 일이 허용되리라 생각할

17) Erewhon : 1872년에 발표된 새뮤얼 버틀러의 소설 작품 이름이자 작품 속 도시의 이름이다. "Erewhon"은 "nowhere"를 거꾸로 쓰고 w와 h만 위치를 다시 바꾼 것이다. "에레원"은 이름 그대로 어디에도 없는 곳 즉 '유토피아'를 그린 소설이다. 버틀러 자신이 살던 영국 빅토리아 시대의 현실을 풍자하기 위한 것이었다. 빅토리아 시대는 영국에서 시작된 자본주의가 한창 무르익던 시기이지만, 그 바탕이 되었던 노동자들의 삶은 진창이나 다름이 없었기 때문이다. 작품 발표 당시에 작가 이름을 내세우지 못하고 익명으로 한 것도 풍자 때문이었다.

지도 모르겠다. 삼보 교장이 부잣집 아이들을 때린 적이 한 번도 없다는 사실은 그런 불평들이 이따금씩 있었음을 말해 준다. 더구나 나는 특수한 상황에 있었던 까닭에 부모님께 나를 위해 나서 달라고 도저히 말씀드릴 수가 없었다. 수업료 감면에 대해 알기 전에도 이미 나는 부모님이 삼보 교장에게 무언가 신세를 졌으며 그래서 그로부터 나를 보호할 수 없다는 것을 눈치채고 있었던 것이다. 세인트 시프리언스 초등학교에 다니던 시절 내내 크리켓 배트를 가져 본 적이 한 번도 없었다고 앞서 말한 적 있지만, 내 듣기로는 "네 부모님은 그걸 살 여유가 없다."는 것이 이유라면 이유였다. 방학 중인 어느 날엔가, 나에게 배트 하나 사 주라고 부모님이 10실링을 냈다는 말이 무심결에 나왔다. 하지만 크리켓 배트는 생기지 않았다. 나는 부모님께 항변하지도 않았고 이 문제를 놓고 삼보 교장에게 따진다는 건 언감생심焉敢生心이었다. 내 어찌 그럴 수 있었겠는가? 나는 그에게 의지하는 처지였고, 10실링이라 해 봤자 내가 그에게 신세지는 것에 견주면 '새 발의 피'일 뿐일 텐데. 물론 지금이라면 나도 삼보 교장이 그저 그 돈에 눈먼 게 절대 아니라고 이해한다. 그가 이 일을 깜빡 잊었음이 틀림없다. 하지만 내 생각이 문제였다. 나는 그가 돈에 눈이 멀었다고 보면서도 그가 맘만 먹으면 그럴 권리가 있다고 여겼던 것이다.

어린이가 참으로 독자적인 태도를 갖는다는 게 얼마나 어려운 일인지는 우리가 플립 부인을 대했던 행동을 보면 알 수 있다. 전교생이 그녀라면 질색을 하면서도 그녀를 두려워했다고 말하는 게 맞을 것이다. 하지만 우리는 모두가 비굴할 대로 비굴해져서 그녀에게 알랑거렸다. 우리가 그녀에게서 느끼는 감정의 맨 꼭대기에는 죄의식에 시달리는 충성심이랄까 하는 것이 자리하고 있었다. 학교의 규율이 삼보 교장보다는 오히려 플립 부인에게 달려 있었지만, 그녀가 엄하게 정의를 펼치는 체하는 일은 별로 없었다. 그녀는 대놓고 변덕을 떨었다. 같은 행동인데, 하루는 혼내고 다음 날엔 사내아이다운 장난이라며 웃어넘기거나 "배짱 좋은데!" 하며 오히려 칭찬까지 하는 식이었다. 어느 날엔 나무라는 듯한 그 움푹 팬 눈길 앞에서 모두가 설설 기었고, 또 어떤 날엔 그녀가 알랑대는 총신들에게 둘러싸여 시시덕거리는 여왕처럼[18] 굴기도 했다. 웃고 떠들며 농담하고, 선심을 베풀고, ("네가 해로우 역사대회 상을 타면 네 카메라 케이스를 새로 사 주마!" 하고) 선심을 약속하기도 했다. 때로는 유달리 아끼는 아이들 서너 명을 자신의 포드 자동차에 태워 읍내의 찻집에 데려다 주기도 했는데, 아이들은 허락을 얻어 그곳에서 커피와 과자들을 살 수 있었다. 내 마음속에서 플립 부인은 자꾸 엘리자베스 여왕과 겹쳐진 모습으로 나타난다. 레스터나 에식스 또는 롤리[19] 같은 사람들과 어떤 관계였는지 내가 어릴 적부터 알고 있던 그 여왕 말이다. 플립 부인에 대해서 이야기하면서 우리가 너나없이 곧잘 썼던 말은 '귀여워하다'라는 단어였다. 우리는 "나는 귀여움 받는다!"라거나 "나는 귀여움을 받지 못해!"라고 말하곤 했다. 몇 안 되는 부잣집 아이들이나 간부가 된 아이들 말고는 오래도록 귀여움 받는 아이들은 아무도 없었다. 반대로 내버려졌던 아이가 보

---

18) queen : 엘리자베스 1세를 말한다.
그녀는 많은 사람으로부터 구혼받기도 했고 여러 사람을 사랑하기도 했지만 "짐은 영국과 결혼했다."며 끝내 결혼하지 않았다. 그녀는 1558년부터 44년 동안 영국을 통치했다. 이 기간에 영국은 여러 분야에서 발전을 이뤄 '황금시대'로 불리기도 한다. 스페인의 유명한 '무적함대'를 무찌른 뒤, 세계 곳곳에 식민지를 건설하여 대영제국의 기틀이 마련됐고, 교육—문화가 꽃을 피워 극작가—시인—미술가—작곡가들이 숱하게 등장했다. 윌리엄 셰익스피어가 대표적이다. 하지만 그녀의 삶이 순탄한 것만은 아니었다. 왕위에 오르기 전에는 여러 차례 생명의 위협을 당해야 했고, 'bloody mary'라 불리는 이복언니 메리 1세에 의해 런던탑에 갇히기도 했다. 왕위에 오른 뒤엔 가톨릭에 맞서 '영국 국교회'를 세우면서 교황으로부터 파문을 당하기도 하고 가톨릭교도들에 의한 암살—반역의 위험을 겪기도 했으며 가톨릭 국가인 스페인과의 전쟁이 끊이지 않았다. 그녀의 고난은 아버지 헨리 8세로부터 시작되었다. 헨리 8세는 왕위를 이을 아들을 얻겠다며 6명의 왕비를 두었는데, 이 문제로 교황과 대립하기도 했다. 그녀의 어머니는 둘째 왕비 앤 볼린이고, 메리 1세의 어머니는 첫째 왕비 캐서린이었다. 왕위 계승을 둘러싼 싸움은 어쩌면 예정된 일이었다. 이런 살얼음판을 헤쳐 나가면서 그녀가 어릴 적부터 터득한 것이 '밀고 당기기'였다. 결혼 여부를 놓고, 종교적 갈등 앞에서, 그리고 국민의 사랑과 지지를 얻기 위하여.
찰스 재럿 감독의 1969년 영화 〈천 일의 앤〉과 저스틴 채드윅 감독의 2008년 영화 〈천 일의 스캔들〉 참조.

19) Leicester and Essex and Raleigh : 엘리자베스 1세의 총애를 받았던 인물들.
본명이 로버트 더들리인 레스터 백작은 어릴 적부터 엘리자베스 1세와 가까이 지냈다. 그는 나중에 그녀의 고문 역할을 하고 그녀에게 구혼하기도 한다. 에식스 백작은 레스터 백작의 의붓아들로서 34살 위인 그녀의 마지막 연인이다. 나중에 반역죄로 처형된다. 월터 롤리 경은 그녀의 근위대장으로, 역시 엘리자베스의 사랑을 받는다. 미국 동부에 식민지를 건설하면서, 엘리자베스를 위해 식민지에 처녀를 뜻하는 '버지니아'라는 이름을 붙인다.

살핌을 받는 일도 이따금은 있었다. 이처럼 플립 부인에 관한 내 기억은 거의가 적개심에 찬 것이지만, 꽤나 오랫동안 그녀가 나에게 따뜻한 미소를 띠었었구나 하는 기억도 없지는 않다. 이를테면 그녀가 나를 "이보게" 하고 부른다거나 성을 뺀 이름으로만 부를 때, 또는 자기 개인 서재에 가끔씩 들어가게 해주었을 때가 그렇다. 그 서재에서 나는 처음 『허영의 시장』을 볼 수 있었다. 최고로 귀여움받는다는 표시는 플립 부인과 삼보 교장이 손님과 함께 저녁 식사를 하는 일요일 밤에 식탁에서 시중들라는 부름을 받는 일이었다. 물론 음식을 치우면서 남은 것들을 먹는 행운을 갖기도 했고, 또 앉아 있는 손님 뒤에 서 있다가 무언가를 시키면 공손하면서도 쏜살같이 달려나가 굽실거리는 즐거움을 맛보기도 했다. 아이들은 알랑댈 기회만 생기면 반드시 알랑댔고 플립 부인이 처음 띠는 미소에 증오는 일종의 비굴한 사랑으로 바뀌곤 했다. 내가 플립 부인을 웃기는 데에 성공했을 때마다 나는 무척 자랑스러워했다. 그녀가 시킨 일이지만, 나는 학교생활에서 있었던 기억할 만한 일들을 기리기 위한 행사시行事詩, vers d'occasion나 익살스런 시를 쓰기도 했다.

나는 정말이지 어쩔 수 없을 때 빼고는 반항아가 아니었음을 분명히 해두고 싶다. 내가 보기에 실제로 존재하는 규율이라면 나는 받아들였다. 그 시절이 끝날 즈음이었는데, 한번은 동성애로 의심되는 사건을 브라운 교감에게 일러바친 적이 있었다. 나는 동성애가 뭔지 잘 몰랐지만, 그런 일이 벌어졌고 그게 나쁜 짓이며 그때가 그것을 일러바칠 상황이었다는 것만은 알고 있었다. 브라운 교감은 내게 "착한 아이구나!"라고 말해 주었지만, 그게 오히려 나는 끔찍이 부끄럽게 느껴졌다. 플립 부인 앞에서 아이들은 마치 뱀 재주꾼 앞의 뱀처럼 옴짝달싹 못했다. 그녀는 칭찬할 때도 혼낼 때도 거의 똑같은 낱말들이나 일련의 관용구들을 썼고, 그것들은 곧바로 꼭맞는 반응을 이끌어내곤 했다. "힘내, 인마!"라는 말은 아이들을 고무시켜 폭발적인 에너지를 내게 만들었고, "어리석게 굴지 마!"라는 말은 (또는 "한심한 녀석 같으니!"라는 말은) 타고난 바보라는 느낌이 들게 만들었으며, "그다지 잘못한 것 같지 않니?"라는 말은 늘 눈물을 거의 쏟게 만들었다. 하지만 그 어느 때든 아이들 마음 한가운데에는 사그라지지 않는 내면의 자아가 있었다. 그것은 아이가 (웃든 코를 훌쩍이든 자그마한 호의에 미친 듯 고마워하든 아무튼) 그 무엇을 하든, 아이가 참으로 느끼는 감정은 증오뿐이라는 점을 아는 자아였다.

4

나는 사람이 자신의 의지와 상관없이 잘못을 저지를 수도 있다는 것을 벌써부터 알게 됐고, 곧이어 자신이 무슨 짓을 했는지도 모르고 그게 왜 나쁜지도 모르는 채 그릇된 행동을 하기도 한다는 것도 알게 됐다. 설명하기 너무 묘한 죄악도 있었고 또렷이 이야기하기에는 너무나 끔직한 다른 범죄들도 있었다. 이를테면 성性에 관한 이야기가 그렇다. 그것은 언제나 수면 바로 아래에서 스멀스멀 피어올랐다가 내가 열두 살이 될 즈음에 갑자기 엄청 커다란 소동으로 터져 버렸다.

동성애 문제가 없는 사립 초등학교도 있겠지만, 세인트 시프리언스 초등학교는 남미계 아이들이 있는 까닭에 "분위기가 나쁘다."는 평판을 갖게 됐다는 생각이 든다. 그 아이들은 영국

아이들보다 한두 해 더 일찍 성숙하는 듯했다. 그 나이 때 나는 별 관심이 없었고 그래서 무슨 일이 벌어지는지 그다지 잘 알지도 못했지만, 그것이 떼거리로 자위하는 게 아닐까 상상했다. 아무튼 어느 날 우리들 머리 위로 갑자기 폭풍우 같은 불호령이 떨어졌다. 우리는 불려나가 심문과 매질을 당하고 자백했으며, '돼지 같은 짓'이나 '짐승 같은 짓'이라고 알려진 어떤 치유할 길 없는 죄악이 저질러졌다는 것 말고는 아무것도 이해할 수 없었던 내용의 근엄한 훈계가 이어졌다. 목격자들의 말에 따르면, 주모자 가운데 한 명인 혼Horne이라는 이름의 소년이 15분 동안이나 계속 매질을 당하고는 마침내 제적을 당했다는 것이었다. 그의 비명 소리가 기숙사 전체에 울려 퍼졌다. 하지만 우리도 모두 조금씩은 연루되기도 했고 스스로 연루됐다는 느낌이 들기도 했다. 죄책감이 장막처럼, 연기처럼 감돌았다. 근엄하면서도 얼간이 같은, 나중에 국회의원이 되는 검은 머리의 교사 한 사람이 고학년 아이들 몇 명을 외딴 방에 데려가서는 '몸이라는 성전'[20]에 관한 성경말씀을 꺼냈다.

"너희는 너희 몸이 얼마나 훌륭한 것인 줄 모르는 게냐?" 그

20) the Temple of the Body : 〈고린도전서〉 6장 19절의 말씀이다. "너희 몸은 너희가 하느님께로부터 받은 바, 너희 가운데 계신 성령의 전殿인 줄을 알지 못하느냐?"

가 엄숙히 말했다. "너희는 너희 자동차 엔진이나 롤스로이스, 다임러 자동차 따위에 관해 이야기 나누겠지. 너희는 너희의 몸만큼이나 완벽하게 만들어진 엔진은 없다는 것을 이해하지 못하는구나? 그래서 너희는 몸을 함부로 망가뜨리고 평생 마구 굴리는 게야?"

그는 퀭한 검은 눈을 나에게 향하더니 아주 유감스럽다는 듯 덧붙였다.

"특히 너. 나는 네가 나름대로 꽤 단정한 아이라고 늘 믿었는데, 듣자 하니 너도 아주 못된 아이더구나!"

파멸이라는 느낌이 나를 덮쳤다. 그래, 나도 죄인이었다. 나 또한 그런 몹쓸 짓을 한 것이었다. 그게 무엇이든, 평생 너와 네 몸과 영혼을 망쳐 버려 마침내는 너를 자살하게 만들거나 정신병원 신세를 지게 만들 그런 짓을 말이다. 그때까지만 해도 나는 내가 결백하다는 희망 어린 생각을 했었지만, 이제는 죄를 지었다는 회오悔悟가 더할 나위 없이 강하게 나를 사로잡았다. 내가 무슨 짓을 저질렀는지조차 몰랐기에 더 그랬다. 나는 심문이나 매질을 당한 아이도 아니었고, 소동이 가라앉고 나서야 겨우 내가 그 대수롭지 않은 사건에 연루되었다는 사실을 알았으니까. 그때조차 나는 뭐가 뭔지 이해하지 못했었고, '몸이라는 성전'에 관한 설교가 무슨 내용인지 내가 확실히 알아차린 것은 2년쯤 지나서였다.

그즈음 나는 성性에 관해 거의 무지했다. 그 또래 아이들은 그게 정상이거나, 아무튼 그게 보통 아니던가? 그런 까닭에 나는 이른바 'facts of life'성에 관한 지식이라는 뜻를 알 둥 말 둥 했다. 대부분 어린이들이 그렇듯이 나도 대여섯 살 때는 하나의 성적 발달단계[21]를 거쳐 왔다. 내 친구 가운데 길 건너편에 사는 배관공의 아이들이 있었는데, 우리는 가끔씩 어렴풋하나마 성적인 놀이를 하곤 했다. 이를테면 '병원 놀이'라는 것이 그 하나였다. 장난감 트럼펫을 청진기라면서 꼬마 계집아이의 배에 갖다 대었을 때 어슴푸레하지만 분명 즐거운 스릴을 느꼈던 기억이 난다. 그즈음 나는 깊은 사랑에, 그 뒤로 다른 어

---

21) phase of sexuality : 프로이트 심리학에서 말하는 아이의 성과 심리의 발달과정을 뜻한다고 하겠다. 5~6세의 아이는 이 가운데 남근기를 거치게 된다.프로이트에 따르면, 아이의 정신적-성적 발달은 구순기, 항문기, 남근기, 잠재기, 성기기를 거친다.
구순기(oral stage) : 0~2세 사이. 입으로 젖을 빨고 먹는 데에서 쾌감을 느낀다. 욕구의 과잉-적절함-불만족에 따라, 낙관주의-자신감-의존성 등의 성격이 만들어진다.
항문기(anal stage) : 1~3세 사이. 대소변 보는 행위에서 쾌감을 느낀다. 본능적인 대소변 보는 행위에 대해 부모가 어떤 훈련을 시키느냐에 따라, 강박관념-자율성-공격성 등의 성격이 만들어진다.
남근기(phallic stage) : 3~6세 사이. 남녀 어린이 모두 성기 특히 남근에 대한 관심이 커진다. 아이의 성격 형성에 가장 중요한 시기로 일컬어진다. 남근이 있고 없음에 따른 우월감과 열등감, 그리고 부모를 향한 사랑과 경쟁심에서 비롯되는 오이디푸스 콤플렉스의 단계를 거치게 된다.
잠재기(latency stage) : 7~12세 사이. 공부하기나 동성 친구들과 놀기 등에 대한 관심이 성에 대한 관심을 앞서는 시기.
성기기(genital stage) : 13~18세 사이. 성기와 성생활에 대한 이해가 확립되는 시기로, 이 시기를 어떻게 거치느냐에 따라 주체성을 지니게 되기도 하고 주체성에 혼동이 오기도 한다.

느 누구에겐가 느꼈던 것보다 훨씬 더 애틋한 그런 사랑에 빠지기도 했었다. 내가 다녔던 수녀원 학교의 엘시라는 여자아이였다. 나는 그녀가 성숙해 보였고, 그래서 그녀가 열다섯 살이 틀림없다고 생각했다. 그 뒤로는, 또 흔히들 그랬지만, 나는 여러 해 동안 성에 대해 어떠한 느낌도 갖질 못했던 것 같다. 열두 살 무렵에 나는 어렸을 때보다 더 많은 것을 알게 되었지만, 이해했던 것은 오히려 더 적었다. 성행위를 하면 무언가 쾌락이 있다는 기본적인 사실을 더 깊이 알지 못했던 탓이었다. 어림잡아 일곱 살에서 열네 살 사이에, 성에 관한 이야기는 모두 내 관심 밖이었고 왠지 성에 관해 생각해야만 했을 때는 구역질이 났다. 이른바 '성에 관한 지식'을 나는 동물들을 통해 얻었다. 그래서 그것은 왜곡되었으며, 어찌됐든 어설프게 얻어진 것들뿐이었다. 나는 동물들이 교미한다는 것과, 인간들이 동물과 똑 닮은 몸을 갖고 있다는 것을 알고 있었다. 하지만 인간 또한 성교를 한다는 것은 성경구절의 무언가 때문에 내가 그것을 기억해 내야만 했을 때 어쩌다가 알게 되었을 뿐이다. 욕구가 없었기에, 나는 호기심도 없었고 수많은 의문들에 대한 해답이 없어도 그리 신경 쓰지 않았다. 이렇게 나는 어떻게 해서 여성의 몸 안에 아기가 들어서는지는 대충은 알고 있었지만, 이 문제를 자세히 파고든 적이 없었던 까닭에 아기가 어떻게 나오는지는 몰랐었다. 나는 외설스러운 단어들을 죄다 알고 있었고 짜증스러울 때는 그런 말들을 혼자 중얼대기도 했지만, 가장 더러운 말들이 무슨 뜻인지 알지도 못했고 알고 싶지도 않았다. 그것들은 은근히 사악했으니, 말하자면 마법의 단어와 같았다. 내가 이런 상태였기에, 나는 주변에서 벌어졌던 야하고 너절한 행위들을 모르기 십상이었고 소동이 벌어졌다고 해서 더 잘 알게 될 리도 없었다. 기껏해야 플립 부인과 삼보 교장 그리고 다른 모든 교사들이 알쏭달쏭하지만 겁나는 말로 경고한 뒤에야 나는 겨우 우리 모두가 범인이 되어버린 그 범죄가 아무래도 성기性器와 관련된 거라고 깨달을 수 있었다. 나는 그리 흥미를 느끼지는 못했지만 남자아이의 고추가 때로는 저절로 벌떡 서기도 한다는 것을 (그리고 그런 일은 남자아이가 어떤 의식적인 성욕을 갖기도 훨씬 전에 벌어지기 시작한다는 것을) 나는 이미 알아채고 있었다. 나는 그것이 범죄임에 틀림없다고 거의 믿었거나 반쯤 믿고 있었다. 아무튼 그것이 남자아이의 고추와 관련된 것이었음을 나는 어느 만큼은 이해하고 있었다. 대부분 다른 남자아이들도 나처럼 무지했던 게 틀림없다.

'몸이라는 성전'에 관한 설교가 있은 뒤, (돌이켜보니 며칠 뒤였던 것 같고 소동도 며칠 이어졌던 것도 같은데) 우리들 여남은 명은 삼보 교장이 장학생 반을 위해 사용하던 빛나는 긴 테이블에 앉아 있었다. 플립 부인이 꼬나보는 아래에서 말이다. 위층 어느 방에선가 구슬픈 통곡 소리가 길게 울려 퍼졌다. 열 살이 채 안 되는 로널즈라는 아주 꼬마 녀석이 있었는데, 녀석도 어떻게든 사건에 연루되었던 탓에 매질을 당하거나 매질 끝에 쉬는 중이었던 게다. 그 소리에, 플립 부인이 우리들의 얼굴을 빤히 쳐다보더니 나에게 눈길을 고정시켰다.

"알겠냐?" 하고 그녀가 말했다.

그녀가 "네가 무슨 짓을 했는지 알겠냐?"고 말했다는 것은 딱히 아니지만 분명 그런 뜻이었다. 우리는 하나같이 부끄러워 고개를 들지 못했다. 바로 우리의 잘못이었기에. 어쨌든 우리는 불쌍한 로널즈를 타락의 길로 이끈 것이다. 녀석을 고통에 빠뜨리고 망치게 만든 책임은 우리에게 있었다. 플립 부인은 곧이어 히스라 불리는 다른 아이에게 눈길을 돌렸다. 30년 전의 일이기에, 그녀가 성서의 한 구절을 그냥 인용하기만 했는지 또는 실제로 성서를 가져와 히스에게 그걸 읽게 했는지는 가물가물하다. 아무튼 이런 내용의 성구聖句였다.

"누구든지 나를 믿는 이 작은 자들 중 하나라도 실족하게 하면 차라리 연자 맷돌을 그 목에 매고 바다에 던져지는 것이 나으리라."[22]

이 성구 또한 끔찍하기는 매한가지였다. 로널즈는 이 작은 자들 중 하나였고, 우리는 그를 실족하게 만든 것이었다. 연자 맷돌을 우리들 목에 맨 채로 우리는 바다에 던져지는 게 나을 것이었다.

"히스, 그게 뭔지 생각이나 해 봤니? 그게 무엇을 뜻하는지 생각이나 해 봤냐고?" 플립 부인이 말했다. 히스는 눈물콧물 범벅이 되었다.

앞서 이미 언급한 적이 있는 비첨이라는 녀석도 마찬가지로 창피해서 주눅이 팍 들어 버렸다. "눈가에 다크서클이 생겼다."는 비난을 받은 탓이었다.

"요즘 들어 거울을 들여다본 적이나 있니, 비첨?" 하고 플립 부인이 말했다. "넌, 그런 얼굴 꼴로 돌아다니는 게 부끄럽지도 않아? 꼬마 녀석 눈가에 다크서클이 있다는 게 무슨 뜻인지 다들 모른다고 생각하는 게야?"

또다시 죄의식과 두려움의 무게가 나를 짓누르는 듯했다. 내 눈가에도 다크서클이 있는 게 아닐까? 몇 해가 지나서야 나는 그것들이 자위행위를 들키게 하는 증상으로 여겨진다는 걸 알게 되었다. 하지만 이런 것까지는 몰랐어도 나는 다크서

22) 〈마가복음〉 9장 42절, 〈마태복음〉 18장 6절, 〈누가복음〉 17장 2절의 말씀이다.

클이 무언가 더러운 행위가 저질러졌음을 드러내는 분명한 표시라고 벌써부터 인정하고 있었다. 게다가 그게 대충 무슨 의미인지 확실히 이해하기 전에도 나는 그 염려스런 낙인의 처음 낌새를, 은밀한 죄인이 제 얼굴에 새겨 놓는 자백의 처음 낌새를 알아채려고 자꾸만 불안한 마음으로 거울을 들여다보곤 했다.

이런 공포들은 이른바 나의 공식적인 믿음에 아무 영향을 미치지 않으면서 점점 사그라져 갔거나 드문드문 다시 떠오르기만 할 뿐이었다. 정신병원이니 자살자의 무덤이니 하는 이야기는 그대로 정말인 것처럼 여겨졌지만, 그것은 더 이상 소름 끼치도록 무서운 일은 되지 못했다. 여러 달 뒤, 나는 우연히 혼이라는 아이를 다시 보게 되었다. 매질 끝에 제적까지 되었던 그 주모자 말이다. 혼은 따돌림받던 아이 중 하나였고, 가난한 중산층 부모의 아들이었다. 그 때문에 삼보 교장이 그를 그리도 거칠게 다룬 것이 틀림없었다. 제적을 당한 다음 학기에 그는 이스트본 칼리지에 들어갔다. 그 학교는 지역의 작은 사립 중학교로, 세인트 시프리언스 초등학교에서는 그 학교를 끔찍이도 멸시했고 또 '제대로 된' 사립 중학교가 결코 아니라고 보고 있었다. 세인트 시프리언스 초등학교에서 그 학교로 가는 아이들은 두세 명이 될까 말까 했으며, 삼보 교장은 언제나 경멸과 유감 어린 말투로 그들에 대해 이야기하곤 했다. 저런 학교에 가 봤자 좋을 것 하나도 없고 나중에 끽해야 점원밖에 더 되겠니? 나에게 혼이라는 아이는 겨우 열셋의 나이에 벌써 더 나은 미래에 대한 모든 희망을 빼앗겨 버린 사람으로 비쳤다. 신체적으로도, 도덕적으로도, 사회적으로도, 그는 끝장이었다. 게다가 나는 그가 불명예를 떠안은 뒤로 어떤 '훌륭한' 학교도 그를 받아들이지 않을 거라는 이유에서 그의 부모가 그를 이스트본 칼리지에 보낸 것은 아닐까 생각했다.

이듬 학기에 우리는 산책을 나갔다가 길에서 혼과 스쳐 지나게 되었다. 그는 지극히 정상으로 보였다. 그는 검은머리에 몸도 튼실하고 외모도 뛰어난 소년이었다. 내가 마지막 보았을 때보다 그가 훨씬 나아 보인다는 것을 나는 단박에 알아챘다. 전에는 좀 창백했던 그의 낯빛은 더 발그레해졌고, 또 우리를 만났다고 해서 난처해 하는 모습도 아니었다. 그는 제적당했다거나 이스트본 칼리지에 있다고 부끄러워하지도 않는 것이 분명했다. 줄 맞춰 지나가는 우리를 바라보는 그의 눈길에서는, 그가 세인트 시프리언스 초등학교에서 탈출해서 외려 기뻐한다고 짐작할 수 있을 정도였다. 하지만 그와 만난 일이 나에게 어떤 인상을 남기지는 못했다. 몸과 영혼이 엉망이 된 혼이 행복하고 건강해 보인다고 해서 내가 다른 어떤 결론을 내린 것은 아니었다. 나는 삼보 교장과 플립 부인이 내게 일러준 성에 관한 신화를 그대로 믿고 있었다. 거기에는 여전히 불가사의하고 소름 끼치는 위험이 자리하고 있었다. 어느 날 아침, 당신 눈에 다크서클이 생길지 모른다. 그러면 당신도 실패한 자임을 스스로 알게 되리라. 그것이 더는 크게 문제가 되지 않아 보일 뿐이다. 이런 모순들은 아이의 가슴속에 쉽게 공존할 수 있다. 아이 자체가 생명력이 있는 까닭이다. 아이는 제 위 또래의 형들이 말해 주는 허튼소리들을 그대로 받아들인다. 달리 어찌할 도리가 있겠는가? 하지만 아이의 팔팔한 몸과 물질세계의 달달함은 아이에게 또 다른 이야기를 들려준다. 지옥에 관한 이야기도 마찬가지다. 나는 열네 살 때까지는 정말로 지옥을 믿었다. 지옥이 정말 있다는 것은 거의 확실했고, 생생한 지옥 이야기가 당신을 겁주어 발작을 일으킬 수 있을 때도 있었다. 하지만 어쨌든 그것은 결코 오래가지 못했다. 당신을 기다렸던 그 불은 진짜 불이었으며, 당신이 손가락을 데었을 때와 똑같이 (그리고 영원히) 그것이 당신을 아프게 할 수도 있다. 그렇다고 해도, 당신은 거의 언제나 조바심 내지 않고도 그것을 깊이 응시할 수 있을 것이다.

5

세인트 시프리언스 초등학교가 당신 앞에 내놓았던 온갖 종교적-도덕적-사회적-지적知的 규율들은 그 의미들을 잘 살펴보면 서로 모순되는 것들이었다. 가장 기본적인 것은 19세기의 금욕주의 전통과 1914년 이전 시대에 현존하던 사치스러운 속물주의 사이의 충돌이었다. 한편에는 저교회파[23]의 성서주의와 성애 엄격주의sex puritanism, 그리고 고된 노동을 강조하고 학문적 탁월함을 존중하며 방종을 못마땅해 하는 분위기가 있었으며, 다른 한편에는 '총명함'을 멸시하고 운동 경기를 찬양하며 외국인이나 노동계급을 천시하고 가난을 거의 신경

23) low-church : 영국국교회의 일파로 성직이나 성찬 등의 형식보다는 복음 자체를 중시.

중적으로 두려워하는 분위기가 있었다. 무엇보다 돈과 특권은 중요하다는 생각과 이를 위해 일을 하기보다는 그것들을 상속받는 게 더 좋은 일이라는 생각 등도 있었다. 대체로 당신은 기독교인도 되고 또 동시에 사회적으로도 성공하라는 말을 듣지만, 그것은 사실상 불가능하다. 그즈음 나는 우리 앞에 놓인 갖가지 다른 이상들이 서로 상쇄되어 사라져 버린다는 사실을 알아차리지 못했었다. 나는 그저 적어도 나와 관련된 것이면 그것들이 모두, 또는 거의 모두 얻기 어렵다고 보았을 뿐이었다. 그것들은 모두 당신이 무엇을 하느냐 뿐 아니라 당신이 누구인가 하는 것과도 관련되어 있기 때문이었다.

나는 열 살 남짓한 나이의 아주 이른 시기에 결론을 내렸다. 아무도 이를 말해 주지 않았지만, 그렇다고 그저 나 혼자만의 머리로 그런 결론을 내린 것도 아니었다. 아무튼 그건 내가 숨쉬고 있는 주변 분위기가 말해 준 거였다. 그건 당신이 10만 파운드를 갖고 있지 않다면 당신은 아무짝에도 쓸모가 없는 인간이 된다는 결론이었다. 그런 특이한 액수의 돈을 생각해 낸 것은 아마 새커리를 읽은 결과일 것이었다. (내가 안전하다고 잡은 4퍼센트라는 수치에 따르면,) 10만 파운드의 연 이자는 4천 파운드가 될 것이었고, 이는 당신이 시골의 귀족 저택에 사는 인간들처럼 진정한 최상층 부류에 속하려 할 때 당신이 올려야 할 최소의 수입이라고 여겨지는 금액이었다. 하지만 그 낙원에 들어갈 길을 나는 결코 찾을 수 없을 게 분명했다. 그곳은 당신이 그 속에서 태어나지 않는 한, 참으로 그곳에 속할 수 없는 낙원인 때문이었다. 당신은 적어도 '도시로 진출하기'라는 수수께끼 같은 활동을 벌여야 그만큼 돈을 벌 수 있을 것이며, 당신이 10만 파운드를 벌고서 도시를 벗어날 때는 늙은 뚱보가 되어 있을 것이다. 하지만 최상층 부류가 정말 부러운 것은 그들이 젊어서부터 부자라는 점이다. 나와 같은 인간들, 야심찬 중산층과 고시 합격자들, 이런 사람들에게 가능한 것은 겨우 불투명하고 힘겨운 성공뿐이었다. 당신은 장학금이라는 사다리를 타고 올라 공무원이 되거나 인도 공무원[24]이 될 수도 있고, 잘하면 법정 변호사가 될 수도 있다. 그리고 당신이 어찌하여 '게을러지거나' 또는 '샛길로 빠져' 사다리의 가로대에서 삐끗한다면, 당신은 "연봉 40파운드짜리 꼬마 사환"이 된다. 하지만 당신이 당신에게 허용된 최고의 지위에 오른다 해도, 당신은 기껏해야 진짜 핵심 인사들의 부하직원이나 측근이 될 수 있을 뿐이다.

나는 이런 것을 삼보 교장과 플립 부인에게 배우지 않았다

---

24) 200명이 되지 않는, 시험으로 선발하는 공무원 중의 엘리트였다.

해도, 어쩌면 다른 아이들한테 배웠을 것이다. 우리 모두가 얼마나 스스럼없이 영악스럽게 속물적으로 굴었고 서로의 인적사항에 대해 얼마나 정통했으며 또 각자의 억양이나 버릇 또는 옷 마름질의 자그마한 차이를 어찌나 잘 간파했는지, 지금 돌이켜봐도 놀라울 따름이다. 겨울학기 중엔 다들 암담하고 궁핍했지만, 그중에서도 온몸에서 돈이 뚝뚝 떨어지듯 했던 아이들이 있었다. 그 아이들은 학기가 시작하거나 끝날 즈음에 특히 스위스에 대해 또는 들꿩 사냥터와 사냥터 가이드가 있는 스코틀랜드에 대해, 또는 "우리 삼촌한테 요트가 있는데 말이야," 혹은 "시골에 우리 땅이 있거든!" 하고 천진한 듯 속물인 듯 조잘대고는 했다. "내 조랑말이…", "내 아빠의 6인승 차가…" 어쩌고저쩌고…. 귀족스런 우아함이라고는 도무지 찾아볼 수 없는 완전 천박한 부자놀음이 1914년 이전의 몇 해만큼 드셌던 적은 역사상 아무 때도 없었던 듯싶다. 그 무렵은 비단 모자에 라벤더 조끼를 입은 분별없는 백만장자들이 템스 강의 로코코 양식 하우스보트에서 샴페인 파티를 열던 시대였고, 디아볼로공중 팽이 놀이와 호블 스커트통 좁은 스커트가 유행하던 시대였으며, 잿빛 중산모와 모닝코트를 갖추어 입은 '멋쟁이'의 시대였다. 그때는 또 '즐거운 과부Merry Widow'와 사키의 소설들과 J. M. 배리가 지은 『피터 팬Peter Pan』과 『무지개가 끝

나는 곳Where The Rainbow Ends』의 시절이었고 사람들이 초콜릿과 시가 담배와 '대단한 것'과 '멋진 것'과 '매력적인 것' 따위에 관해 이야기하며 브라이튼에서 근사한 주말을 보내거나 트로카데로 런던 코번트리 거리의 오락센터에서 맛있는 차를 마시던 시절이었다. 1914년 이전 10년 동안 내내, 더 저속하고 덜 성숙한 사치의 냄새가 내뿜어진 것처럼 보였다. 머릿기름과 박하 술과 크림초콜릿 냄새가 풍겼으니, 말하자면 '이턴 보팅 송Eaton Boating Song' 노랫가락을 들으며 잔디에 앉아, 쉬이 녹지 않는 딸기아이스크림을 먹는 것과 같은 분위기였다. 무엇보다 놀라운 일은 영국 상류층과 중상류층이 철철 흘러넘치도록 과시하는 부유함이 영원히 지속될 것처럼, 그리고 그것이 사물의 이치인 것처럼 모든 사람들이 당연하게 여겼다는 점이다. 1918년 이후, 다시는 예전 같은 상황이 되지 못했다. 분명히 속물주의와 사치하는 풍습은 되돌아왔지만, 그들은 남의 시선을 의식했고 또 그래서 방어 자세를 취하기도 했다. 전쟁 전에는 양심의 가책 때문에 황금 숭배를 반성하거나 불편해 한 적이 결코 없었다. 돈의 장점은 건강이나 아름다움의 장점처럼 틀림이 없는 것이었고, 사람들의 마음속에서는 화려한 자동차라든가 귀족의 작위라든가 하인들 무리라든가 하는 것들이 실질적인 도덕관념과 한데 버무려져 있었다.

세인트 시프리언스 초등학교에서의 학기 중 생활은 누구 할 것 없이 소박했던 까닭에 확실히 차등이 없을 수밖에 없었지만, 방학 때 이야기가 나와서 자동차라든가 집사라든가 시골집에 관해 경쟁하듯 뽐내기 시작하면 금세 계층의 차이가 드러나곤 했다. 학교에는 스코틀랜드를 별나게 숭배하는 문화가 널리 퍼져 있었는데, 이 때문에 우리의 가치 기준은 서로 뿌리부터 모순을 드러내게 되었다. 플립 부인은 자기 집안이 스코틀랜드 계라고 주장하는 한편 스코틀랜드 아이들을 좋아해서 그들에게 교복 대신 스코틀랜드 고유의 체크 무늬가 있는 킬트짧은 주름치마를 입도록 해 주었다. 그녀는 심지어 자기 막내아이에게 게일어스코틀랜드인들이 쓰던 말 식 세례명을 지어 주기도 했다. 원칙적으로 우리는 스코틀랜드 사람들을 훌륭하다고 생각해야 했다. 그들이 '가차 없고' 또 '엄격했으며' (한마디로 말해 '단호했고') 전쟁터에서는 불패의 존재라는 이유에서였다. 커다란 교실 하나에는 워털루 전투[25)]에서 스코츠 그레이Scots Greys 기병대가 돌격하는 모습을 새긴 강판이 있었는데, 마치 그들 모두가 순간순간들을 즐기는 듯 보였다. 우리에게 그려지는 스코틀랜드에는 개울물과 산비탈, 킬트와 스포란킬트 혁대에

25) 1815년 영국-네덜란드 연합군과 나폴레옹의 프랑스군의 전투.

차는 모피와 가죽으로 만든 주머니, 양날 칼과 백파이프 따위가 있었다. 이 모든 것은 오트밀 죽과 개신교와 차가운 날씨가 빚어내는 기운찬 느낌과 뒤섞여 있었다. 하지만 그 아래에는 사뭇 다른 어떤 것이 숨겨져 있었다. 스코틀랜드를 숭배하는 문화의 진정한 이유는 아주 부유한 자들만이 그곳에서 여름을 지낼 수 있다는 데 있었다. 그리고 스코틀랜드의 우월함을 믿는 듯 꾸미는 것은 점령자 영국인들의 꺼림칙함을 숨기려는 것이었다. 그들은 스코틀랜드 산악지방의 농민들을 쫓아내고 그들의 농토를 사슴 사냥터로 만든 데다 이를 보상한답시고 그들을 하인으로 만들었던 것이다. 플럽 부인이 스코틀랜드에 관해 이야기할 때면 그녀의 얼굴은 늘 순진한 듯한 속물 근성으로 빛나고는 했다. 그녀는 틈만 나면 스코틀랜드 억양을 따라하려고까지 했다. 스코틀랜드는 허용된 소수의 회원만 그곳에 대해 이야기할 수 있고 제3자는 초라함을 느끼게 만드는 은밀한 천국이었다.

"너, 이번 방학 때 스코틀랜드에 가니?"

"당연하지! 우리는 해마다 가는걸!"

"그곳에 3마일짜리 강 하나가 있는데, 우리 아빠 소유야."

"우리 아빠는 열두 살 기념으로 내게 총을 새로 사 준다고 했어! 우리가 가는 그곳엔 멋들어진 검은 멧닭이 있단 말이야.

꺼져, 스미스! 뭘 엿듣고 있어? 넌 스코틀랜드에 가 본 적도 없잖아! 검은 멧닭 수컷이 어찌 생겼는지 네가 모른다는 데에 돈을 걸겠어."

그런 뒤에는 검은 멧닭 수컷의 울음소리와 수사슴이 울부짖는 소리, '우리의 사냥터 가이드'라는 자의 억양 따위를 흉내 내느라 난리들을 떨었다.

그리고 출신 성분이 의심스런 신입생들은 이따금씩 이런저런 질문들을 받아야 했다. 캐묻는 아이들 나이가 열두어 살밖에 되지 않았다는 점을 생각한다면, 질문들은 야비할 만큼 까다로워 놀라 자빠질 지경이었다.

"네 아빠 연봉은 얼마나 되지? 너희 사는 곳은 런던 어느 동네냐? 나이츠브리지냐 켄싱턴이냐?[26] 너희 집엔 욕실이 몇 개니? 하인은 몇 명 부리지? 집사는 있고? 좋아, 그렇다면, 요리사는 있냐? 네 옷을 맞춰 입는 데는 어디야? 방학 때 공연을 몇 편이나 보러 갔지? 용돈은 얼마나 가져왔냐?" 등등.

나는 여덟 살이 될까 말까 하는 꼬마 신입생 녀석이 그런 가차 없는 질문들을 통과하기 위해 필사적으로 애를 쓰는 걸 본

26) Knightsbridge or Kensington : 나이츠브리지는 런던 남부에 있고, 켄싱턴은 런던 서부에 있다. 두 지역 모두 부촌이다.

적이 있다.

"너희 집엔 자동차가 있니?"

"그래."

"차종이 뭐냐?"

"다임러."

"몇 마력짜리지?"

(잠시 멈칫, 그리고는 무리를 한다.) "15마력이야."

"라이트는 어떤 거냐?"

꼬마 녀석은 당황한다.

"라이트는 어떤 식이냐고! 전기를 써, 아세틸렌을[27] 써?"

(한참 머뭇거림, 또다시 무리를 한다.) "아세틸렌."

"나 참! 얘는 자기 아빠 차가 아세틸렌 라이트를 달았다고 하네? 몇 년 전에 없어진 건데 말이야. 그거 완전 똥차 아냐?"

"웃기시네. 순 구라야. 자동차가 없는 거라고. 너네는 막일꾼 집안이지? 너희 아빠는 막일꾼이지?"

이러쿵저러쿵….

내 주변에 널리 퍼져 있는 사회적 기준으로 보면, 나는 좋은 아이도 아니었고 좋게 될 희망도 없는 아이였다. 오히려, 그 모

---

27) acetylene : 합성연료로 쓰이는 인화성 기체.

든 다양한 덕목들은 서로 연관되어 있으면서 거의 같은 부류의 사람들에게만 속한 듯 보였다. 돈이 전부가 아니었다. 강함과 아름다움과 매력과 활동성 또한 중요했고, 이른바 '배짱'이니 '기질'이니 하는 것들도 중요했다. 그것들은 사실 당신의 의지를 다른 사람에게 관철시킬 수 있는 힘을 의미했다. 나에게는 이러한 장점들이 하나도 없었다. 이를테면 나는 운동 경기에는 구제불능이었다. 나는 수영도 꽤나 잘했고 크리켓도 완전 한심하달 정도는 아니었지만, 이런 것들은 인기 끌 만큼 중요한 종목이 결코 아니었다. 아이들은 강인함과 용기가 요구되는 운동만 중요하다고 보기 때문이다. 그리 생각되는 것으로는 축구가 있는데, 축구 경기 때 나는 얼간이가 되곤 했다. 나는 축구라면 질색이었다. 축구가 전혀 재미없었고 쓸데없는 짓이라고만 여겼기 때문이다. 축구 경기에서 용기를 낸다는 것은 나에게는 무척이나 힘든 일이었다. 나는 축구를 하는 것이 정말 공을 이리저리 차는 즐거움을 위해서가 아니라 일종의 싸움처럼 생각했다. 축구를 좋아하는 치들은 덩치가 크고 거칠며 속임수로 무엇인가를 빼앗기 잘하는 아이들로서, 조금이라도 작은 아이들을 자빠뜨리거나 짓밟는 데에 도사였다. 학교생활이라는 게 그런 거였다. 강자가 늘 약자에게 승리하는 것. 미덕은 승리하는 데에 있었다. 다른 사람들보다 더 크고 더 강하고 더 잘생기고 더 부유하고 더 인기 있고 더 세련되고 더 거리낌 없는 것이 미덕이었으며, 그들을 지배하고 괴롭히고 고통을 겪게 만들고 어리석어 보이게 만들고 모든 면에서 그들을 능가하는 것이 미덕이었다. 삶이란 계층화되어 있고 무엇이 일어나든 그게 옳은 일이었다. 마땅히 이길 만하고 또 그래서 늘 이기는 강자가 있게 마련이었고, 마땅히 질 만하고 그래서 또한 늘, 영원히 지기만 하는 약자가 있게 마련이었다.

나는 널리 퍼져 있는 그런 기준에 의문을 품지 않았다. 다른 기준이란 찾아보려야 찾아볼 수가 없었기 때문이다. 부유하고 강하고 세련되고 멋들어지고 힘 있는 자들에게 어찌 잘못이 있을 수 있겠는가? 여기는 그들의 세상이었고, 이 세상을 위해 그들이 만든 규칙은 틀림없이 옳았다. 그렇기는 해도 아주 어릴 적부터 나는 아무래도 내 개인이 거기에 순종할 수 없겠다는 것을 알고 있었다. 내 가슴 한가운데에서 나의 내면의 자아는 늘 깨어 있었고, 도덕적인 의무와 심리적인 현실은 서로 다르다는 점을 주목하고 있었다. 이승의 일이든 저승의 일이든, 모든 것이 그러했다. 이를테면 종교가 그랬다. 우리는 하느님을 사랑하여야 했으며, 나는 이를 의심치 않았다. 열네 살 무렵까지 나는 하느님을 믿었고, 하느님에 관한 이야기도 진실이라고 믿었다. 하지만 나는 내가 그를 사랑하지는 않았음을 알고 있었다.

오히려 나는 그를 몹시 싫어했다. 예수나 유대교의 장로들을 싫어했듯이. 『구약성서』에서 내가 호감을 느끼는 인물이 있다면 그들은 카인–이세벨–하만–아각–시스라 같은 사람들이었다. 『신약성서』에서 내가 친구로 삼는 사람이 있다면, 그들은 아나니아–가야바–유다–본디오 빌라도[28] 같은 사람들이었다. 하지만 종교와 관련된 일들은 온통 심리적으로 불가능한 것들로 빼곡하니 들어찬 것처럼 보였다. 이를테면 기도서 Prayer Book에서는 하느님을 사랑하라면서 동시에 그를 두려워하라고 가르쳤다. 하지만 어찌 두려워하는 누군가를 동시에 사랑할 수 있겠는가? 사사로운 애정도 하나 다를 게 없었다. 당신이 어떤 느낌을 가져야 하는지 대체로 명명백백하다 하여도, 그렇다고 적절한 감정을 억지로 강요할 수는 없는 법이었다. 나는 분명 플립 부인이나 삼보 교장에게 고마운 마음을 느껴야 했지만, 하나도 고맙지가 않았다. 마찬가지로 누구든 자기 아버지를 사랑해야 했겠지만, 나는 내가 아버지를 그냥 싫어하기만 했다는 걸 잘 알고 있었다. 나는 여덟 살이 될 때까지는 아버지를 거의 본 적이 없었던 데다, 그는 "하지 마!"라고 끊임없이 잔소리

28) Cain(카인)에서부터 Pontius Pilate(본디오 빌라도)까지 : 살인 등의 죄를 저질렀거나 기독교를 박해했거나 또는 기독교의 탄압을 받았던 사람들이다.

해대는 걸걸한 목소리의 노인네로만 비쳤다. 바른 품성을 지니거나 옳은 감정을 느끼기 싫은 게 아니라, 그게 되지를 않는다니까! 무언가가 좋기도 하고 동시에 가능하기도 한 경우는 절대 없다고 여겨졌다.

내가 세인트 시프리언스 초등학교에 다닐 때가 아니라 한두 해 뒤에 우연히 알게 된 시 구절이 하나 있었다. 납 메아리처럼[29) 내 마음을 무겁게 두드렸던 그것은 '영원불변한 계율의 군대'[30) 라는 구절이었다. 복수할 가망성도 없을 만큼 철저하게 패퇴한 루시퍼가 된다는 것이 무엇을 뜻하는지 나는 완벽하게 이해하고 있었다. 회초리를 든 교사들과 스코틀랜드에 성을 갖

---

29) leaden echo : 19세기 영국의 시인 제라드 맨리 홉킨스의 시 "납 메아리 금 메아리"에서 따온 것으로 보인다. 사제였던 그의 시들은 처음에는 난해하다는 이유로 외면을 받았지만, 존 밀턴 이후 가장 높이 평가되는 종교 시인으로 또 T. S. 엘리엇 등과 함께 현대시의 지평을 연 시인으로 알려져 있다. "슬그머니 다가오는 슬픈 백발의 사자使者들을 손 저어 쫓을 수는 없는가? / 그래 아무것도 없다, 아무것도 없다." ("홉킨스 시선", 김영남 옮김, 지식을 만드는 지식)

30) the armies of unalterable law : 19세기 영국의 소설가이자 시인인 조지 메러디스의 시 '별빛 속의 루시퍼'에 나오는 구절이다. (T. S. 엘리엇의 시 '조카 낸시'에도 같은 구절이 있다.) 루시퍼는 천사였지만 하느님에 대든 교만함 때문에 하늘에서 추방당한 타락천사이자 악마이다. 그의 항거에 하느님은 대천사 미카엘을 보내 루시퍼의 군대와 싸우게 한다. 루시퍼는 샛별처럼 반짝 항거를 하지만 '영원불변함'을 상징하는 별들인 미카엘의 군대 앞에서 샛별이 아침에 사그라지듯 침몰하고 만다. 루시퍼는 샛별(금성)을 뜻하는 라틴어로, '루치페르'가 제대로 된 발음이라고 한다. 하지만 루치페르는 성서에 나오는 인물이 아니다. "이사야서" 14장 12절의 '웬일이냐, 너 새벽 여신의 아들 샛별아, 네가 하늘에서 떨어지다니!'라는 구절을 어느 교부가 '샛별처럼 지위가 드높던 천사가 교만하여' 추방당했음을 나타낸다고 해석한 뒤로 샛별-루치페르가 타락천사로 와전되었다는 것이다. '빛을 전하는 자(Lux Ferry)'라는 뜻도 있는 루치페르는 예수의 이름에 쓰이기도 했다. 오웰은 "동물농장"에서도 'unalterable law'라는 표현을 두 차례 썼다.

고 있는 억만장자들, 그리고 곱슬머리의 운동선수들, 이들이 바로 영원불변한 계율의 군대였다. 그게 사실은 변화될 수 있다는 것을 당시에는 알기 쉽지 않았다. 그리고 그 계율에 따르면 나는 저주스런 놈일 뿐이었다. 나는 가난하고 병약하고 흉하게 생겼고 인기가 없었으며 기침을 달고 살았고 겁쟁이였고 냄새나는 놈이었다. 이런 묘사가 결코 공상만은 아니라는 것을 덧붙여야겠다. 나는 시시껄렁한 아이였다. 전에는 그렇지 않았을지 몰라도, 세인트 시프리언스 초등학교가 나를 이내 그렇게 만들었다. 하지만 어린아이가 자신의 단점을 정말로 받아들이는 것이 꼭 사실에 좌우되는 것만은 아니다. 이를테면 나는 내게서 '냄새가 난다'고 믿었다. 하지만 그것은 그저 십중팔구가 그렇다는 점에 근거했을 뿐이다. 불쾌한 녀석들에게서 냄새가 난다는 것은 악명이 높았고, 그래서 나도 그러리라고 짐작했던 것이다. 나는 또 학교를 완전 떠난 뒤에까지도 내가 기이하다 할 정도로 못생겼다고 여전히 믿고 있었다. 내 학교 친구들이 내게 그렇게 말해 주었고, 나에게는 참고할 만한 다른 어떤 근거가 없었다. 내가 성공한 사람이 될 리 만무하다는 확신이 어찌나 깊었는지, 그것은 성인으로 한참 살아갈 때까지도 내 행동에 적잖이 영향을 미치고 있었다. 서른 살이 될 무렵까지도 나는 늘 두 가지를 전제로 깔고 내 삶을 설계했었다.

하나는 내가 어떤 중요한 일을 맡더라도 그것은 실패하기 마련이라는 전제이고, 다른 하나는 추측컨대 나는 몇 년밖에 더 못 산다는 전제였다.

하지만 이러한 죄책감과 실패할 수밖에 없다는 의식은 다른 무엇인가에 의해 균형이 잡혔다. 그것은 생존본능이었다. 허약하고 추하고 겁쟁이고 냄새나며 옹호할 건더기라고는 하나도 없는 존재라 하여도 살아남고 싶고 제 나름으로 행복해지고 싶은 법이다. 내가 기존의 가치 척도를 뒤집어엎거나 스스로를 바꾸어 성공의 길로 들어서게 만들 수는 없었지만, 나의 실패를 받아들이고 그것을 잘 수습할 수는 있었다. 나는 내 꼬락서니를 받아들이고 저들 방식에 맞추어 살아남으려고 노력할 수는 있었다.

살아남는다는 것은, 아니 조그만큼이라도 독자성을 유지한다는 것은 본디부터 범죄나 다름없었다. 그것은 내 스스로가 인정한 규칙들을 깨뜨린다는 것을 뜻했기 때문이다. 나를 몇 달 동안이나 끔찍이 괴롭히던 조니 헤일이라는 녀석이 있었다. 커다란 덩치에 힘이 셌고 붉은 얼굴에 까만 곱슬머리를 한 터프하게 잘생긴 녀석이었다. 녀석은 늘 다른 아이의 팔과 귀를 비틀며 다녔고 (나중에 6학년 과정에 간 그는) 다른 아이를 말채찍으로 갈기곤 했지만 축구장에서는 빼어난 실력을 발휘하기도 했다. 플립 부인은 녀석에게 꽤나 애정을 쏟았고, (그래서 그런지 녀석을 으레 성姓 대신 이름으로 불렀으며,) 삼보 교장은 녀석을 "좋은 기질을 타고난 아이"라거나 "리더십이 있는 아이"라며 칭찬을 해댔다. 그에게 '강자'라는 별명을 붙여 가며 그를 따라다니는 알랑쇠들 무리조차 있었다.

언제인가 우리가 탈의실에서 외투를 벗고 있을 때였다. 무슨 이유에선지 헤일이 나를 골리기 시작했다. 나는 '말대꾸'를 했다. 그러자 놈이 내 팔목을 잡아 빙그르르 비틀었고, 내 팔뚝은 뒤로 꺾여 참기 어려울 만큼 아파왔다. 놈이 그 잘난 붉은 면상을 비웃듯이 내 얼굴에 들이댔던 기억이 난다. 내 생각에 놈은 나보다 훨씬 힘도 셌지만 나이도 나보다 많았다. 놈이 나를 놓아 주자, 내 마음속에 슬그머니 무섭고도 영악한 생각이 떠올랐다. 예기치 못한 틈을 타서 놈을 한 대 갈겨 앙갚음하려 했던 것이다. 마침 시기도 적절했다. '산책' 나갔던 교장이 돌아올 때가 거의 되었고, 그런 뒤라면 놈이 받아칠 수도 없을 터였다. 나는 1분쯤 기다렸다가 최대한 악의가 없는 척하면서 헤일에게 다가갔다. 그러고는 내 주먹에 체중을 실어 놈의 면상을 갈겨 버렸다. 놈은 한 방에 나가 떨어졌고 입에선 피가 주르르 흘렀다. 늘 불그레하던 놈의 면상은 분노로 거의 흙빛이 되었다. 놈은 세면대로 가서 입을 헹구어 냈다.

"오냐, 두고 보자!" 교장이 우리를 데리고 나갈 때 놈이 이를 바드득 갈면서 내게 말했다.

이 일이 있은 뒤 며칠 동안 내내 놈은 나를 쫓아다니며 싸움을 걸어 왔다. 나는 제정신이 아닐 만큼 겁났지만, 차분차분 싸움을 피하곤 했다. 나는 면상을 갈긴 것이 그에게 응분의 보복을 한 것이며 그걸로 끝이라고 말해 주었다. 참으로 이상하게도 놈은 곧장 나에게 달려들지 않았다. 그랬어도 모두들 어쩌면 놈의 편이었을 텐데도 말이다. 그 일은 그렇게 차츰 사그라졌고 싸움도 벌어지지 않았다.

이제 보니 나는 그릇되게 행동한 것이었다. 놈의 규준規準으로 보아도 그렇지만 나의 규준으로 보아도 그랬다. 슬쩍궁 다가가 그를 갈긴 것은 잘못된 행동이었다. 하지만 우리가 싸우게 될 경우 내가 두들겨 맞을 것을 알고서 이후에 싸움을 피한 것은 더 잘못된 것이었다. 그것은 비겁한 짓이었다. 내가 싸움을 옳지 않게 생각하거나 정말 그게 끝난 일이라고 느껴서 싸움을 피했다면, 뭐 그건 괜찮은 일이다. 하지만 나는 무서워서 피했을 뿐이었다. 그런 까닭에 복수라는 것조차도 웃기는 일이 되어 버렸다. 나는 아무런 생각이 없이, 차분히 앞을 내다보지도 않고, 그저 한번 보복을 해보겠다는 일념에서, 뒷일이야 알게 뭐야 하는 심정으로 왈칵 주먹을 날렸을 뿐이었다. 나는 내 행동이 잘못되었으며 그게 약간의 심적 보상이 될 뿐인 그런 못된 짓이었음을 깨달을 시간이 충분히 있었다. 이제 모든 게 뜬구름처럼 부질없어졌다. 처음 행동엔 일말의 용기라도 있었지만 뒤이은 나의 겁쟁이 짓이 그걸 말짱 황으로 만들어 버린 것이다.

내가 거의 알아채지 못한 것이 있었는데, 그것은 헤일이 공공연하게는 나에게 한판 붙자고 했으면서도 실제로 나를 공격한 일은 없었다는 점이다. 정말 그 한 방을 먹은 뒤로 녀석은 다시는 나를 짓밟지 않았다. 나는 어쩌면 20년이 지나서야 그것이 무슨 의미인지 깨달은 것 같다. 당시에 나는 강자가 지배하는 세계에서 약자 앞에 놓인 도덕적 갈등을 뛰어넘어 "규칙을 깨뜨려라. 아니면 죽는다."는 것을 바라볼 줄 몰랐었다. 이때 약자에게는 스스로를 위한 새로운 규칙을 세울 권리가 있다는 것을 나는 몰랐었다. 그런 생각이 나에게 떠올랐다 해도, 그게 옳다고 확증시켜 줄 사람이 내 주변에는 없었던 때문이다. 내가 살았던 세계는 강자의 규칙을 아무런 의심도 없이 받아들이고 자신들의 굴욕감을 자기보다 더 작은 아이들에게 떠넘기는 방식으로 복수하는 그런 남자아이들의 세계, 짐승들 무리의 세계였다. 내가 놓인 상황은 다른 숱한 아이들과 다를 바 없었다. 혹시라도 내가 대부분 아이들보다 반항심이 컸다면, 그것은 남자아이들 기준에서 볼 때 그저 내가 더 가난한 녀석이었을 뿐이기 때문이다. 게다가 반항이라 해보았자, 감정적인 것일 뿐 머리를 쓰는 게 아니었다. 내 스스로에게 도움이 되었던 것은 말없는 이기심, 정말로 내 스스로를 경멸하지 않을 수 없어도 적어도 미워하지는 못하는 무능력, 나의 생존본능 같은 것들뿐이었다.

내가 세인트 시프리언스 초등학교를 완전히 떠나게 된 것은 조니 헤일에게 한 방 먹이고 나서 일 년쯤 지나, 겨울학기가 끝났을 때였다. 나는 어둠 속에서 벗어나 햇빛 속으로 나아가는 기분이 되어 여행 차림처럼 졸업생 넥타이를 맸다. 그 넥타이가 즉각 어른을 나타내 주는 상징이며 플립 부인의 목소리나 삼보 교장의 회초리를 막아 주는 부적이나 된 듯 느껴졌던 해방감이 새록새록 기억난다. 나는 세인트 시프리언스 초등학교 때보다 사립 중학교에서 조금이라도 더 잘 지내리라고 기대하지도 않았고 또 그럴 생각도 없었다. 오히려 여전히, 나는 탈출구를 찾고 있었다. 사립 중학교에서는 사생활이 더 보장되고 간섭은 더 적으며 게을러지고 방탕하고 타락할 기회가 더 많다는 것을 나는 알고 있었다. 처음엔 모르고 그리했고 나중엔 의식적으로 그리했지만, 나는 여러 해 전부터 장학금을 한번 타면 그 뒤로는 좀 '느긋해질' 것이며 더 이상 벼락치기 공부는 하지 않겠다고 결심해 왔었다. 그런데 이런 결심을 지나치게 완벽히 실행한 탓에, 나는 열세 살에서 스물두세 살이 되는 동안에 하지 않아도 될 공부라면 한 적이 거의 없었다.

플립 부인이 작별하자며 악수를 청했다. 그녀는 잠시지만 나를 성이 아닌 이름으로 불러 주기까지 했다. 하지만 그녀의 낯빛과 목소리에서는 그것이 은혜를 베푼 것이라는 빈정거림이 비쳤다. "안뇽!" 하고 말하는 그녀 말투는 "쬐그만 나비를 잡으러 다녔쪄요?" 하고 말하던 때의 바로 그 말투였다. 장학금을 두 번 받았지만 나는 실패한 인간이었다. 성공의 잣대는 당신이 어떤 일을 했는지가 아니라 당신이 어떠한 인간이었는지에 있었기 때문이다. 나는 '모범적인 아이가 아니었고' 학교의 명예를 드높이는 데에 아무 도움도 되지 못했다. 나는 나를 신사처럼 보이게 만들어 줄 능력들을 하나도 갖추지 못했다. 기질이니 용기니 건강이니 강함이니 돈과 같은 것들 말이다.

"안뇽." 하며 플립 부인이 보낸 작별의 미소는 이렇게 말하는 듯했다. "이제 와서 이러쿵저러쿵 투덜거리지 않는 게 좋겠다. 넌 세인트 시프리언스 초등학교에 다니면서 성적도 그리 좋지 못했잖아, 안 그래? 너는 중학교에 가서도 썩 잘할 것 같지 않아 보이는구나. 너 때문에 우리의 시간과 돈을 허비했다니, 우리도 참 멍청한 짓을 한 게지. 배경도 미래도 없는 너 같은 아이에게 우리의 이런 교육이 무슨 쓸모가 있었을까? 아, 우리가 너를 이해하지 못한다는 생각일랑 말아라! 우리는 네 꿍꿍이 속을 죄다 알고 있고, 우리가 가르쳐준 것들을 너는 몽땅 불신한다는 것도 우리는 알고 있고, 우리가 네게 해준 것에 대해 하나도 고마워하지 않는다는 것도 우리는 알고 있으니까 말이야. 에고, 이제 와서 이런 얘기를 꺼내 봤자 무슨 소용이람. 우리는 너를 더 이상 책임질 일도 없고, 너를 다시는 볼 일도 없는데 말이야. 네가 우리의 실패작 가운데 하나라는 것을 그냥 인정해 버리고, 뒤끝 없이 헤어지자꾸나. 그러니까, 잘 가라고."

내가 그녀 얼굴에서 읽어낸 속뜻은 적어도 그런 것이었다. 그래도 그 겨울날 아침 나는 어찌나 기뻤는지! (내 기억이 정확하다면, 짙은 녹색과 연한 청색과 검정색으로 된) 반짝거리는 새 실크 타이를 목에 두른 내가 기차에 몸을 싣고 멀리 떠나고 있었으므로. 잿빛 하늘이 좁고 파란 틈새를 내보이듯 세상이 내 앞에서 조금씩 열리고 있었다. 사립 중학교는 세인트 시프리언스 초등학교보다 더 재미있겠지만, 그곳도 기본적으로 딴 세상이기는 마찬가지였다. 돈과 귀족 작위가 있는 친척과 훌륭한 운동 기량과 맞춤복과 깔끔히 빗질한 머리와 매력적인 미소 따위가 첫째가는 필수품인 세상에서 나는 결코 좋은 아이가 되지 못했다. 나는 겨우 숨 돌릴 틈만 얻었을 뿐이다.

아주 조금의 평안함, 아주 조금의 방종, 벼락치기 공부를 나중으로 살짝 미루기, 그리고는 파멸. 그 파멸이 어떤 종류일지는 내가 알 수 없었다. 어쩌면 식민지 관리나 사무원이 될 수도 있고, 또 어쩌면 감옥행이 되거나 일찍 죽을 수도 있다. 하지만 처음 한두 해 동안은 게으름을 피우면서 파우스트 박사처럼 자신의 죄악 덕을 볼 수도 있을 것이었다. 나는 내가 불운함을 믿어 의심치 않았지만, 그러면서도 나는 꽤나 행복했다. 현재를 즐길 줄 알 뿐만 아니라 정신 바짝 차리고 앞날을 내다보면서도 그것에 연연하지 않고 즐길 줄 아는 열세 살이란 나이가 가져다주는 이점이었다. 다음 학기에 나는 웰링턴에 갈 예정이었다. 내가 이튼스쿨의 장학금을 타기는 했지만 결원이 생길지 확실치 않아 우선 웰링턴에 가기로 한 것이었다. 이튼스쿨에는 개인 방이 따로 있었고 때로는 방에 벽난로가 있기도 했다. 웰링턴에도 혼자 쓰는 작은 침실이 있었고 저녁에는 직접 코코아를 타 먹을 수도 있었다. 그곳의 사생활, 그것은 성인이 됐다는 표시였다! 그리고 여기저기 기웃거릴 수 있는 도서관이 있을 터이며, 여름날 오후에는 운동경기를 피해 교장 선생을 따라가지 않고 혼자서 시골길을 어슬렁거릴 수도 있을 터였다. 그러다 보면 방학도 될 것이었다. 나에겐 이전 방학 때 사둔 ('명사수'라는 별칭이 붙은 22실링 6펜스짜리) 22구경 소총이 있었고, 다음 주는 크리스마스였다. 실컷 먹을 수 있는 즐거움도 있었다. 나는 우리 동네 가게에서 2펜스에 살 수 있는 아주 맛깔스런 롤 크림빵이 생각났다. (그게 1916년이었으니까 식량 배급이 아직 시작되지 않은 때였다.) 여비를 조금 잘못 계산하여 (여행길 어디에선가 뜻밖에 커피 한 잔이나 케이크 한두 조각을 사 먹기에 넉넉한 만큼인) 1실링이 남았다는 사소한 일조차도 충분히 나를 환희에 차게 만들었다. 미래가 차츰차츰 나에게 덮쳐 오기 전에 아주 자그마한 행복을 누릴 시간이 있었다. 하지만 나는 미래가 어둡다는 것을 잘 알고 있었다. 실패와 실패, (지난날의 실패든, 앞날의 실패든) 실패의 연속, 이것이 내가 짊어지고 가는 뿌리 깊은 확신이었다.

6

그러니까 이 모든 것은 30년도 더 이전의 일이다. 이런 의문이 든다. 오늘날의 아이들도 학교에서 똑같은 일을 겪을까?

'우리는 확실히 알지 못한다.'는 게 참으로 유일하게 솔직한 대답이라고 나는 믿는다. 물론 오늘날의 교육관은 과거의 교육관에 견준다면 분명 대단히 더 인간적이고 합리적이다. 내가 받은 교육을 뭉뚱그려 표현할 수 있는 '속물주의'는 오늘날에는 거의 생각할 수조차 없을 것이다. 그것을 조장했던 사회는 사라졌기 때문이다. 내가 세인트 시프리언스 초등학교를 떠나기 일 년 전쯤 나눈 대화가 생각난다. 덩치가 크고 금발이며 나보다 한 살 위였던 러시아 아이 하나가 나에게 물었다.

"너희 아빠는 일 년에 얼마나 버니?"

나는 좀 그럴싸하게 들리도록 내가 생각했던 것에 몇 백은 더 부풀려서 대답했다. 녀석은 능숙하게 연필과 작은 수첩 하나를 꺼내더니 계산을 해나갔다.

"우리 아빠가 너희 아빠보다 200배는 더 벌잖아!" 녀석은 웃긴다는 듯 경멸조로 외쳤다.

1915년의 일이었다. 몇 년 뒤에 그 돈에 무슨 일이 생겼을까? 궁금해진다. 더 궁금한 건 오늘날에도 초등학교에서 그런 대화를 나누고 있을까 하는 것이다.

분명 사람들 견해에 폭넓은 변화가 있었고 생각 없이 살던 보통의 중산층 사이에서도 '계몽' 지수가 대체로 높아졌다. 이를테면 종교적 신념이 대부분 사라졌으며 이에 따라 다른 터무니없는 일들도 사라져 갔다. 자위행위를 하면 끝내는 정신병원에 가야 할 것이라고 아이에게 말할 사람은 오늘날에는 거의 없으리라 생각한다. 구타[31] 또한 악평을 받기 시작했으며 많은 학교들은 이를 철폐시키기까지 했다. 아이들 배를 곯리는 일도 더 이상 정상적이라거나 가치 있는 일이라고 여겨지지 않는다. 이제는 대놓고 학생들이 겨우 견뎌 낼 만큼 적은 양의 음식을 주려고 하거나 그들에게 식탁에 앉을 때처럼 배

31) beating : 프랑수아 트뤼포 감독의 1957년 영화 〈400번의 구타〉를 참조할 만하다.

가 고픈 채로 식탁에서 일어서는 것이 건강에 좋다고 말할 사람은 아무도 없다. 아이들의 지위는 전반적으로 높아졌다. 그들의 숫자가 상대적으로 줄어든 데에도 일부 원인이 있다. 게다가 심리학적 지식이 아주 적은 양이나마 널리 보급됨에 따라 부모들이나 교사들은 학습이라는 이름으로 제멋대로 이상행동을 하기가 더 어렵게 되었다. 여기 하나의 사례가 있다. 내 개인적으로 알게 된 것은 아니고 내가 보증할 수 있는 다른 누군가가 알게 된 것으로, 내 생전에 벌어진 일이다. 어느 성직자의 작은 딸아이 이야기다. 그녀는 그럴 나이가 지났는데도 자꾸만 침대에 오줌을 싸곤 했다. 이런 못된 짓을 벌하기 위해 그녀 아빠는 그녀를 대규모 가든파티에 데려가서는 참석자들이 모두 모인 자리에서 자기 딸을 침대에 오줌 싸는 꼬마 여자아이라고 소개했다. 게다가 딸아이가 못됐음을 강조하겠다고 미리 아이 얼굴을 검게 칠해 놓기까지 했다. 내 말은 플립 부인이나 삼보 교장이 정말 이런 일을 했을 거라는 의미는 아니다. 하지만 나는 그 일이 두 사람을 깜짝 놀라게 만들었을 성싶지는 않다. 어찌 되었든 모든 사물은 변하는 법이다. 그렇지만!

아이들이 여전히 일요일에도 이튼칼라로 목을 바싹 조여야 한다거나 또는 아기를 다리 밑에서 주워 왔다는 이야기를 듣게 된다거나 하는 것이 문제는 아니다. 다들 인정하듯이 그런 일들은 더 이상 생겨나지 않는다. 정말 문제는 어린 학생들이 여러 해 동안을 무지막지한 공포를 겪고 괴이하게 오해를 받는 속에서 지내는 게 여전히 정상적인 일이냐 하는 것이다. 여기서 우리는 또한 아이들이 실제로 무엇을 느끼고 생각하는지 안다는 것이 너무너무 어려운 장벽임을 절감하게 된다. 꽤나 행복해 보이는 아이라 할지라도 사실은 스스로가 밝히지 못하거나 밝힐 맘을 갖지 못하는 공포를 겪고 있을지 모른다. 아이들은 우리가 기억이나 직관을 통해서만 겨우 간파할 수 있는 생경한 심연深淵의 세계에 살고 있다. 우리에게 남아 있는 중요한 실마리는 우리 스스로도 한때는 어린아이였다는 사실이지만, 대부분 사람들은 자신의 어린 시절을 몽땅 잊고 마는 듯하다. 어른들이 아이에게 엉터리 무늬의 옷을 입혀 학교로 다시 보내면서도 그것이 문제가 되리라는 것을 무시해 버림으로써 아이를 쓸데없이 애먹이는 경우를 생각해 보라! 이런 일에 아이가 어쩌다 항의할 때도 있겠지만, 흔히 아이들은 그런 태도를 감추게 마련이다. 어른들에게 자신의 진심을 감추려는 것은 일고여덟 살 때부터 이어지는 본능처럼 보인다. 아이한테서 느끼는 사랑이라든가 아이를 보호하고 소중히 돌보려는 바람조차 오해의 원인이 된다. 사람들은 다른 어른을 사랑하는 것보다 어쩌면 훨씬 깊은 내리사랑을 아이에게 줄 수 있다. 하지만 아이가 그에 걸맞은 치사랑을 느끼리라 추측한다면 이는 경솔한 짓이다. 내 어린 시절을 돌이켜보니, 유아기가 지난 뒤에 내가 내 어머니 말고 다른 어른들에게 사랑을 느낀 적이 있었는지 의문이다. 그리고 어머니조차도 나는 믿지 않았는데, 수줍음 때문에 어머니에게 느끼는 나의 진정한 감정을 대부분 감추어야 했다는 의미에서 그랬다. 사랑을, 그 자발적이고 무조건적인 사랑을 나는 오로지 젊은 사람에게서만 느낄 수 있었다. ('늙었다'는 것은 아이들에게 서른 살이 넘거나 아니면 적어도 스물다섯 살은 넘었음을 뜻했던 것으로 기억되는데,) 늙은 사람들에게서 경외감이나 존경심이나 감탄 아니면 죄책감 따위를 느꼈을 수도 있겠지만 나는 그런 감정들로부터 차단되었던 것 같다. 신체적인 혐오감과 뒤섞인 두려움과 수줍음이라는 장막 때문이었다. 사람들은 아이가 어른 앞에서 신체적으로 졸아든다는 것을 너무도 쉽게 잊는다. 성인의 커다란 덩치, 흉측하고 뻣뻣한 몸매, 거칠고 주름투성이인 피부, 개풀린 눈꺼풀, 싯누런 이들, 게다가 시도 때도 없이 풀풀 풍겨 대는 옷 곰팡내와 술내와 땀내와 담배 냄새! 아이 눈에 어른이 이렇듯 추레해 보이는 까닭은, 아이는 흔히 어른을 올려다보는데 밑에서 보아 잘난 얼굴은 거의 없기 때문이다. 더구나 아이 자신은 싱싱하고 말끔한 까닭에 아이는 피부와 치아와 안색 따위에 관해 기가 막힐 정도로 높은 기준을 갖고 있다. 그러나 가장 커다란 장벽은 아이가 갖고 있는 나이에 관한 오해이다. 아이는 서른 살 이후의 삶을 거의 상상할 수 없고, 그래서 사람들 나이를 판단할 때 엉뚱한 실수를 한다. 스물다섯 살짜리를 마흔으로, 그리고 마흔 살짜리를 예순다섯으로 생각하는 식이다. 이렇듯 내가 엘시를 사랑하게 되었을 때 나는 그녀를 성인으로 여겼던 것이다. 나는 그녀를 열세 살 때 다시 만났다. 그녀 나이 스물세 살 때가 틀림없다고 생각한다. 그런데 그때 그녀는 좋은 시절 다 보낸 중년 부인으로 보였다. 아이는 또 나이 든다는 것을, 무슨 수수께끼 같은 이유에서인지 자신에게는 결코 일어나지 않을, 지긋지긋한 참사와 다름없는 일이라고 생각한다. 서른 살을 넘긴 사람은 모두가 재미없게 괴기스럽기만 하고, 하나도 중요하지 않을 일들을 갖고 끊임없이 소란을 떨며, 적어도 아이의 눈으로는 삶의 목표라곤 찾아볼 수가 없이 그냥저냥 살아 있기만 하는 족속들일 뿐이다. 오직 아이의 삶만이 참된 삶이다. 교장 선생은 자신이 학생들로부터 사랑과 신뢰를 받고 있다고 상상하겠지만, 사실 학생들은 뒤에서 흉내나 내면서 비웃고 있는 것이다. 성인은 위험해 보이거나 아니면 거의 언제나 우스운 존재일 뿐이다.

나도 어릴 적엔 나름 '보는 눈'이 있었고 이를 떠올릴 수 있는

데, 내가 위의 글에서처럼 일반화시켜 말하는 근거는 바로 여기에 있다. 기억은 믿을 게 못 된다고는 해도, 내가 볼 때 기억이란 아이의 마음이 어떻게 작동하는지 알아낼 수 있는 중요한 수단이다. 오직 우리 스스로의 기억을 되살릴 때 비로소 우리는 아이의 세계관이 얼마나 믿기지 않을 만큼 뒤틀려지는지 알 수 있다. 이를테면 이렇게 생각해 보자. 지금 나이의 내가 1915년으로 돌아가서 세인트 시프리언스 초등학교의 당시 모습 그대로를 바라볼 수 있다면 그 학교는 나에게 어떻게 비쳐지겠는가? 나는 그 끔찍하고 막강한 괴물인 삼보 교장이나 플립 부인을 어찌 생각하여야 할까? 나는 그들 부부를, 생각이 있는 사람이면 모두가 붕괴 직전에 놓여 있음을 알 수 있는 사회계층이라는 사다리를 기어오르려고 난리법석인 어리석고 천박하면서도 무능한 인간들로 볼 것이다. 나는 그들을 보면서 겨울잠쥐dormouse를 볼 때만큼도 놀라지 않을 것이다. 게다가 그즈음에는 그들이 나에게 엄청나게 늙어 보였으나, 확실치는 않아도 지금의 내 나이보다 좀 젊었던 게 틀림없다는 생각이 든다. 또 대장장이 같은 팔뚝에다 붉고 비아냥조가 가득한 얼굴을 한 조니 헤일은 어떻게 보일까? 칠칠치 못한 다른 숱한 꼬마 녀석들과 조금도 다를 바 없는 칠칠치 못한 한 꼬마 녀석일 뿐이겠지. 이 두 가지 일들이 내 마음속에 나란히 떠오르게 된 것은 마침 그것들이 내 자신의 기억으로 남아 있기 때문이다. 하지만 다른 아이와 같은 시선으로 바라본다는 것이 나는 무던히도 힘들다. 물론 애써 상상력을 발휘한다면 그럴 수 있겠지만, 그랬다가는 나는 완전 삼천포로 빠질지도 모른다. 아이와 성인이 사는 세계는 다르다. 그게 맞는다면, 우리는 수많은 아이들이 이제는 학교나 또는 적어도 기숙학교를 자신들이 그동안 겪었던 끔찍한 경험처럼 여기지 않을 것이라고 확신할 수 없다. 신神과 라틴어와 회초리와 계급 차별과 성적인 금기 따위를 없애 버린다고 치자. 그래도 공포와 증오와 속물주의와 오해 따위는 그대로 남아 있을 것이다. 나에게는 균형감이나 가망성이 더없이 부족했던 게 큰 문제였음이 이미 다 밝혀졌을 것이다. 그 때문에 나는 모욕도 받아들였고 황당한 일도 믿었으며 하나도 중요할 게 없는 일들로 괴롭힘을 당해야 했다. 내가 '어리석었다'거나 '더 잘 알았어야 했다'는 말로는 부족하다. 당신의 어린 시절을 돌아보고 당신이 믿었던 터무니없는 것들이나 당신을 괴롭혔던 시시껄렁한 일들을 생각해 보라. 물론 내 경우엔 나름 독특한 면도 있지만, 근본적으로는 다른 수많은 아이들의 경우와 다를 바가 없다. 아이의 취약점은 아이가 백지상태[22]에서 시작한다는 데에 있다. 아이는 자신이 살고 있는 사회에 대해 이해하지도 못하고 의문을 갖지도 않는다. 아이는 또 잘 믿는 경향이 있는 까닭에, 다른 사람들은 쉽사리 아이에게 영향을 미칠 수도 있고 열등감이나 불가사의하고 무시무시한 법을 어길 때의 두려움을 불어넣을 수도 있다. 세인트 시프리언스 초등학교에서 나에게 일어났던 모든 일들은 가장 '계몽된' 학교에서도 더 교묘한 형태로 벌어졌을 수 있다고 본다. 그렇지만 정말 확실하다고 느껴지는 것 하나는 기숙학교가 통학학교보다 더 나쁘다는 점이다. 아이는 집 가까이에 있으면 더 편안함을 느끼기 때문이다. 영국 중상류층 사람들은 대부분 최근까지도 아홉 살이나 여덟 살 심지어 일곱 살이 되기도 전의 아이를 집에서 멀리 떨어진 곳으로 보내는데, 그들이 저지르는 독특한 잘못은 바로 여기에 있다는 것이 내 생각이다.[32]

나는 세인트 시프리언스 초등학교에 다시는 가지 않았다. 내가 아직 좋은 추억을 간직하고 있을 때조차도, 동창회라든가 졸업생 만찬회 따위의 것들이 내게 남겨준 것은 냉담함 이상

32) blank sheet : 아이가 삶을 백지상태에서 시작한다는 것은 고대 그리스 철학자 아리스토텔레스에서 비롯되어 11세기 페르시아의 철학자 이븐시나가 발전시켰으며 17세기 영국의 철학자 존 로크가 정립한 관념이다. 사람은 마음-지식이 백지나 또는 빈 서판tabula rasa 상태에서 태어나 경험-교육을 통해 인식의 원료를 얻는다는 것이다. 한편, 소크라테스는 영혼이 불멸한다면서 사람의 마음-지식은 태어나기 이전부터 영혼 속에 존재해 있다가 태어나면서 상기想起된다고 하였다. 하버드대학교의 인지과학자 스티븐 핑커는 자신의 책 『빈 서판』에서 사람에게는 본성이라는 것이 있다면서 로크의 견해를 비판한다.

의 것이었다. 나는 이튼스쿨에서 비교적 행복했지만 그곳조차도 다시 내려가 본 적이 없다. 비록 1933년에 그곳을 한 번 지나간 일은 있었고, 그때 보니 라디오를 팔던 가게 빼고는 변한 게 아무것도 없는 것 같아 흥미로워했던 일은 있지만…. 세인트 시프리언스 초등학교는 어땠는가 하면, 나는 여러 해 동안 그 이름조차도 너무너무 증오스러웠고 그래서 그곳에서 내게 일어났던 일들의 중요한 의미를 알아챌 만큼 충분히 초연한 태도로 그곳을 바라보지는 못했었다. 내 학창시절 추억들이 생생한 일들처럼 내 머릿속을 언제나 맴돌곤 했지만, 그래도 내가 그 시절을 참으로 곰곰이 생각했던 것은 겨우 10여 년밖에 되지 않는다. 그것들이 그대로 남아 있다 해도 그곳을 다시 가본다 한들 지금 내게 무슨 자그마한 감흥이라도 줄 리 만무하다는 생각이 든다. (몇 해 전 그곳이 불타 없어졌다는 소문을 들은 기억이 난다.) 이스트본 칼리지 지역을 내가 어쩌다 지나가야 한다 해도, 나는 그 학교를 피해 에돌아가지는 않을 것이다. 또 내가 학교 바로 앞을 지나가게 되면, 나는 가파른 언덕 위에 세워진 나지막한 벽돌담 곁에 잠시 머물러, 앞에 아스팔트 광장이 있는 흉측한 건물의 평평한 운동장을 건너다볼 생각이다. 그리고 내가 안으로 들어가서 그 큰 교실의 잉크 냄새와 먼지 냄새와 예배실의 송진 냄새와 수영장의 고인 물 냄새와 화장실의 선뜩하고 퀴퀴한 냄새 따위를 다시 맡게 된다면, 어린 시절의 장면들을 돌이켜보는 사람이면 누구나 꼭 느끼게 되는 그런 것을 나도 느끼게 되리라고 생각한다. 모든 것들은 얼마나 작아졌으며 나 스스로의 쇠락함은 또 얼마나 끔찍스러운지! 하지만 사실 나는 오래 지나도록 그런 것들을 되돌아보지 못했다. 아주 급박하게 필요할 때가 아니면 나는 이스트본에 발길을 옮길 생각도 하지 않았다. 나는 심지어 세인트 시프리언스 초등학교가 서섹스 지방에 있다 해서 그 지방에 대한 편견까지도 받아들였으며 성인이 된 뒤에도 나는 서섹스 지방에 딱 한 번, 그것도 아주 잠깐 방문했을 뿐이었다. 하지만 이제는 그곳이 내 삶의 세계에서 아주 사라진 상태이다. 그곳의 마법은 더는 작동하지 않으며, 나에게는 플립 부인이나 삼보 교장이 세상을 떠났기를 바라거나 학교가 불타 없어졌다는 이야기가 사실이기를 바랄 만큼의 원한조차 남아 있지 않다.

작품 해설_ 영원불변의 법칙

『동물농장』과 러시아 역사

오웰의 작품들

옮기고 나서

영원불변의 법칙

Unalterable law

0.

〈동물농장〉을 번역하면서 몇몇 글귀가 계속 머리에 남았는데, 그 가운데 하나는 〈정말, 정말 좋았지〉에도 나온다. 'unalterable law'라는 것으로 〈동물농장〉에 두 차례, 〈정말, 정말 좋았지〉에 두 차례 나온다. (『1984』에도 한 차례 나오며, 오웰의 다른 작품들에서는 찾아볼 수 없었다. 이를 번역할 때 문맥에 따라 조금 달리 하여 '영원불변한 계율' 또는 '영원불변한 법칙'이라 했다.)

이 글귀를 키워드로 삼아 오웰의 생각 일부나마 엿보고자 한다.

1.

〈동물농장〉에서 동물들은 주인인 인간 존스 씨를 혁명적으로 내쫓고 동물들만의 농장을 건설한다. 하지만 동물들만의 세상에서도 똑똑한 자가 지도력을 발휘하고 그들은 나중에 지도자가 아닌 지배자가 된다. 동물농장에서 똑똑한 자는 돼지였다. 돼지들은 동물들이 삶의 길잡이로 삼아야 할 '동물주의'라는 이념과 그 구체적 실천 강령인 '일곱 계명'을 만들고 이를 벽 위에 써 놓는다. 이 일곱 계명은 '영원불변한 계율unalterable law'로서 자리를 잡아간다.

〈동물농장〉에는 벤저민이라는 영감이 등장하는데, 동물들 가운데에서 가장 나이가 많은 당나귀이다. 그만큼 삶의 깊은 곳까지 들여다볼 줄 알았을 법하다. 벤저민이 말한다. "굶주림과 고난과 좌절은 삶의 영원불변한 법칙이란다."

〈정말, 정말 좋았지〉는 오웰 자신이 어린 시절에 겪었던 실제 일들을 담은 에세이 작품이다. 초등학교 시절, 오웰은 학업 성적이 조금 좋기는 했지만 다른 면에서는 '왕따'와 다름없었다. 한때 오줌싸개였고 뭣도 모르고 동성애 사건에 휘말렸던 오웰은 툭하면 교사들에게 회초리로 두들겨 맞았고, 모두가 중시하는 운동에는 젬병이었으며, 게다가 가난한 집안의 자식이었다. 오웰에게 "회초리를 든 교사들과 … 억만장자들, 그리고 곱슬머리의 운동선수들"은 바로 영원불변한 계율의 군대였다.

영원불변한 계율의 군대란 타락천사 루시퍼를 철저히 패퇴시킨 대천사 미카엘의 군대를 말한다. 루시퍼는 빛Lux을 전하는Ferry 높은 지위에 있는 천사였지만 하느님에 대드는 교만함 때문에 추방당하고도 다시 항거한다. 이에 하느님은 대천사 미카엘을 보내고 루시퍼는 패퇴한다. 마치 샛별lucifer이 아침에 떠오르는 태양 앞에서 사그라지듯이.

2.

하지만 오웰에게 '영원불변한 계율unalterable law'은 '영원불변unalterable'하지 않다. 영원불변한 것처럼 보일 뿐 수정 가능alterable '하고' 수정alter '해야 한다'는 것이 오웰의 견해로 보인다. alterable '하다'는 것은 현실을 말하는 표현이다. 그것이 좋은 방향이든 나쁜 방향이든 변할 가능성이 '현실적으로 있다'는 뜻이다. alter '해야 한다'는 것은 당위를 말하는 표현이다. 변화를 시켜야 하고 변화를 시키도록 '노력―실천―행동하여야' 한다는 뜻이다. 모호한 표현이지만, '좋은 방향'으로.

〈동물농장〉에서 인간을 몰아내고 동물들만의 평등한 사회를 만들겠다며 '동물주의'의 이념을 '일곱 계명'으로 표현했던 돼지들이 나중에는 수탈자 인간을 흉내 내고 인간과 교역을 하며 심지어 인간들과 함께 파티를 열고 게임을 한다. 그리고 unalterable law였던 '일곱 계명'은 자꾸 수정alter된다.

〈동물농장〉은 본디의 일곱 계명을 철저하게 어긴 돼지들이 인간들과 게임하는 장면으로 마무리된다. 그래서 "밖에 있던 동물들의 눈길은 돼지에서 인간으로 옮겨 갔다가 인간에서 돼지로 옮겨 갔으며, 또다시 돼지에서 인간으로 옮겨갔다. 하지만 이제는 이미 어느 놈이 어느 놈인지 종잡을 수가 없었다."

〈정말, 정말 좋았지〉에서 오웰은 "『구약성서』에서 내가 호감을 느끼는 인물이 있다면 그들은 카인–이세벨–하만–아각–시스라 같은 사람들이었다. 『신약성서』에서 내가 친구로 삼는 사람이 있다면, 그들은 아나니아–가야바–유다–본디오 빌라도 같은 사람들이었다."고 썼다. 이들은 'unalterable law'와 같았던 기독교의 가치관에 어긋났던 사람들이다. 오웰은 'unalterable law'를 마음 깊은 곳에서부터 부정하고 있다.

〈정말, 정말 좋았지〉에서 어린 오웰은 자신을 끔찍이 괴롭히던 조니 헤일이라는 상급생에게 반격을 가한다. 헤일은 커다란 덩치에 잘생기고 축구장에서는 빼어난 실력을 발휘하는 '영원불변한 계율의 군대'와도 같은 아이였다. 오웰은 자신의 그 행동이 스스로가 인정한 규칙들을 깨뜨린 것이며 또 그래서 범죄나 다름없고 그릇된 행동이라고 자신을 탓한다. 하지만 결과적으로 헤일이라는 아이의 괴롭힘은 변화alter된다.

3.

〈동물농장〉을 우리나라에서는 흔히 반공산주의를 외치는 소설이라고 평했었다고 한다. 미국이 이 작품을 반공의 도구로 삼고자 했고, 특히 미-소 대결의 최전선이었던 우리나라에서 (미국의 자금 지원을 통해) 세계 최초로 〈동물농장〉이 번역되었다는 배경도 있었기 때문이다.

〈동물농장〉이 스탈린 체제를 비판하는 것임은 틀림이 없다. 오웰은 스스로를 민주사회주의자나 공산주의자로 생각했었음에도, 소련공산당이나 스탈린을 철저하게 비판한다. 오웰이 '스페인 내전'에 참전한 뒤부터이다.

민주주의를 지향하는 공화파 정부와 독재체제를 펼치는 프랑코 반란군 사이에 벌어진 '스페인 내전'에는 세계의 수많은 지식인들이 참여하여 프랑코에 맞서 싸웠고 오웰 또한 그리했다. 하지만 이 과정에서 소련공산당이나 스탈린은 같이 싸우던 다른 좌파들을 탄압하거나 제거하려 한다. 오웰은 실망하고 분노한다. 그리고 이를 〈카탈로니아 찬가〉라는 작품으로 형상화한다. 영국의 감독 켄 로치는 오웰의 이 작품을 모티브 삼아 〈랜드 앤 프리덤Land And Freedom〉이라는 영화를 만든다.

오늘날에는 옛 소련 특히 스탈린 체제를 공산주의로 보지 않는 견해가 많다. 전체주의라는 것이다. 전체주의란 전체의 가치를 구성부분의 가치보다 상위에 놓는 이념이다. 아리스토텔레스도 "전체는 필연적으로 부분에 우선"[33)]한다고 했다. 하지만 전체주의는 소수가 전체라는 가면을 쓰고 전체의 가치를 강제하며 다수에게 희생을 강요하는 것이라고 할 수 있다. 공산주의도 물론 독재를 과도기적 필연으로 보는 이념이다. 부르주아 독재를 무너뜨리고 공산사회를 건설하기 위해 프롤레타리아 독재가 필요하다는 주장이다. 하지만 스탈린이 보인 행태는 프롤레타리아 독재와는 전혀 다른 것이었다. 수많은 정적과 무고한 인민 대중을 죽음으로 몰아넣고 직접 생산자인 농민들을 강제로 집단화하고 그들의 생산물을 수탈했다는 점에서 그렇다.

고려대의 고세훈 선생은 〈동물농장〉에 대해 "오웰이 거부한 것은 혁명이 아니라 러시아 혁명이었다."[34]고 썼다. "혁명은 그 안에 반동적 요소를 창출한다."는 점을 오웰이 충분히 보았다 하여도, 변화alteration를 추구하는 혁명은 여전히 오웰에게 유효하다. 오웰은 스탈린 체제가 공산주의여서 비판한 것이 아니라 전체주의여서 비판한 것이라 하겠다. 오웰은 〈나는 왜 쓰는가〉라는 글에서 "1936년부터 내가 쓴 심각한 작품은 어느 한 줄이든 직간접적으로 전체주의에 '맞서고' 내가 아는 민주적 사회주의를 '지지하는' 것들이다."[35]라고 썼다.

33) 아리스토텔레스, 『정치학』, 천병희 옮김, (도서출판 숲, 2009), 21쪽.

34) 고세훈, 「조지 오웰, 지식인에 관한 한 보고서」, (한길사, 2012), 90쪽

35) 오웰, george, 『나는 왜 쓰는가』, 이한중 옮김, (한겨레출판, 2010), 297쪽.

4.

오웰이 풍자·비판하면서 alterable하고 alter해야 한다고 보는 것은 〈동물농장〉의 스탈린 체제나 〈정말, 정말 좋았지〉의 교사-억만장자-운동선수에 머물지 않는다. 그렇다면 그것은 무엇일까?오웰은 다른 작품들에서 전체주의와 자본주의와 제국주의를 비판할 뿐 아니라 자신이 몸담고 있는 사회주의도 비판한다. 오웰은 사람들이 글 쓰는 동기 가운데 '정치적 목적'이 있다면서, 그것은 "세상을 특정 방향으로 밀고 가려는, 어떤 사회를 지향하며 분투해야 하는지에 대한 남들의 생각을 바꾸려는 욕구"[36]라면서 "어떤 책이든 정치적 편향으로부터 진정으로 자유로울 수 없으며" "예술은 정치와 무관해야 한다는 의견 자체가 정치적 태도"라고도 썼다. 하지만 "여기서 '정치적'이라는 말은 가장 광범위한 의미로 사용되었다."

오웰에게 '정치'는 삶의 모든 부문을 아우르는 것이 아닐까 싶다. 정부 부처에 경제부-교육부-문화부-법무부 등 여러 부처가 다 있으면서도 정치부가 없는 까닭이 정치부=정부가 다른 모든 부처를 아우르기 때문인 것과 마찬가지이다. 다시 말해 오웰의 글쓰기가 정치적 목적을 갖고 있다면 그것은 정치이념 또는 정치

36) 오웰, george, 『나는 왜 쓰는가』, 이한중 옮김, (한겨레출판, 2010), 294쪽.

권력에 한정되지 않고 사람 삶의 모든 부문과 연관되어 있다고 볼 수 있다.

오웰은 낱낱의 인간을 억압하는 것이라면 모두 비판의 대상으로 삼으려 한 것으로 보인다. 정치이념·경제체제뿐 아니라 종교와 교육 그리고 문학까지. 오웰은 제국주의를 부정하여 그 첨병 역할인 경찰직을 과감하게 내던지고 스스로의 삶을 밑바닥 삶으로 변화alter시키면서 밑바닥 삶의 비참함을 폭로하고 정부의 하층민 정책을 고발한다. 이는 「버마의 나날들」과 「파리와 런던의 밑바닥 생활」과 「위건 부두로 가는 길」 따위로 작품화된다.

앞서 영화감독 켄 로치를 잠시 언급했었다. 영화 〈랜드 앤 프리덤〉에서 '땅'은 삶의 경제적·물적 조건을 뜻하고 '자유'는 정치적 자유를 뜻한다고 할 수 있다. 사람은 다른 사람들과 더불어 골고루 평등하게 잘 살고자 하며 자유롭게 살기를 원한다. 평등하게 잘 살기 위해서는 자신의 권익을 찾아갈 자유가 있어야 하며, 자유롭게 살고자 하면 어느 정도의 물적 조건이 뒤따라야 한다. '자유 없이 평등 없고, 평등 없이 자유 없다.' 켄 로치는 노동자의 투쟁을 그린 영화 〈빵과 장미Bread And Roses〉도 만들었다. 이때 빵은 삶의 경제적-물적 토대를 뜻하고 장미는 인간의 존엄을 뜻한다. 오웰과 로치의 생각이 서로 통하는 지점이다.

『동물농장』과 러시아 역사

현실 풍자 비판 문학인 〈동물농장〉은, 그 내용과 등장인물들이 러시아의 역사적 사건, 주요 인물들과 긴밀하게 연관되어 있는데, 대체로 다음과 같이 연결지을 수 있다.

1. 첫째 마당

매너manor 농장

manor는 본디 봉건제의 '장원'이라는 뜻이 있지만 여기서는 19세기의 제정 러시아를 지칭한다.

존스 씨

러시아의 마지막 황제 니콜라이 2세.

메이저 영감의 연설

칼 마르크스의 공산당 선언. 마르크스 대신 레닌으로 볼 수도 있다.

"인간은 생산은 하지 않고 소비만 하는 유일한 생물"

자본주의 시대의 자본가를 뜻한다.

▎“봉기합시다!”

“만국의 노동자여, 단결하라!”

▎메이저 영감의 꿈, “인간이 사라진 뒤의 지구”

계급 없는 사회의 건설, 또는 짧았지만 1871년 프랑스 민중이 세웠던 사회주의 자치정부 ‘파리 코뮌’.

▎노래 “영국의 동물들”

파리 코뮌 때 나온 “인터내셔널 가”

▎존스의 “6연발” 총

1905년 1월, 임금 인상을 청원하는 15만 명의 노동자들을 향해 니콜라이가 무력 진압을 명령한 “피의 일요일” 사건을 뜻할 수 있다.

2. 둘째 마당

▎나폴레옹

이오시프 스탈린. 1922년~53년까지 공산당 서기장을 지내면서 소련을 강대국으로 만든 반면 전체주의에 빠뜨린다.

▎스노우볼

레온 트로츠키. 1917년 러시아 혁명의 지도자. 레닌 사후 스탈린과의 권력 투쟁에서 밀려나 추방되었다가 암살당한다.

▎스퀼러

스탈린을 지지하면서 그의 정적들을 추방시키는 역할을 한 스탈린 추종자들이나 사실의 왜곡을 일삼던 스탈린 체제의 언론.

▎몰리

러시아의 상류층, 또는 노동자이면서 차르 체제에 순종적이거나 계급의식이 없는 자를 뜻한다.

▎모제스와 슈가캔디산

모제스는 종교 또는 교회 특히 러시아정교회를, 슈가캔디산은 천국을 뜻한다.

▎봉기는 성공적으로 수행되었다

1917년 2월과 10월의 러시아 혁명. 이에 앞서 1905년에도 봉기가 일어났지만 실패했고 1917년 혁명으로 제정 러시아가 무너지고 볼셰비키가 권력을 장악한다.

▎'동물주의'와 '일곱 계명'

공산주의 이념

▎"지금은 꼴풀 거두어들이는 일이 더 중요하오."

혁명과 내전內戰으로 경제 사정이 악화되자 레닌은 노동 통제를 강화하는 전시공산주의 체제를 추진한다.

3. 셋째 마당

▎복서

혁명에 동조하는 충실한 노동자. 하지만 비판적 인식 능력은 부족하다.

▎벤저민

혁명에 비판적이며 젠체하는 지식인

▍'큰 모임'

인민평의회인 '소비에트'

▍스노우볼과 나폴레옹은… 의견이 모아진 적이 한 번도 없었다

트로츠키와 스탈린의 권력투쟁, 또는 영구혁명론과 일국사회주의론. 트로츠키는 (특히 유럽의) 다른 나라에서도 혁명이 일어나야 사회주의 혁명이 성공한다는 영구혁명론을 주장한다. 스탈린은 다른 나라 혁명 운동의 지원 없이도 소련에서 사회주의 건설할 수 있다는 일국 사회주의론을 주장한다.

▍스노우볼은 또 다른 동물들을 조직하느라 바삐…

트로츠키는 세계혁명을 위한 제4인터내셔널을 창설한다.

4. 넷째 마당

▍폭스우드 농장과 필킹턴

영국과 영국의 정치인들

▍핀치필드 농장과 프레더릭

독일과 독일의 정치인들, 특히 히틀러

▍그해 내내 봉기의 물결이…

동유럽에 여러 사회주의 국가가 건설된다.

▍존스와 그의 일꾼들이… 농장을 도로 빼앗으려고…

1918년~22년 사이, 소련에서 내전이 일어난다. 서구의 사주로 제정 러시아를 되찾으려는 백군白軍과 혁명을 지키려는 적군赤軍의 싸움이다.

카이사르의 군사행동을 익힌 스노우볼이 방어전을 책임지고… (외양간 전투)

트로츠키는 내전 당시 적군을 창설하고 이를 지휘하여 내전을 승리로 이끈다.

5. 다섯째 마당

몰리가 사라졌다

혁명 후 상류층은 러시아를 떠나거나 축출된다.

스노우볼이 자주 뛰어난 말솜씨로 다수의 지지를 얻었던 반면 나폴레옹은… 짬짬이 제 지지를 넓히는 솜씨가 좋았다

트로츠키는 혁명과 내전에서의 역할 덕에 레닌의 강력한 후계자가 되었지만 권력투쟁에 적극적이지는 않았다. 반면 스탈린은 조용히 자기 세력을 넓혔고 당 권력을 장악해 나갔다.

스노우볼은 그곳이 풍차 세우기에 안성맞춤이라고 단언

레닌은 전시 공산주의 체제가 인민 대중의 반발에 직면하자 1921년 농업 등에서의 사적 소유를 허용하는 자본주의 방식을 부분적으로 도입하고 중공업은 계속 국가가 통제하는 신경제 정책NEP을 추진한다. 트로츠키는 신경제 정책에 반대하면서, 농업을 희생시킨다 해도 공업화를 추진해야 한다고 주장한다. (트로츠키와 달리 부하린은 농업 발전을 통한 점진적 공업화를 주장했고 스탈린은 다소 관망하는 입장이었다.)

나폴레옹에 따르면, 동물들이 할 일은… 스스로를 훈련해야 한다

스탈린의 일국사회주의론

▌스노우볼은… 다른 농장의 동물들이 봉기를 일으키도록 부추겨야 한다

트로츠키의 영구혁명론

▌개 아홉 마리

비밀경찰. 스탈린의 정적들을 감시-제거한다.

▌ 스노우볼은… 최대한으로… 달아났고

트로츠키의 추방과 망명

▌나폴레옹은… '큰모임' 은 더는 없다고 선포

스탈린은 전체주의 체제를 구축한다.

▌네 마리 식용돼지가 반대를 주장…

트로츠키 일파로, 숙청당한다.

▌미니무스는 노래와 시 짓기에 두드러지게 뛰어난 재주를 지닌 자

막심 고리키를 지칭하는 것으로 보인다. 고리키는 톨스토이, 체호프와 함께 러시아 3대 문호로 꼽힌다. 고리키는 혁명을 노래한 작품들을 여럿 발표하지만 레닌을 자주 비판했고, 혁명 이후의 러시아 상황에 실망하여 해외에서 작품 활동을 한다. 1928년 스탈린의 압력으로 귀국한 고리키는 소비에트 작가동맹의 초대 위원장이 되는 등 높은 평가를 받기도 하고 스탈린을 지지하는 소책자를 발행하기도 한다. 그러나 고리키는 스탈린의 정책을 종종 비판하기도 했다. 다른 한편에서는 시인이자 공산당의 열렬한 대변인이었던 마야코프스키로 보기도 한다.

▌어찌됐든 풍차는 건설돼야 한다는 나폴레옹의 발표

스탈린은 도시 노동자에게 공급할 곡물을 확보하기 위해 강제적 방법으로 농업 집단화를 추진한다. 국민경제 5개년계획이다. 이는 트로츠키의 공업화 정책을 본뜬 것이며, 수천만 농민들이 재산을 빼앗기고 삶이 파괴된다.

6. 여섯째 마당

❙ 동물들은 일이 고되기는 했어도 생활이 그렇게 나빠지지는 않았었다. … 그렇기는 했지만, 여름이 지나면서… 갖가지 물건들이 부족하게 느껴지기 시작했다.

스탈린의 국민경제 5개년계획은 어느 정도 성과를 거두어 후진국이던 소련을 미국에 버금가는 경제대국으로 만든다. 하지만 인민대중의 생필품은 여전히 부족했다.

❙ 나폴레옹은… 새로운 정책을 결정한다. 앞으로 동물농장은 이웃 농장들과 거래를 하게 되리라는 것이다. 그리고 윔퍼 씨가 동물농장과 외부 세계 사이의 중개 역을 하기로…

스탈린의 5개년계획은 자본주의의 공격을 버텨 내려는 고립주의를 바탕으로 하는 것이었다. 하지만 대량 생산을 통한 수출품 증대 또한 중요하게 추진한다. 교역국은 주로 공산권 국가와 중립국이었다.

❙ 사실 인간은 동물농장을 이전보다 더 증오했다

반공주의, 또는 레드 콤플렉스

❙ 요즘 나폴레옹을 '지도자'라는 호칭으로 부르는…

스탈린에 대한 신격화, 우상화

❙ 풍차가 폐허처럼 무너져 내린 것

독소전쟁이 발발하여 얼마 되지 않은 1941년, 스탈린의 경제계획을 상징하던 드네프르 댐이 폭파된다. 파죽지세로 진격해 오는 독일군을 수장시킬 목적으로 스탈린이 폭파를 명령한 것. 하지만 독일과 소련군 장교뿐 아니라 수만 명 사람이 목숨과 재산을 잃었다.

7. 일곱째 마당

▍스퀼러는… 암탉들에게 달걀을 양도해야 한다고 발표

스탈린 정권은 집단화를 위하여 부농들의 재산을 강탈한다. 그러나 부농이 아닌 평범한 농민들도 부농Kulak이라는 누명을 쓰고 재산을 빼앗긴다.

▍이 말을 듣자 암탉들은 끔찍스레 고함을 질러 댔다

농민들은 집단화에 저항하여, 곡물을 불태우거나 스스로 다른 곳으로 도망을 가기도 하고 목숨을 끊기도 한다.

▍나폴레옹은… 스노우볼 발자취를 찾는다며… "스노우볼은 처음부터 존스와 짰던 것입니다."

스탈린은 계속 반 스탈린 운동을 펼치는 트로츠키를 추적할 뿐 아니라, 1936년에는 트로츠키를 반역 주모자로 선포해 재판에 회부한다.

▍네 마리 돼지들… 암탉 세 마리…

스탈린은 수많은 정적이나 무고한 사람들을 숙청한다. 그 근거는 대부분 허위 자백이나 조작된 사건이었다.

▍스퀼러가… 나폴레옹 동지의 특별 명령에 따라 "영국의 동물들"은 폐기되었다고 선언했다

1944년, 스탈린은 코민테른을 해체하면서 그동안 국가國歌로 불려왔던 "인터내셔널 가"를 금지하고 새로운 국가를 채택한다.

8. 여덟째 마당

▎나폴레옹이 목재 더미를 프레더릭에게 팔았다고 발표하자

1939년 독일과 소련은 상호불가침조약을 맺는다. 독일은 공산주의를, 소련은 나치즘을 격하게 비난해 왔지만 조약이 맺어진 뒤 히틀러는 마음 놓고 2차 세계대전을 벌일 수 있게 된다. 또 독일은 폴란드를 점령하고 소련은 라트비아 등을 점령한다.

▎프레더릭은 목재 값을… 위조지폐로

불가침조약은 휴지 조각이 된다.

▎바로 이튿날, 공격이 시작되었다 (풍차전투)

1941년, 나치 독일의 소련 침공 (독소전쟁)

▎동물들은 승리를 거두었다

독소전쟁 승리로 스탈린의 위상은 더 굳건해진다.

9. 아홉째 마당

▎4월, 동물농장은 공화국으로 선포되었고

스탈린에 의한 1인 지배체제의 확립

▎모제스가 농장에 다시 나타났다

러시아정교회는 1941년 전쟁을 지지하고 스탈린은 종교 정책을 긍

정적으로 바꾸게 된다.

▌포장 화물마차가 와서 복서를 데려간 것은

사회주의 국가 건설을 위해 헌신한 충직한 노동자들에 대한 소비에트 정권의 배신

10. 열째 마당

▌봉기 이전의 옛날을 기억하는 자가 아무도 없는 시절

혁명의 이상은 모두 사라진 시절

▌굶주림과 고난과 좌절은 삶의 영원불변한 법칙이란다

노쇠하고 계급적 자각이 없는 노동자들의 운명론

▌"네 다리는 좋고, 두 다리는 더 좋다." … 돼지들이… 제 앞발에 채찍을 들고 있었어도 이상하게 보이지 않았다

자본주의와 다를 바 없이 되어 버린 현실

오웰의 작품들

0.

오웰은 단행본으로 소설 6권, 르포 3편, 소책자pamphlet 3권, 에세이집 2권을 펴냈으며 잡지나 신문 등에 실린 에세이와 평론 등 포함해 모두 700편에 이르는 글들을 썼다. 오웰은 9편의 시와 35편 이상의 편지글도 남겼다.

여기서는 소설–르포–소책자 등 단행본과 에세이들을 몇 편 소개한다. 오웰의 작품을 읽을 때 도움이 될 기초 정보를 제공하기 위해서이다. 『나는 왜 쓰는가』(이한중 옮김, 한겨레출판, 2010)와 『조지 오웰』(고세훈 지음, 한길사, 2012)을 주로 참조했기에 굳이 인용부호를 붙이거나 주를 달거나 하지 않았다. 작가 연보는 따로 소개하지 않고 작품과 관련된 오웰의 삶을 짧게 엿보기만 한다.

쪽수는 처음 간행된 책의 쪽수이며, 매수는 영어 원문을 한글 프로그램으로 읽어 들인 뒤 계산한 200자 원고지 매수이다.

인터넷 사이트 http://www.orwell.ru/a_life/published/english/e_publish에는 거의 모든 오웰 작품의 목록이 나와 있다.

1. 소설

Burmese Days (버마의 나날)

1934년, 300쪽, Harper & Brothers 출판사

– 무대는 영국 식민지 버마의 한 마을. 버마의 아름다운 자연과 순박한 사람들을 좋아하는 반면 제국주의 조국에 비판적인 주인공 플로리, 속물적이지만 플로리가 결혼하고자 하는 영국 여인 엘리자베스, 플로리의 친구로서 정직한 의사이자 교도소장인 베라스와미, 온갖 비리와 탐욕으로 판사까지 지위가 오른 '우 포 킨', 그 밖에 식민지 지배를 상징하는 '영국인 클럽' 멤버들이 주요 등장인물이다. 이곳 영국인들은 원주민들을 경멸하고 원주민들은 식민주의에 굴종하거나 식민주의를 찬양한다. 우 포 킨은 자신의 출세에 걸림돌이 된다고 보는 베라스와미와 플로리를 음해할 공작을 꾸민다.

– 주인공은 식민지 지배를 비판하면서도 이를 혁파할 생각은 없으며, 버마 인들을 좋아하면서도 그들이 영국인 클럽에 가입하려는 것에는 반대한다. 이는 피지배자들과 친밀하게는 지내지만 평등함을 용인하지는 않는 제국주의자들의 숨겨진 모습이다. 「평등 없는 친밀성」, 고세훈, 126-149쪽. 오웰은 주인공을 통해 스스로 제국경찰로 보냈던 버마 시절의 수치심과 죄의식을 드러내 보인다.

– 오웰은 이튼스쿨을 졸업한 뒤 대학에 진학하지 않고 식민지 관료인 제국경찰을 직업으로 선택해 버마에 온다. 하지만 오웰은 차츰 영국 지배 체제의 불의에 괴로워하며 결국 제국경찰직을 그만

둔다. 영국은 세 차례 전쟁을 통해 1824년부터 1942년까지 버마를 지배했다. 버마는 오늘날 미얀마라 불리지만, 이는 23년 전 군사독재정권이 바꾼 국명이다.

A Clergyman's Daughter (목사의 딸)

1935년, 317쪽, V. Gollancz 출판사

– 까다로운 성격을 지닌 홀아비 목사의 딸 도로시 헤어가 주인공. 그녀는 집안일도 하고 아버지 일도 도우며 신앙을 위해 금욕생활을 한다. 어느 날 호색한인 한 주민이 그녀를 저녁 식사에 초대하여 유혹하지만 그녀는 거부한다. 이후 그녀는 환자를 돌보는 일도 하고 농업 노동자들과 함께 일하면서 잠시 해방감을 맛보기도 하지만 어느 결에 매춘부가 되어 노숙생활을 하다가 경찰에 잡히기도 한다. 다행히 친척의 주선으로 작은 여학교 교사가 된 그녀는 다양한 교육을 펼치려 하지만 학부모의 교육관과 달라 결국 해고된다. 이때 호색한이 다시 나타나 그녀에게 청혼한다. 그녀는 이를 거절하고 집에 돌아와 예전의 생활을 되풀이한다. 그러나 이제 그녀는 삶이 무의미해졌고 신앙도 잃은 상태가 되어 있다.

– 오웰은 이 소설이 자신의 작품목록에 포함되지 않기를 원했다고 한다.

Keep the Aspidistra Flying (엽란을 날려라)

1936년, 318쪽, V. Gollancz 출판사

– 주인공 콤스톡은 시인 지망생. 광고회사의 생존경쟁이 싫은 그는

시 쓰기에 집중하고자 급여가 적은 책방의 점원이 된다. 그러나 가난은 그의 삶을 끊임없이 옥죄고 사랑하는 로즈마리와의 결혼도 어렵게 만든다. 돈이 지배하는 세상에서는 소득이 곧 인격이며 돈이 없으면 온전한 사람이 될 수 없기 때문이다. 그는 시골 자연에서 행복을 찾으려 한다. 하지만 그곳도 돈의 촉수를 피하진 못한다. 생명력 강한 엽란도 돌볼 여유가 없이 시들게 만드는 것이다. 콤스톡은 마침내 돈이 지배하는 세상에 항복하고 로즈마리와 결혼한다. 엽란도 되살아난다.

– 오웰은 1934년 말부터 1936년 초까지 책방 점원으로 일한다. 이때 겪은 가난과 좌절을 담아낸 작품이다. 오웰은 이 작품도 좋지 않게 평가하지만 1997년 같은 제목의 영화로 만들어진다. 엽란은 영국 중산층을 상징하는 식물이라 한다.

Coming Up For Air (숨 쉬러 나가다)

1939년, 237쪽, V. Gollancz 출판사

– 주인공 조지 볼링은 마흔다섯 살 중년의 뚱보 보험 영업사원으로, 먹고살 만한 형편이다. 하지만 매사 돈 걱정뿐인 아내와 쟁쟁거리는 두 아이들과 함께 애정 없는 결혼생활을 하고 있다. 그는 현실 순응적이며 적당히 세속적이기도 한 인물이지만, 1938년의 현실은 전쟁과 파시즘에 대한 공포로 숨 막힐 듯하다. 그러던 차에 우연히 17파운드가 주머니에 들어온다. 그 돈을 어디 쓸까 고민하다가 문득 20년 전 떠나온 고향을 떠올린다. '평화'와 '정적' 속에서 평정

심을 되찾을 수 있으리라는 기대를 품은 채 옛 마을로 '숨 쉬러' 떠나지만 숨 쉴 곳은 사라졌다는 것을 알게 된다.

— 본디 폐가 좋지 않았던 오웰은 이즈음 폐결핵 증상이 도져 의사의 권고를 받고 프랑스령 모로코에서 요양하면서 이 소설을 쓴다.

Animal Farm (동물농장)

1945년, 112쪽, Secker & Warburg 출판사

— 내용은 이 책 참조.

1984 (Nineteen Eighty-Four) (1984)

1949년, 267쪽, Secker & Warburg 출판사

— 1984년. 세계는 삼대 강국 오세아니아—동아시아—유라시아가 나눠 다스리고 있다. 이들 나라는 모두 극단적 전체주의국가로 서로 전쟁—동맹—배신을 반복하고 있다. 주인공 윈스턴 스미스가 사는 오세아니아는 내부당원—외부당원—무산계급의 세 개 계급으로 이루어진 국가로, 당이 절대 권력을 휘두르고 권력의 최고 정점에는 '빅 브라더'가 있다. 윈스턴은 정보의 조작을 담당하는 정부의 진리부에서 일하지만, 감시체제인 텔레스크린의 눈길을 피해 사각지대에서 저항을 꿈꾸며 일기를 쓰고 있다. … 윈스턴은 같은 진리부의 줄리아라는 여성의 고백을 받고 둘은 금지된 사랑을 나눈다. 그런 가운데 한 내부당원을 만나 줄리아와 함께 그가 소개하는 한 모임에 가입한다. 그도 체제에 저항하는 신념을 가졌다고 믿고. 그러나 그는 함정

에 빠져 체포되고 고문과 세뇌로 결국 복종하는 인간이 된다.

- 이 작품은 디스토피아dystopia 소설로 높은 평가를 받는다. 『동물농장』이 전체주의의 현재를 고발했다면, 이 작품은 전체주의의 암울한 미래를 점친다. 작품 속에서 권력은 진리를 왜곡-조작하며 인간을 해체하여 재구성한다. 하지만 보통 사람인 프롤proles의 저항정신에 희망이 있다고 오웰은 말한다.
- 오웰은 이 작품 제목을 '유럽의 최후인'으로 하고자 했으나 출판사의 제안으로 제목을 바꾸었다고 한다. '1984'는 작품을 탈고한 1948년에서 비롯된 제목이다. 이즈음 오웰은 폐결핵이 심해져 주라섬에서 요양하며 작품을 완성한다. 그 이듬해에 책이 세상에 나오고 다시 이듬해에 오웰은 세상을 떠난다. 오웰의 생일은 6월 25일이고, 오웰이 세상을 떠난 것은 1950년이었다.

2. 르포

Down And Out In Paris And London (파리와 런던의 밑바닥 생활)

1933년, 214쪽, V. Gollancz 출판사

- 오웰은 파리에서 영어를 가르치며 생계를 유지한다. 일자리를 잃은 후 남은 돈마저 여관에서 도난당하고 무일푼 신세로 전락한다. 중산층이었던 오웰이 처음 겪은 가난은 생각과 전혀 다른 것이었다. 오웰은 호텔 식당에서 하루 15시간씩 접시닦이를 하며 하루하루를 아무

생각 없이 노예처럼 살아간다. 가난에서 벗어나기 위한 어떤 시도도 할 수 없다. 런던으로 돌아온 후의 생활도 그리 녹록치 않다. 값싼 간이숙소와 구빈원을 전전하는 동안에 오웰은 부랑자를 양산할 수밖에 없는 사회제도의 모순을 온몸으로 느끼면서 가난한 이들에 대한 그동안의 편견을 버리고 그들의 영혼을 이해하는 여정을 시작한다.

– 오웰은 버마에서의 제국경찰을 그만두고 귀국했다가 파리에서 18개월 동안 접시닦이 생활을 하고 다시 런던으로 돌아와 노숙자 생활을 한다. 제국경찰의 경험이 오웰에게 죄의식을 불어넣었다면, 이 체험은 속죄의 행위였다. 이 책 앞부분 23장은 파리에서의 삶을, 뒷부분 15장은 런던에서의 삶을 다룬다. 조지 오웰이라는 필명이 처음 쓰인 것은 이 책에서였다. 본명은 '에릭 아서 블레어'이다.

The Road To Wigan Pier (위건 부두로 가는 길)

1937년, V. Gollancz 출판사

– 오웰은 광부들의 삶을 조사하기 위해 영국 북부 탄광지대를 방문한다. 오웰은 아직 관찰자의 입장이다. 한 하숙집에 기거하면서 광부들의 음식과 주택 등이 매우 열악함을 증언한다. 정부에서 사람이 살 수 없는 곳이라고 판정할 정도이다. 열심히 노동하는 그들 삶은 왜 그 지경인가? 오웰은 원인을 캐묻는다. 사회제도 자본주의 때문이었다. 오웰은 관찰자에서 참여자로 입장이 바뀐다. 버마에서 제국경찰로 복무하면서 스스로 억압 체제의 일부였던 오웰은 억압받는 자들과 하나가 되고자 한다. 오웰은 또 사회모순의

해법을 사회주의에서 찾고자 하지만 현실 사회주의자들은 노동문제에는 관심이 없고 소련 찬양에 바쁘다. 그래도 희망을 찾을 곳은 빈자와 사회주의일 수밖에 없다. "내 시간의 절반은 자본주의 체제를 비난하며, 나머지 절반은 버스 기사의 무례함을 격하게 성토하면서 보냈던 것 같다"면서도 오웰은 "드디어 낮은 자들 가운데 가장 낮은 자들 사이에 내가 있다!"고 외친다.

– 위건 부두는 북부의 석탄을 남부로 날라 주는 항구이자, 북부의 가난을 남부의 부富로 변신시켜 주는 징검다리다. 그리고 『위건 부두로 가는 길』은 오웰이 관찰자에서 행동하는 인간으로 변해 가고 있음을 비춰주는 거울이다.

– 오웰은 출판사 대표인 빅터 골란츠 등 좌파 지식인들이 소속된 독서회 '레프트 북 클럽'의 제안으로 1936년 1월부터 두 달 동안 위건 등지의 노동계급이 얼마나 열악한 삶을 사는지 조사한다. 골란츠는 이 글에서 현실 사회주의를 비판한 내용이 우려되어 32쪽이나 되는 서문을 단 뒤에야 출판한다.

Homage To Catalonia (카탈로니아 찬가)

1938년, 368쪽, Secker & Warburg 출판사

– 오웰이 스페인에 간 것은 신문 기사를 쓸 생각에서였다. 스페인은 공화파 중심의 인민전선 정부를 뒤엎으려는 파시스트 프랑코의 쿠데타로 몸살을 앓고 있었다. 그에 맞서 싸우고자 세계의 숱한 지성인들이 의용군으로서 스페인 내전에 참전한다. 오웰도 의용군

에 가담한다. 오웰이 있던 카탈로니아는 전쟁의 흉흉한 분위기나 심각한 생필품 부족 속에서도 혁명과 미래에 대한 믿음이 있었다. 그러나 프랑코 못지않게 무서운 적이 내부에 있었다. 소련의 지시를 받는 공산주의자들이다. 그들은 의용군을 해체하려 했고 그간 시행되던 모든 계급 간의 평등 원칙을 파괴했으며 혁명 지도자들을 잡아들이는 데에 혈안이었다. 스페인 내전은 오웰에게 많은 나쁜 기억만을 남긴다. 하지만 이 경험은 오히려 인간의 품위에 대한 오웰의 믿음을 더 강화시켜 주기도 한다.

—『카탈로니아 찬가』는 오웰이 행동하는 지성이 되었음을 보여주는 작품이다. 이 작품은 르포문학의 정점에 서있다는 평을 받고 있으며 영국 켄 로치 감독의 영화 〈랜드 앤 프리덤Land And Freedom〉의 모티브가 되었다. 이 르포가 영국에서 출간된 것은 15년 후인 1952년. 당시 영국의 상류층과 언론이 소련에 비판적인 이런 글들을 용납하기 어려웠기 때문이다.

—20세기 초의 스페인은 극심한 정치적 변동을 앓고 있었다. 그 가운데 1936년 2월 총선에서 인민전선파가 승리를 거둔 뒤 여러 개혁을 추진한다. 이에 보수파의 중심에 있던 프랑코가 쿠데타를 일으킨 것은 7월, 오웰이 스페인에 간 것은 12월이다. 오웰은 트로츠키주의 계열의 통일노동자당POUM의 한 분대에 합류한다. 오웰이 잠시 휴가를 다녀왔던 1937년 봄, 공산당의 억압이 진행된다. 오웰은 전선에 복귀하지만 목에 관통상을 입고, 6월에는 억압을 피해 프랑스로 탈출한다. 1939년 4월, 30만 명의 희생자를 낸 내전이 끝나 인민

전선 정부는 무너지고 프랑코의 독재는 1975년까지 이어진다.

– 오웰은 이 작품을 소설로 썼다. 그러나 자신의 글쓰기의 목적 즉, 정치성을 드러내는 데 치중해서 저널리즘에 치우친 글이 되었다. 그러나 오웰은 글을 쓰는 목적이 분명했으므로 개의치 않았다.

3. 소책자

The Lion And The Unicorn (사자와 유니콘)

1941년, Secker & Warburg 출판사

– 1) **England Your England** : 영국은 훌륭한 문화를 지녔고 민주주의를 세계 다른 어느 나라보다 더 잘 수호할 수 있다. 그런 조국 영국을 나치가 폭격하려 한다. 그럼에도 영국 상류층은 나치에게 관용적이다. 나치가 공산주의를 막아 줄 수 있으리라는 생각에서이다.

2) **Shopkeepers at War** : 폭격은 개시됐다. 전쟁 중에 자본주의는 작동하지 않는다. 어떤 사람은 히틀러가 승리하면 자본주의의 민낯이 폭로되리라 기대하기도 한다. 사실 계획경제는 자본주의보다 우월할 수도 있다. 특히 생산과 소비 사이의 모순이 해결될지 모른다. 파시즘도 사회주의도 계획경제이다. 하지만 사회주의가 자유롭고 평등한 인간을 목표로 한다면, 파시즘은 반대이다. 지배계급인 부자들은 파시즘의 속성을 보지 못한다. 그리고 파시즘보다 더 위험한 것은 자본주의일지 모른다. 변화-혁명이 필요한 때이다.

3) The English Revolution : 혁명과 전쟁은 분리해 생각할 수 없다. 파시스트를 물리치지 않고는 사회주의 건설이란 있을 수 없다. 하지만 현실 사회주의자들은 잘못된 판단을 한다. 전체주의 국가 소련을 사회주의 모델로 보면서 지나치게 추종하는 것이다. 또 사회주의 없이는 전쟁에서의 승리도 있을 수 없다. 자본주의의 비효율성은 이미 입증되었다. 혁명은 계급 사이의 증오보다는 민주주의와 평등을 옹호하는 중산층의 애국심에 기대하여야 한다.

— 『사자와 유니콘』은 국제사회주의와 영국민족주의를 화해시키려는 한 출판 시리즈의 첫 작품으로 나온 것이다. 오웰은 이 소책자를 통해 좌파애국주의를 주창한다.

James Burnham and the Managerial Revolution (제임스 버넘과 경영 혁명)

1946년

— 버넘이 저술한 『경영 혁명』의 주제는 이렇다. "자본주의는 사라지고 있지만 사회주의가 이를 대체하지 못하고 있다. 지금 커가는 새 사회는 자본주의도, 민주주의도 아닌, 계획되고 중앙 집중화된 사회이다. 생산수단을 효율적으로 통제하는 (기업 간부, 기술 전문가, 관료, 군인 등) 소위 경영자들이 새 사회의 지배자이다." 오웰은 버넘의 견해를 비판하면서, 경영자혁명이 전체주의로 흐를 가능성이 높으므로 이에 맞서 싸워야 한다고 주장한다. 그는 특히 거대 권력에 대한 보통 사람의 저항 능력을 기대한다.

— 이때 '보통 사람'이란 뒤에 나오는 책 『1984』에서 말하는 '프롤proles'

과 같다고 할 수 있다. 《Polemic》지에 실린 "Second Thoughts on James Burnham"과 같은 글이다.

The English People (영국사람)

1947년, Collins 출판사

— 1) England at First Glance
  2) The Moral Outlook of the English People
  3) The Political Outlook of the English People
  4) The English Class System
  5) The English Language
  6) The Future of the English People

— 앞서 출판된 『사자와 유니콘』에서와는 달리, 오웰은 영국에서의 혁명이 보류되어야 한다고 주장한다. 『카탈로니아 찬가』에서 보듯이, 스페인 내전에서의 경험 등이 오웰로 하여금 생각을 바꾸게 한 것으로 보인다. 국내에서는 이 책자에 관련된 소개 자료를 구하기 어렵다.

4. 에세이집

Inside The Whale And Other Essays (『고래 뱃속에서』와 몇몇 에세이들)

1940년, V. Gollancz 출판사

— 1) Inside The Whale

2) Charles Dickens

3) Boys' Weeklies

— 일부 글을 '5. 에세이' 편에서 소개한다.

Critical Essays (비평집)

1946년, Secker & Warburg 출판사

— 1) Charles Dickens

2) Boys' Weeklies

3) Wells, Hitler and the World State

4) The Art of Donald McGill

5) Rudyard Kipling

6) W. B. Yeats

7) Benefit of Clergy

8) Arthur Koestler

9) Raffles and Miss Blandish

10) In Defence of P. G. Wodehouse

— 일부 글을 '5. 에세이' 편에서 소개한다.

5. 에세이

The Spike (부랑자 임시 숙소)

1931년, 72매, 《The Adelphi》지에 실림.

– 노숙 생활을 하던 오웰은 다른 부랑자들과 함께 강제로 임시 숙소에 수용된다. 천연두 예방을 위한 법에 따른 것이다. 부랑자들은 멍하니 시간을 죽인다. 세상사엔 관심이 없다. 배고픈 그들에게 영혼 문제는 너무 거창한 주제다. 그렇게 하품만 하던 부랑자들이 끼니 때가 되자 사자처럼 원기가 왕성해진다. 오웰은 "우리는 도시의 거무죽죽한 쓰레기 같았다. 우리는 풍경을 더럽히는 존재."라고 쓴다.
– 오웰이 버마에서의 제국경찰 직을 그만두고 밑바닥 생활을 시작하면서 '스파이크'라는 숙소에서 겪은 일. 오웰이 작가로서 발표한 첫 작품이다. 『파리와 런던의 밑바닥 생활』 집필의 바탕이 된다.

A Hanging (교수형)

1931년, 40매, 《The Adelphi》지에 실림.

– 제국경찰 오웰은 어느 날 한 사형수를 형장으로 데려가는 임무를 맡는다. 도중에 물웅덩이를 만난다. 사형수는 이를 피해 간다. 오웰은 깨닫는다. "이상한 일이지만, 바로 그 순간까지 나는 건강하고 의식 있는 사람 목숨을 끊어 버린다는 것이 어떤 의미인지 전혀 알지 못하고 있었다." 말할 수 없는 부당함을 이제야 알게 된 것이다. "그의 신체기관은… 장엄하게 살아 움직이고 있었다."
– 오웰이 버마에서 제국경찰로 일하면서 겪은 일을 기록한 것이다. 고세훈 선생은 "제국주의로 인한 인간소외의 한 절정을 보여주는 것"이라고 평했다.

Shooting An Elephant (코끼리를 쏘다)

1936년, 57매, 《New Writing》지에 실림.

– 발정기를 맞은 코끼리가 탈출한 뒤 마을을 쑥대밭 만든다. 오웰은 소총을 챙겨 현장으로 출동하지만 이미 코끼리는 난동을 멈추고 평화로이 풀을 뜯어 먹고 있다. 오웰은 코끼리를 쏴서는 안 된다고 인식한다. 그런데 주변의 수많은 현지인들은 총을 쏘기를 바라는 표정이다. 오웰은 결국 코끼리를 쏴야 한다고 깨닫는다. 그것이 지배의 조건이며, 백인 나리답게 행동하는 것인 때문이다.

– 오웰은 벌써부터 제국주의를 사악한 것으로 보고 제국 경찰을 그만둘 마음을 먹고 있었다. 제국주의는 식민 주민을 노예화할 뿐 아니라 "주인도 노예로" 만든다고 여겼기 때문이다.

Inside The Whale (고래 뱃속에서)

1939년, 283매, 《New Directions in Prose and Poetry》지에 실림.

– **1부** : 헨리 밀러의 작품은 활자화될 수 없을 만큼 외설스런 단어로 가득하지만 중요한 것은 그가 '보통 사람'에 대해 썼다는 사실이다. 이런 점에서 밀러는 『율리시즈』의 작가 제임스 조이스와 공통점이 있고, 삶을 바꾸려고 하기보다는 그저 받아들이기만 하려던 월터 휘트먼과 비교된다.

2부 : 밀러의 『북회귀선』은 1차 세계대전 이후의 문학 경향과 다르다. 20년대 작가들은 엘리엇–파운드–로렌스처럼 비관주의에 빠져 있으며 좁은 의미에서의 정치에 무관심하다. 반면 30년대 작가들은 파시즘을 반대하면서 또한 공산주의에 매료되어 있다. 유럽 문명의 문제점이 드러나고 중산층의 가치와 열정이 무너진 뒤에, 공산주의가 가톨릭을 대신해 출구 역할을 한 때문이다.

3부 : 밀러는 스페인 내전에 참전하려는 오웰에게 '어리석은 짓'이라며 성경의 요나와 고래 우화를 언급한다. 이교도를 회개시키라는 하느님 명령을 따르지 않으려다 고래에게 삼켜진 요나처럼 고래 뱃속에 있다는 것을 사람들은 불편하다고 보지만 밀러는 오히려 편안한 일이라고 본다. '정치적 동물'이 되기보다 세상사에 무관심하고 무책임해지는 것이 좋다는 말이다.

– 고세훈 선생은 『고래 뱃속에서』를 순수–참여 문학에 관한 탁월한 시대적 통찰이라고 평한다. 오웰은 잘못된 정치에 경도되어 문학을 질식시키기보다 차라리 『북회귀선』의 밀러처럼 정적주의 quietism를 택하라고, "고래 뱃속으로 들어가라!"고 외친다.

– 오웰은 스페인으로 가기 얼마 전인 1936년 11월 파리에서 헨리 밀러를 만나 이야기를 나눈다.

Charles Dickens (찰스 디킨스)

1940년, 392매, 『고래 뱃속에서와 몇몇 에세이들』과 『비평집』에 실림.

– 디킨스의 노동계급 인식에는 죄의식이 없었다. 그에게 주인-하인이라는 봉건적 관계는 필요악이었고 부와 소득의 엄청난 불균등은 자연스런 것이었다. 디킨스는 노동자를 그리되 노동 자체에 대해서는 쓰지 않았다. 디킨스의 비판적 안목이 대안이나 처방에 이르

지 못한 것은 그가 사건들의 표면과 외양을 탁월하게 그려낼수록 정말 중요한 배후 과정은 질문이 되지 못하고 대안은 길을 잃은 때문이다. 디킨스는 본능적으로 억압자에 대항하여 피억압자 편에 섰던 작가였지만 그의 도덕주의는 설교를 하고 자본가가 '선한 부자'가 되고 친절해야 한다고 할 뿐 노동자가 저항해야 한다는 데까지 이르지 않는다.

Wells, Hitler And The World State (웰스, 히틀러 그리고 세계국가)

1941년, 46매, 《Horizon》지에 실림.

– 히틀러는 미치광이 범죄자이지만 수백만의 군사, 수천의 비행기, 수만의 탱크를 가지고 있다. 그런 그를 위해 많은 국민이 지난 6년 동안, 그리고 앞으로도 2년은 더 싸울 용의가 있는 것 같다. 그에 반해 웰스 씨가 제창하는 쾌락주의적인 세계관을 위해서 한 파인트의 피라도 흘릴 인간은 없는 것이다. 영국이 무너지지 않도록 해준 것은 애국심이라는 원초적인 감정인데, 이는 민족적 자존심과 지도자에 대한 숭배와 같은 감정에서 솟아난다. 웰스 씨의 책은 대부분 계획된 세계국가를 위해 애쓰는 과학자와 과거를 부활시키려는 반동분자의 대립을 그리고 있다. 그는 민족주의와 봉건적 충성 따위가 생각보다 훨씬 강한 힘이라는 사실을 이해하지 못하고 있다.

Rudyard Kipling (러디어드 키플링)

1942년, 109매, 《Horizon》지에 실림.

– 엘리엇은 장문의 에세이를 통해 키플링을 옹호했지만 키플링에 대한 평가는 둘로 갈라져 있다. 그는 책임감 있고 품위를 지닌 신사이며 재능 있는 작가가 틀림없다. 반면 키플링은 깨인 사람들에게 오래도록 멸시받았다. 키플링이 파시스트이고 강경한 보수적 제국주의자이며 도덕적으로 둔감하고 미학적으로 혐오스럽다는 이유에서였다. 하지만 키플링은 살아남아 있다. 그러니 왜 그리되었는지부터 따져볼 필요가 있다.
–『정글북』의 작가 키플링은 시인으로도 이름을 날린다. 특히 영국의 제국주의를 옹호하여 애국시인으로 추앙받기도 한다. 오웰은 키플링보다 그를 조소하는 좌파 지식인들의 위선과 이율배반을 더욱 혹독하게 비판한다.

W. B. Yeats (예이츠)

1943년, 45매, 《Horizon》지에 실림.

– 예이츠의 시에는 달–환생–점성술 등 신비주의의 요소가 많다. 신비주의는 소수에게만 열린 비밀의 영역이다. 예이츠의 이런 경향을 정치적으로 표현하면, 파시즘이다. 예이츠는 귀족주의-봉건제-속물주의 등을 열망하는 반면 민주주의와 현대성과 과학과 인간의 평등에 대해서는 혐오감을 드러낸다. 예이츠는 진보의 개념과는 거리가 먼 파시스트이다. 예이츠 외에도 노골적으로 파시스트 행보를 보였던 에즈라 파운드에게 자신의 유명한 시『황무지』를 헌정한 엘리엇도 파시스트라고 본다.

Mark Twain—The Licensed Jester (마크 트웨인)

1943년, 34매, 《Tribune》지에 실림.

— 마크 트웨인은 아동문학이 아님에도 그렇게 알려진 『톰 소여의 모험』과 『허클베리 핀의 모험』을 비롯해 폭넓은 주제의 수많은 작품을 내놓은 작가이다. 그는 세계가 인정한 익살꾼이었고 스스로가 사회 비평가이길 바랐지만, 결코 혁명적 기질을 보여주지는 않았다. '성공과 덕목virtue은 같은 것'이라는 기존 미국적 관념을 공격하지 않았고 강자 편에 서서 '힘이 곧 정의'라는 믿음을 펼쳐 나갔다. 그는 경제적 어려움 없이 사는 환상 속 인물을 창조하는 데 큰 관심을 기울였다. 이는 그가 노예를 몇 명 부릴 만큼 부유한 집안에서, 그리고 부와 기회와 자유가 주어진 미국에서 태어난 때문이 아니었을까?

What is Fascism? (파시즘이란 무엇인가?)

1944년, 25매, 《Tribune》지에 실림.

— 미국의 한 여론조사 기관에서 100명의 사람에게 파시즘이 무엇이냐고 묻자 "순전한 민주주의"라는 대답에서부터 "순전한 악마 숭배"라는 대답까지 나왔다. 이렇듯 파시즘의 개념 규정은 쉽지 않다. 파시스트 국가들의 구조와 이데올로기가 각기 다르기 때문이다. 그래서인지 다양한 부류의 사람들이 파시스트로 규정된다. 대중들은 파시즘을 호전적이며 전쟁을 통하여 경제 문제를 해결하려는 체제, 잔인하고 파렴치하고 거만하며 반 자유주의적이고 반 노동자적인 어떤 것으로 여긴다.

Arthur Koestler (아서 쾨슬러)

1944년, 89매, 발표되지 않다가 『비평집』에 실림.

– 쾨슬러의 작품 『한낮의 어둠』은 어느 볼셰비키 당원이 감금당해 고문을 받다가 죽음에 이른다는 내용이다. 스탈린 체제의 끔찍함을 보여준다. 스탈린에게 불경한 생각은 살인죄로 다스려야 한다고 주장하는 등장인물도 있다. 하지만 더 무서운 것은 그런 일들이 일어났다는 것보다 좌파 지식인들이 그것을 정당화하려고 열성이라는 점이다. 쾨슬러의 주된 주제는 '부패하게 만드는 권력의 효과'로 인한 혁명의 타락이다. 권력을 쟁취하는 도정에서 이미 사람들은 타락한다.

– 오웰은 친구 쾨슬러의 작품을 무가치하고 재미없으며 지루하다고 평하곤 했다. 그러면서도 오웰은 쾨슬러의 생각에는 동의했다.

Notes On Nationalism (민족주의에 관한 노트)

1945년, 158매, 《Polemic》지에 실림.

– 민족주의는 특정 인종이나 영토와 관련된 민족nation 개념과 다른 것이다. 민족주의는 자신을 단일한 나라나 어떤 집단과 동일시하되 그것을 선악을 초월하는 것으로 간주하고 그 이익에 매달리는 습성이다. 그래서 민족주의자는 자기편이 저지른 잔학 행위를 반대하지 않을 뿐만 아니라, 그런 일에 아예 귀를 닫아 버릴 수 있는 놀라운 능력을 갖고 있다. 이것은 남들에게 강요한다는 점에서 방어적인 애국주의와 다르다.

You And The Atomic Bomb (당신과 원자탄)

1945년, 28매, 《Tribune》지에 실림.

– 원자탄과 관련해 가장 긴급한 흥밋거리는 "그런 것들을 제조하는 건 얼마나 어려운가?"의 문제이다. "가장 강력한 무기가 비싸고 만들기 어려운 시대는 폭정의 시대인 경향이 있고, 가장 강력한 무기가 싸고 단순한 시대에는 서민들에게도 (변혁의) 기회가 있다"는 이유에서다. 미국 혁명과 프랑스 혁명의 성공처럼…. 그렇지만 "원자탄은 피착취 계층과 민족의 저항 능력을 전부 빼앗아" 노예제를 부활시킬 것이다.

Politics And The English Language (정치와 영어)

1946년, 110매, 《Horizon》지에 실림.

– 언어 특히 영어는 자꾸 쇠락하고 나쁜 습관이 많아지는데, 작가들의 영향도 있지만 정치와 경제가 원인이기도 하다. 그런 나쁜 습관을 제거하여 생각을 더욱 명료히 하려면 다음과 같이 하자. 생각을 명료히 하는 일은 정치 개혁의 첫걸음이기도 하다.

1. 흔한 비유는 쓰지 않는다.
2. 될 수 있으면 짧은 단어를 쓴다.
3. 쓰임새가 크지 않은 단어는 뺀다.
4. 되도록 수동태를 쓰지 않는다.
5. 전문용어도 되도록 일상어로 쓴다.
6. 위의 원칙을 지키다가 황당한 표현이 된다면 차라리 위의 원칙을 깬다.

– 고세훈 선생은 정치가 타락하면 언어도 타락한다는 것이 오웰의 지론이라고 말한다.

Why I Write (나는 왜 쓰는가)

1946년, 52매, 《Gangrel》(4호)에 실림.

– 글을 쓰는 동기는 크게 네 가지다.

1. 순전한 이기심 : 똑똑해 보이고 싶은 욕구 등등.
2. 미학적 열정 : 아름다움에 대한 인식.
3. 역사적 충동 : 진실을 알아내고, 그것을 후세를 위해 보존해 두려는 욕구.
4. 정치적 목적 : 어떤 책이든 정치적 편향으로부터 자유로울 수 없다.

– 오웰은 제국경찰과 빈곤의 경험, 히틀러의 등장과 스페인 내전 등을 겪은 이후 전체주의에 맞서고 민주적 사회주의를 지지하기 위해 글을 쓴다고 했다. "책을 쓴다는 건 고통스러운 병을 오래 앓는 것처럼 끔찍하고 힘겨운 싸움"일지라도.

Politics Vs. Literature (정치 대 문학)

1946년, 151매, 《Polemic》지에 실림.

– 조나단 스위프트의 작품 『걸리버 여행기』에 대한 비평. 이 책에서 인간은 혐오스럽거나 우스꽝스런 존재로 묘사된다. 스위프트가 전체주의를 공격한 점은 인정할 수 있지만, 인간에 대한 공격은 인정될 수 없다. 이는 영국 집권당인 진보정당의 우매함에 심사가 뒤

틀리고 매국적 기미가 있는 스위프트의 생각에서 비롯된 것이다.

— 오웰의 이러한 비판에 대해, 영남대학교 박홍규 선생의 『걸리버를 따라서, 스위프트를 찾아서』(들녘출판사, 2015년)를 읽을 필요가 있겠다. 선생은 스위프트가 영국의 식민지였던 아일랜드 출신임을 강조하고 있다. 오웰은 스위프트의 영국 비판을 '매국'이라 했지만 선생은 작가의 '저항 정신'으로 본다.

How The Poor Die (가난한 자들은 어떻게 죽는가)

1946년, 81매, 《Now》(6호)에 실림.

— 깊은 병을 앓는 가난한 사람들이 무료 병원에서 겪는 것은 무관심 아니면 인턴들의 의학수업 '교재'나 의료실험 '대상'으로서의 관심일 뿐이다. 그들에게 병원은 감옥보다 나을 게 없고 무덤에 오히려 가깝다. 그러니 죽음은 집이나 길거리에서 맞는 것이 차라리 낫다. "큰 병원에서 해부용 교재를 구하느라 환자를 일부러 죽이기도 한다는 소문"도 있으니.

— 오웰 자신이 1929년 겨울 파리의 한 공공의료기관에 입원해 겪은 일이다. 이때 오웰은 폐렴을 심하게 앓고 있었다.

Benefit of Clergy (성직자의 이점利點)

1946년, 74매, 『비평집』에 실림.

— 오웰은 초현실주의 화가 달리가 쓴 자서전 『살바도르 달리의 비밀스런 생활』을 비평한다. 오웰은 "자서전은 수치스러운 점을 밝힐

때만 신뢰를 얻을 수 있다."며 글을 시작한다. 오웰은 달리에게는 외설 등 도덕적으로 저급한 묘사가 많지만 그래도 미학적으로 옳을 수 있으며 도덕을 예술의 잣대로 삼는 일은 위험하다고 본다. 그렇다고 (종교법을 방패 삼아 세속법에 대해 치외법권을 주장하는 성직자의 특권처럼) "예술을 말하는 것만으로 모든 것이 용서되는 것은 아니"라는 것이 오웰의 생각이다. 달리가 스페인의 파시스트 프랑코를 지지했기 때문이다.

Lear, Tolstoy And The Fool (리어, 톨스토이 그리고 어릿광대)
1947년, 132매, 《Polemic》지에 실림.

– 톨스토이는 셰익스피어의 작품에 대해 지루하고 미적 감각은 없으며 따라서 그는 어쨌든 예술가가 아니었다고 비판한다. 하지만 셰익스피어는 보편적 추앙을 받고 있다. 문학작품의 가치를 판별하는 유일한 기준은 얼마나 오래 살아남느냐 하는 것이다. 사람들은 특히 그의 '언어 구사력'을 높이 평가한다. 그러니 톨스토이는 셰익스피어에 대해 허위를 말하고 있으며 셰익스피어의 글을 곡해하거나 잘못 읽은 것이다. 아니 톨스토이의 예술론이 무가치한 것이다. 톨스토이는 독선적이고 오만하며 부자나 권력자에게 아첨하는 사람이었다.
– 앞서 언급했던 박홍규 선생은 『셰익스피어는 제국주의자다』(청어람미디어, 2005)에서 셰익스피어가 당시 영국의 팽창주의에 부합하는 작가라고 분석한다.

Such, Such Were The Joys (정말, 정말 좋았지)

1947년, 323매, 《Partisan Review》(1952년 9–10월호)에 실림.

– 내용은 이 책 참조. 이 글은 오웰 사후에 발표되었다.

– 오웰은 8살 때인 1911년 세인트 시프리언스 초등학교에 입학한다. 주로 부유층 아이들이 다니는 이 학교에서 학비의 절반을 감면받는 학생이었던 가난한 집안의 오웰은 많은 상처를 받는다. 그래도 성적이 좀 좋은 편이어서, 나중에 이튼스쿨에 진학하게 된다.

Reflections On Gandhi (간디에 대한 소견)

1949년, 63매, 《Partisan Review》지에 실림.

– 모름지기 성인聖人이면 많은 시험-질문을 겪어야 한다. 간디의 경우, 허영은 있지 않았는지, 현실과 타협은 없었는지, 그의 방식이 실현 가능한지 따위가 그런 질문이 될 것이다. 영국인들은 그의 비폭력주의가 (폭력 등) 효과적인 저항 수단을 막아 준다고 보았고, 인도 부자들은 재산을 빼앗는 공산주의자보다 그가 더 낫다고 보았다. 달리 말해, 간디는 그들에게 유용하게 여겨졌다. 그는 중앙집권주의나 국가 폭력에 반대했지만 그의 교의는 지나치게 엄격하고 반 인본주의적이었다. 인간됨이란 완벽을 추구하지 않는 것, 신의를 위해 죄를 저지르기도 하는 것, 금욕주의를 너무 강요하지 않는 것, "생에 패배하여 부서질 각오가 되어" 있기도 하는 것이기 때문이다.

옮기고 나서

오웰의 두 작품을 옮긴 뒤, 오웰이 썼던 '영원불변의 법칙unalterable law'이라는 말로 오웰의 생각 한쪽을 더듬어 보는 글로써 '작품 해설'을 대신했다. 오웰은 인간을 억압하는 모든 것을 끔찍이 싫어한 것으로 보인다. 오웰의 대척점에 서 있는 억압 구조는 피억압자에게는 'unalterable law'처럼 보이지만 실은 억압자가 피억압자에게 내리는 명령일 뿐이다. 그것은 "잔말 말고 따르기만 하라!"거나 "가만있으라."라는 명령이다. 그러나 억압자의 이익을 위해 그것은 언제든지 '변경 가능alterable'하고 실제로도 '변경alter'되는 명령이다.

2015년 말 이 나라 대통령은 일본과의 위안부 협상을 '국민 몰래, 위안부 할머니들 몰래' 벌여 놓고는 '불가역적'이라는 무시무시한 단서를 덧붙였다. '불가역적'이란 말은 'unalterable'과 닿아 있는 말이다. "가만있으라!"는 명령인 것이다. 이 나라 정부와 몇몇 언론은 이 표현이 일본을 향한 것이라고 해설한다. 하지만 일본 정부는 그 표현을 달리 해석하는 것처럼 보이며, 많은 우리 국민은 그것이 우리를 향한 것이라고 의심의 눈길을 보낸다.

인간의 삶과 인간의 역사에서 일어난 모든 행위는 '불가역적'이다. '불가역'이라는 명령 때문이 아니라 '시간은 거역할 수 없다.'는 자연법칙 때문이다. 어떤 협상이 불가역적이라면 '그런 협상이 있었다는 사실'이 불가역적인 것이지, '협상 내용'이 불가역적일 수는 없다. '협상'은 과거의 일이 아니라 현재와 미래의 일인 까닭에 언제든 바뀔 수 있다. 주로 힘이 있는 자에 의해서이겠지만….

이 나라 정부는 2014년의 세월호 '참극'으로부터 하나도 배운 바가 없고 하나도 반성하는 바가 없는 모양이다. "가만있으라!"는 명령이 얼마나 커다란 비극을 낳았는지 깨닫지 못한 모양이다. 하기야 오웰의 작품 『1984』에 나오는 진리부가 정보를 조작하듯이, 역사를 왜곡하려는 시도도 행해지는 현실 아닌가?

오웰의 두 작품을 번역하고 오웰의 다른 작품들을 짧게 소개하는 글을 쓰면서, 오웰이 오늘 이 땅에서 살고 있다면 또 어떤 작품을 쓸까 그려 보기도 한다.

2014년 초 오웰의 〈동물농장〉 번역을 끝낸 뒤 〈정말, 정말 좋았지〉를 번역하기 시작했을 때 세월호 참극이 벌어졌다. 이후 내 관심은 온통 참극에 쏠렸고 번역은 뒷전이었다. 거의 날마다 "잊지 않겠습니다."라는 글을 인터넷에 올렸다. 하지만 그해 말 밤을 새워 가며 11시간 안팎으로 일하는 편의점 일을 시작해 시간을 많이 낼 수 없었던 데에다, 구체적인 실천은 하지 않고 "잊지 않겠습니다."라는 글만 올리는 일에 회의가 들어 2015년 6월 초 글 올리기를 중단했다. 하지만 세월호는 아직도 2014년 4월 16일에 그대로 머물러 있고, 나의 소리 없는 관심 또한 그대로이다.

이후 하루 1~2시간씩 짬을 내어 〈정말, 정말 좋았지〉를 다시 번역하기 시작했으며, 9개월 가까이 지난 후에야 겨우 마무리를 했다. 개인적인 사정으로 계속 늦어지는 번역을 이해하고 기다려 주신 출판사 분들께 고맙고 죄송할 따름이다.